宫墙柳

梦娃 著

宫墙柳

梦娃 著

江苏凤凰文艺出版社
JIANGSU PHOENIX LITERATURE AND
ART PUBLISHING

第十五章 宫斗 109
第十六章 谋反 119
第十七章 婚丧 129
第十八章 嫁娶 139
第十九章 驾崩 149
第二十章 终老 159
番外一 李福贵 171
番外二 叶宝林 199
番外三 恭王妃 255
后记 313

目录

第一章 意外 001
第二章 侍君 009
第三章 滋事 017
第四章 风起 027
第五章 月落 035
第六章 月沉 041
第七章 新人 045
第八章 双生 053
第九章 立后 061
第十章 育儿 069
第十一章 仙人 077
第十二章 冬至 083
第十三章 逆鳞 091
第十四章 寻常 101

我进宫这件事，
原是个意外。

第一章——意外

我进宫这件事，原是个意外。

我叫江映柳，今年十四岁，出身书香门第，祖父是当朝太傅，祖母是圣上的姑祖母华阳大长公主。父亲、叔父在朝为官，哥哥们年少有为，实在是一个蒸蒸日上，处于上升期的大家族。

这样的家族必然是要把一个女儿送进宫里去的，只不过我从来不在候选名单里。倒不是我品貌不如人，而是我——

太蠢了。

祖母常说我像她，幺女儿，没心机，听不懂弦外之音。姐妹们借着比作诗的由头争风吃醋都快打起来了，我还在认认真真斟酌我的诗里哪个字用得不好。

“罢了，等小柳儿满十六，给她找个门第低肯上进的夫君吧！”老祖宗这么说，我也觉得挺满意，于是根本没有点亮争宠这项技能。

万万没想到，选秀前夕，我两个姐姐一个脸上长了疹子，一个掉进湖里，我被赶鸭子上架，莫名其妙、迷迷糊糊到了选秀现场，理所当然被选上了。

皇上看上的当然不是我，而是我的父兄。这句大实话听起来老是觉得有哪里不太对。

我家世好，位份也高，封了美人，住进怡华宫的兰芬阁。怡华宫的主位是皇上的潜邸旧人——育有三公主的淑妃娘娘。淑妃现年二十五岁，对外不争不抢，堪称三宫六院第一号隐形人。对内嘛……对内是个厨子。

淑妃娘娘爱做饭，手艺特别好，对自己不能成为尚食局的尚食女官这件事十分遗憾，最喜欢好好吃饭的人。

而我，凭借着对她手艺的衷心赞美，和入宫半个月脸圆了一圈的切实行动，获得了她的欢心。

四月初一，入宫一个月，我去给淑妃请安，淑妃在中气十足地大骂我的好朋友三公主："李嘉乐！你给我好好吃饭！"

三公主年仅五岁，却已经很有自己的审美标准了，发誓不想再胖得跟球一样，躲在我身后喊："美人姐姐救命！我母妃疯了！"

淑妃冷笑地搓着手："李嘉乐！一！二！"果然每个孩子都怕父母叫自己的全名数加一二三，三公主老老实实低着头，含着眼泪恶狠狠地嚼着红枣薏米粥里的红枣，由于用力过猛不小心咬到了自己的舌头，抬头见淑妃娘娘面无表情，只好含着一包泪继续吃。

我有点心疼，坐在她旁边拍她的背，淑妃说："小柳儿你别理她！赶紧吃点东西，皇后娘娘今日大好了，咱们去未央宫请安。"

皇后娘娘一直在生病，连选秀都缺席，这是我第一次去见她。

皇帝登基四年，宫里原有的妃嫔已经不少，陈贵妃嚣张跋扈，贤妃温和大方，纯妃不爱说话，温昭仪更不爱说话，郑淑仪最得宠，几位宝林御女之流最可怜，明明年纪比我大、进宫比我早，还要给我行礼叫姐姐。还有跟我一样选秀上来的十位新人，有已经承宠升了位份的，也有跟我一样至今不知道皇上是圆是扁的。

皇后娘娘真好看啊，跟天上的仙女儿似的，说话温温柔柔的，就是时不时咳嗽，真真儿是我见犹怜。对比之下，全场找碴儿的陈贵妃就十分不和谐。

淑妃娘娘跟我说，陈贵妃是个傻子，脑子不好使，居然喜欢皇上，喜欢到猪油蒙了心，对皇上的女人都不友好，在宫里树敌无数。

“小柳儿千万不要学她，喜欢谁不好，喜欢皇上，这不是有病吗？”

窃以为淑妃娘娘真是有大智慧之人。

陈贵妃骂完郑淑仪狐媚，敲打完侍寝过的六位新人，就轮到我们五个未承宠的了：

“你们进宫来，原是要伺候皇上的！进宫一个月了连皇上的面也没见着，要你们何用？！丢不丢人？！”

我寻思着也没什么好丢人的，世上没见过皇上的人多了去了，也没见谁寻死觅活的啊！

然而我身边的赵宝林、何良人、文御女、周御女都面有愧色，几欲落泪，我就很着急啊！我哭不出来啊！只好低着头不敢动，可陈贵妃不肯放过我：

“江美人，你是新进宫里位份最高的，要做好表率！怎么也如此不中用。可别在怡华宫里，学得跟某些人一样成了锯了嘴的葫芦！”

这两个人都叫我不要学对方，真是冤家孽缘，要是生成一男一女该多好，那绝对就是佳偶天成啊！

我和淑妃娘娘都默契地保持沉默，皇后娘娘开口道：“好了，江美人年纪还小呢，来日方长。各位新来的妹妹只要安分守己，必都有机会侍奉皇上的。”

陈贵妃狠狠地瞪了皇后一眼，随随便便行了礼就先走了。

回到怡华宫，淑妃娘娘瘫在躺椅上骂道：“陈彩容那个蠢货想让皇上睡她就去找皇上啊！找咱们碴做什么！我还能替皇上睡她吗？！”

说完见我一脸蒙，赶紧重新组织语言：“小柳儿，你是好孩子，千万别犯傻。喜欢皇上是不会有好下场的，皇上又不会喜欢我们。你瞧瞧皇后娘娘，当年在东宫时跟皇上多恩爱啊，三个孩子一个也没留下，皇上不也照样选秀吗？还有我，当初也算得了一阵子宠呢，不然哪儿来的嘉乐，你来一个月了，你见皇上来看过我吗？你心地良善，年纪又小，不怕你笑话，我把你当半个女儿半个妹妹看才跟你说这些话。来日你承了宠，争宠也罢不争宠也罢，千万不能喜欢皇上！”

我把头搁在淑妃娘娘腿上，就像在家跟祖母撒娇一样，我说我不想得宠，我想跟娘娘好好地待在怡华宫，陪小公主长大。

四月初二，跟嘉乐做了一天秋千都不成功，捏泥人玩成了花脸猫，双双被淑妃娘娘罚抄书，她还板着脸不肯给我做红烧狮子头，昨日的温情仿佛一场梦，悲哉！

四月十一，从今天开始，我是宫里唯一没侍寝过的妃嫔了，淑妃娘娘怕我伤心，特意给我做了一桌子好菜，拼命夸我说我是她见过的最讨人喜欢的女孩子，不要因为没被一个渣男看上就失去自信心。我吃得心满意足，脸上却努力装出不开心的样子，希望娘娘明天还给我做这么多好吃的。

四月十二，请安后，皇后娘娘把我和淑妃娘娘留在未央宫。

皇后娘娘是真的美，芙蓉面柳叶眉，袅娜柔弱，笑起来的时候还有两个梨涡，怎么会有这么好看的人啊！我看得入了神。

淑妃娘娘在未央宫就跟在怡华宫一样自在，跷着二郎腿靠在椅背上：“大家都是自己人，说话随意点。”

皇后娘娘弹了一下她的脑壳，回来安慰我说，我年纪小，又长得好看，早晚会承宠的，千万别胡思乱想，更别为这个受人挑唆，做出傻事来。

我只顾看美人，半天才回过神来，拼命点头：“娘娘你真好看！娘娘你放心我不会的！我会乖乖的！”

皇后娘娘笑弯了眼睛，摸摸我的脸颊说：“怪不得阿柔喜欢你，真是招人喜欢。”

淑妃娘娘搂过我说：“这个小乖乖是我的，你不许抢，不过瑶瑶，你倒是说说，皇上明明封了我家小柳儿做美人，为什么不召她？”

皇后娘娘压低了声音问我：“小柳儿，你家两个姐姐才名在外，为什么到头来换了你入宫？”

我把原因说了，皇后娘娘叹道：“缘故就在这里，皇上早就有意纳你家一位女儿为妃，偏偏你家两位声名远播的女儿不送来，送了你这个十四岁的小丫头来，皇上怕是觉得你们家看不上皇家呢！所以才晾着你。”

淑妃一听就嗤笑道：“呸，小心眼的玩意儿！”

我有点怕皇上要为这个罚祖父他们，皇后娘娘安慰我说：“没事的，江太傅一向兢兢业业，皇上不会为这种事为难他的，就是敲打敲打，过几天估计就传召你了。”

“我有什么办法能不被传召吗？！”

皇后娘娘笑得前仰后合，指着淑妃骂道：“你都胡乱教了人家小姑娘什么了！”

淑妃说：“我可不是乱教，我是觉得她跟你当年有点像，我不想她跟你一样。”

皇后娘娘听了倒不笑了，沉吟着看了我许久，看得我都不好意思了，她才说：“不是模样像……不过这性子，倒真的……”一语未了一阵咳嗽，我突然很难过，她当年也跟我一样吗？可她现在跟我一点也不像。她这么柔弱，眉眼有散不去的阴郁，明明总是微微地笑着，我瞧了心里却总觉得不快活，好想做点什么让娘娘开心起来啊！

四月十五，皇后娘娘身子好些了，让我和淑妃带上三公主去她那里吃午饭。我们到的时候发现还有特别不爱说话的温昭仪。

温昭仪正在绣花，见我们进来动都不动，略抬了抬眼皮对淑妃娘娘说："我想吃荷叶饼，再给瑶瑶做一个鲟鱼羹。快去厨房做饭吧。"

淑妃说："做饭可以，给我做个炕屏，皇帝老儿过两个月就生日了，我不知道送什么。"

温昭仪一脸厌恶："呸，我做的东西他也配得上！不过我这里有两幅绣坏了的，回头叫人改一改送给他吧！"

淑妃娘娘耸耸肩一脸无所谓："随便改一下就行，我送的东西皇帝老儿一眼都不会看的。"

皇后娘娘不放心："坏得厉害吗？别被人看出来。"

温昭仪十分骄傲："我绣坏了的东西比别人绣好的还要好十倍！给皇帝老儿真是便宜他了。"

我现在算是明白了，为什么皇后娘娘没让人在屋里伺候，这种对话叫人听见了容易出事。

淑妃娘娘去做饭，皇后娘娘搂着三公主哄她说话，温昭仪没跟我打招呼就开始给我量尺寸："阿柔肯做饭给你吃，我也就给你做条新裙子，吃了阿柔做的饭，穿了我做的裙子，以后咱们就是自己人了。"

我就这样打入高层，成了高层小圈子中的一员，真是可喜可贺。

淑妃见皇后娘娘身体好了一些，心里高兴，做的菜就分外好吃，除了荷叶饼和鲟鱼羹，还做了鹅掌鸭信火腿炖肘子、鸡髓笋拔丝山药、虾丸鸡皮汤……我跟三公主吃得连头都顾不上抬，温昭仪也一边吃一边含糊地夸道："阿柔你别的不行，做菜还是顶好吃的。"

皇后娘娘每道菜都吃了一些，专门点的鲟鱼羹只吃了一小碗就不吃了，坐在边上看着我们笑，淑妃好说歹说才劝她多吃了小半碗粳米粥。

吃罢饭，皇后娘娘牵着三公主走了两圈消食，看上去有些精神不济，淑妃和温昭仪扶着皇后娘娘回寝殿，亲自伺候她休息，又仔细地问了伺候的宫人皇后娘娘每天几时睡？几时醒？夜里醒几次？

每天吃多少？两个人越问脸色越难看。

怕吵到皇后娘娘休息，温昭仪跟我们一起回了怡华宫，一坐下淑妃就叹道：“说是比之前好些了，可是吃得少睡得少，瑶瑶这病要怎么着才能好起来！”

温昭仪也叹道：“瑶瑶姐是心病。”

话头刚开始，温昭仪明华宫的掌事姑姑就来了，愁眉苦脸道：“娘娘，皇上传了口谕让您晚上侍寝。”

温昭仪瞬间变脸：“老娘给瑶瑶姐绣的抹额还差两条鹤腿就绣好了！我本想今晚绣好明天拿去未央宫的！皇帝老儿为什么这么招人讨厌！”

明华宫的掌事姑姑都快哭出来：“娘娘，您心里想想就罢了，可别说出来啊！淑妃娘娘这里没外人也罢，您今晚忍一忍，可千万别忤逆皇上啊，祖宗！”

淑妃十分同情地哄了半天，温昭仪才脚步沉重地走了，淑妃对我说温昭仪有点可怜，明天给她做个糖蒸酥酪吧。

第二章

侍君

五月初一，进宫满两个月了，我依旧没侍寝，一起进宫的人里本来我位份最高，但是这两个月，杨才人和宋宝林都升了美人，杨才人还有了封号，现在该叫她清美人，地位俨然比我高，每日去未央宫请安时，她们看我的眼神总是带着可怜。我……我大约是天生迟钝，并没有什么感觉。

我经常跟淑妃和温昭仪去未央宫陪皇后娘娘，一众低位嫔妃也没人敢为难我，高位娘娘们又看不见我这个小人物，一时我成了宫里第二个隐形人。

温昭仪给我做的月华裙我穿上了，好看得不得了，我高兴地抱着她说了一车轱辘好话，温昭仪更开心了，决定再给我做两身衣服。

皇后娘娘身体依旧不好不坏的，每日总是低低地咳嗽，药就没断过。她叫了温柔大方的贤妃协理宫务，贤妃很贤惠，对皇后娘娘也很恭敬，请安时陈贵妃总是嚣张跋扈地到处挑刺，贤妃就会出言阻止，然后局面就会变成两个人打嘴仗。陈贵妃盛气凌人胡搅蛮缠不讲道理，但贤妃娘娘深谙说话之道，经常三两句就把她带沟里，气得她干瞪眼，最后“你你你”半天，甩头就走。一时每天早上的请安变成了生动活泼的教学课堂，每次从未央宫回来，淑妃娘娘都要我好好记录并复习贤妃娘娘的金句，以备不时之需。

陈贵妃虽然跋扈，倒也不曾当面顶撞皇后，只不过是行动极不恭敬罢了，皇后娘娘也不放在心上。淑妃娘娘有一次抱怨时，皇后娘娘还替她说话来着："阿柔，她是性子不太好，可她还年轻未经事，你最是胸怀豁达的，怎么生这等闲气……这种事也值得你我动气？"

皇后娘娘这么说了，淑妃也就不生气了，揽着皇后娘娘的肩膀豪气十足地拍胸膛："好！瑶瑶不气我也不气！"

在皇后娘娘的帮助下，我跟三公主终于把秋千搭了起来，皇后娘娘还教我们翻花绳，还会用绢布折成小动物，她还会变戏法，一块手帕在她手里抖一抖，袖子一挥就变成一朵花。我跟三公主都好喜欢好喜欢皇后娘娘。淑妃和温昭仪见皇后娘娘有我们陪着笑容多了很多，饭都多吃了小半碗，一致夸我们是好孩子，一个给我们做了冰糖水晶糕，另一个给我们做了布娃娃。

我觉得这样的日子太美好了，除了有些想家。不过皇后娘娘跟我说，祖母华阳大长公主五月初五端阳节早上一定会进宫问安的，到时候我可以提前到未央宫来，就可以见到她啦！

正当我高兴得不得了时，皇上身边的内侍来怡华宫传旨，让我初二侍寝。

淑妃这回倒不骂皇上了，她前前后后替我张罗，从衣裳到妆容都亲自过目，像要嫁女儿的母亲一样紧张，还不忘安慰我说："小柳儿不要怕，别紧张，这是好事，你进宫来总要侍寝才说得过去，不然日子久了宫里的人要嘲笑你的。"

我到出宫门的时候还死死揪着淑妃娘娘的袖子不肯放手，淑妃娘娘怕我哭，一直哄着我，末了说："不要怕，明儿回来我给你做好吃的！"

我就一步三回头地往永安宫走，到了宫道拐角处回头看时，淑妃娘娘还站在宫门口看着我呢。

五月初二夜，我穿了青纱衣绿罗裙，坐在永安宫里，紧张得吃了两碟点心，永安宫的宫人吓得赶紧收走了碟子，我无事可做，开始打瞌睡，正是迷迷糊糊之际，听到一声低笑："这么困吗？"

我回过头去，一时全部明白了，淑妃娘娘送我出宫门时眼里的担忧、皇后娘娘日复一日低低的咳嗽、陈贵妃请安时刻薄恶毒的言语，凡此种种，缘故都在这里。

皇帝老儿并不老，一身玄色纹金线长袍衬得他长身玉立，俊眼修眉，真是十分英武、十分俊伟。

大约世上许多女子的梦中情郎都长这样吧，我这样想着，规规矩矩地行礼请安。

他问我叫什么名字，多大了，在家喜欢做什么，这两个月在宫里可还好，刚刚吃的点心好吃吗，要不要再吃一点……

我不知道为什么，说着说着我就坐到他腿上去了，再说着说着我们就到床上去了，我什么都不知道，只记得他一直很温柔地哄我不要怕，还记得他笑着舔了一下我的嘴角，把嘴角的点心渣舔掉了，还笑着说："这点心倒是比平日的甜。"

我平生第一次这样害羞，这样无措，这样心跳加速。

醒过来时他已经换好了衣服，俯下身子亲了一下我的额头，很温柔地说："娇娇儿，再睡一会儿，待会儿在这里用了早膳再回去。"

我用了早膳，觉得味道不如怡华宫的好，待我回到怡华宫，淑妃眼底两片青色，显然是一夜未睡，见了我嘘寒问暖了好久，又让我去补一会儿觉，等我醒过来，皇上下了旨，升我做婕妤，封号婉。

下午，淑妃娘娘跟我说："宫里人多嘴碎，这两个月我可担心了！这下好啦，以后再不必为这个破事悬心了，你该吃吃该睡睡，见不见皇帝老儿咱说了也不算……你还这么小呢，可怜见的，昨儿辛苦了，晚上想吃什么……"

一语未了，皇上派人传旨，还叫我今晚侍寝，淑妃娘娘待来人一走就气得大骂他是个禽兽，我本想晚上可以美美享受淑妃娘娘的手艺，现在没有了，昨晚对皇上的一点好印象也没有了。

到了永安宫，皇上在写字，他把我圈在怀里，写的是前朝诗人的旧诗："郎骑竹马来，绕床弄青梅。同居长干里，两小无嫌猜。十四为君妇，羞颜未尝开。低头向暗壁，千唤不一回。十五始展眉，愿同尘与灰……"

写到这儿就不写下去了，叫我也写给他看，我的簪花小楷是祖父也称道的，就把他写的这几句诗也写了一遍。

皇上很高兴，夸我写得好，让我见他不要这么紧张，话都说不完整，我想了半天只说了一个："诺。"皇上不知道为什么，笑得更开心了，他跟我一起吃饭，差不多就是喂我吃饭了，这大约是天大的荣宠，可我并不喜欢，我在这里吃得不尽兴，他喂的东西我喜不喜欢都得吃下去，永安宫御膳房的手艺又没有淑妃娘娘的好……真是越想越委屈。

皇上大约是挺喜欢我的，我却有些怕他，也有些难为情，我低着头，他就拿手指把我的下巴勾起来，摩着我的唇叫我不要怕。

我不记得我是几时睡过去的，只记得最后我都哭了，他却一直在笑。醒过来时他都下朝了，坐在床边看着我笑，还给我梳头发画眉。用早膳的时候他问我："娇娇儿，朕让你住到长乐宫去，你喜不喜欢？长乐宫离永安宫很近，你想朕了就可以来永安宫。"

皇上到底在想什么，我们认识不过两天，我为什么要想他？但这种话不能说的，我只是低着头问："可不可以不去啊……"

我见他笑着看我，大着胆子说："我……妾在怡华宫住得很舒服，三公主很可爱，妾很喜欢她……妾不想一个人住……"

我越说越害怕，越说声音越小，怕他生气，又怕他一定要我迁宫，不自觉就带上哭腔。皇上笑得更厉害了："好好好，娇娇儿不喜欢就不搬，朕多去看看你就是了。"

这皇上倒也不算很坏。

我回到怡华宫，皇上的赏赐也到了，把我的兰芬阁摆得满满的，淑妃娘娘也很高兴，陪我一样一样地看，让我把赐下来的摆设都用起来。

五月初四，皇上没召人也没进后宫，不过他给我送了几道菜，跟一桌子淑妃娘娘的菜放在一起对比实在惨烈，淑妃跟我说御赐的菜要是没动过，撤下去叫人知道了不好，我只好勉为其难吃了几口，因此错过了最后一个红烧狮子头，跟三公主差点吵起来。

五月初五,一早就想去未央宫找皇后娘娘，今天可以跟祖母见面了不要太开心！然而衣服刚换好还没出门就又有人来传旨让我伴驾，气得我也骂了一句：皇帝老儿真讨厌！淑妃娘娘一听就笑出声来，答应我她见了祖母会跟她说我一切都好，我才泪眼汪汪地去了永安宫。

皇帝老儿今天心情不错，穿了一身天青色的长袍在画画，我还没行礼就被他拉到怀里，指着画问："娇娇儿，像不像你？"

他画的是一个绿裙女孩子坐在桌子前的背影，左手的书卷都要掉下去了，右手手支着脑袋在打瞌睡，青灯叠影一室静谧。画是好画，但像不像就不好说了，毕竟我从来没见过自己的背影什么样。

我这么想，就这么说了，皇上把我揽在怀里哈哈大笑，到底哪里好笑了？我真的不能理解九五至尊的笑点。

皇上笑完发现我的眼眶有些红，就不高兴了，把我按在腿上问我为什么哭，是不是有人欺负我了。这个问题我该怎么回答？我只能看他一眼就低下头，希望他能自行体会到我不喜欢来永安宫，放我回去。

不知道这一眼让皇上误会了什么，他低低笑了一声就开始亲我的额头，好担心他把我为了见祖母精心打理的妆容亲掉啊！他一边亲还一边哄道："娇娇儿，是朕不好，昨儿没见你，叫你伤心了是不是？乖啊，小娇娇，是朕不好，朕以后一定多陪着你好不好？"

不好！我已经连着三天没能跟三公主打秋千了！可怜的小嘉乐昨天还眼泪汪汪地控诉我呢！

我想了半天，才努力结结巴巴地说："皇……皇上……还是要雨露均沾比较好吧……"

快去找别人吧！陈贵妃可喜欢你了！

但是皇上又一次误会了我，他把我捂在他的胸口上，像拍一个小娃娃那样拍着："傻娇娇儿，朕什么都明白。"

皇上陪着我一整天，带我去御花园逛了一圈，跟我一起喂鱼，一起下棋，又和我一起写字，吃了晚膳又问我会不会弹琴？我说会一点，他问我会不会弹《凤求凰》？

大约不会弹《凤求凰》的人都不好意思说自己会弹琴吧。

我就给他弹了一曲《凤求凰》，一边弹一边想起，从前闺中姊妹多，个个拔尖，我弹得远不如自小就准备入宫的两位姐姐好，临了临了，精心准备的愿望落空，无心于此的却在这里勉力为之，命运真爱开玩笑。

皇上听我弹着琴，眼睛一直盯着我不放，弹完了他说了一句话，我装作没听清："皇上？"

他笑着把我打横抱起来："娇娇儿弹得真好听。"

这天晚上我又是哭着睡着的，睡着前他哄我说了很多难为情的话，一直让我叫他"修哥哥"，我不喊他就折腾我，昏昏沉沉睡过去时，他一边帮我把头发撩到耳后一边哼着歌哄我入睡。

第三章

滋事

五月初六，这是我侍寝过后第一次去未央宫请安。

之前几次皇后娘娘一早就传了口谕，说我年纪小辛苦了，不用请安，这一次照样是传了口谕来的。但我很想皇后娘娘，我想去见见她，我不想让她觉得我得了皇上几天喜欢就翘尾巴对她不尊敬了，不是怕皇后娘娘会罚我，她才不会呢，我是怕她伤心。

淑妃娘娘穿了一身丁香色的旧宫装，生生把她明艳的眉眼压得寡淡，我也穿了很件普通的衣裳，一路上淑妃都在絮絮叨叨："咬着牙忍住了，说什么都别应声。就当陈彩容当着所有的人面在放屁。"

陈贵妃这个屁是又臭又长，从我进了未央宫就开始指桑骂槐，说不了两句就变成指着我教训。我坐在温昭仪下首，低着头仿佛一只鹌鹑。往日最得宠的郑淑仪本跟陈贵妃势同水火，今日倒是一唱一和地没完没了。

我低着头，全程除了最初那句"谨听娘娘教诲"以外再没吭声，陈贵妃沉不住气，拍了桌子骂我不要脸惯会勾引……

她这句话没说完就叫皇后娘娘打断了。

这是我第一次见到生气的皇后娘娘，她收了娇慵柔软的神色时，板起脸直起腰来，一个眼神也能叫全场讷讷无声。

"贵妃进宫已有四年了，怎么还如此不知规矩？"

皇后娘娘平日里眼中总是含着笑，陈贵妃闹得再不像话，她开口劝诫时，也跟看着不懂事的孩子一样。如今却跟换了一双眼睛似的，眼神寒浸浸的如山巅上的万年寒冰，不必多话就镇得陈贵妃愣神闭嘴。

大约皇后娘娘太久没发火了，全未央宫鸦雀无声，皇后娘娘臻首微扬，环顾一周，轻轻地笑了一声："婉婕妤侍奉皇上辛苦了，赏！"

陈贵妃或许从进宫以来就没丢过这么大的脸，半天回过神来，张了两次嘴也没出话，不知是不是臊的，眼圈都有些红了，立在中央死死地盯着皇后，皇后娘娘岿然不动，也冷冷地看着她。

打破这场对峙的是一纸诏书——皇上晋了我的位份，封我为婉修仪。陈贵妃终于忍不住，摔了一只翡翠镯子捂着嘴发出一丝疑似抽泣的声音没行礼就走了，那镯子的水头啊……不要给我啊！真是心疼死我了！

我跟淑妃和温昭仪留在未央宫，皇后娘娘的眼睛又换回来了，温柔地安慰我，跟我说不要怕，又问我皇上对我好不好？我喜不喜欢皇上？平日侍奉皇上不要太紧张，只要守好本分不要任性就可以了……

我伏倒在皇后娘娘膝上，小声地说："娘娘，皇上让我弹《凤求凰》给他听。"

皇后娘娘抚着我的额头说，那小柳儿就好好弹。

我又说，皇上还写"同居长干里，两小无嫌猜"。

皇后娘娘沉吟许久，只说了一句话，小柳儿，你真是个好孩子。

我等着娘娘再说些什么，我真希望她能再说些什么，但她只是拍了拍我让我去吃枣泥糕。我一边吃一边想，皇后娘娘从前该是个什么样子的，她那么美丽，又那么冷清，明明近在眼前，却莫名朦胧悠远得看不真切，叫我不知怎的就想起祖母教我读过的两句诗："皑如山上雪，皎若云间月。"我试着想象她跟我一样吃糕点吃得嘴角都是渣渣的样子，结果那个画面还没出来我就想打死自己。

我们那天待在未央宫很久，听皇后娘娘和淑妃、温昭仪回忆往事，皇后娘娘和淑妃娘娘在东宫时就是旧友了，她们说起那时候也曾有过得宠的许良娣，一年前死在冷宫里，如今这宫里，同出东宫的除了她们两个，还有贤妃和生了三皇子身体不好深居简出的纯妃。温昭仪说她跟陈贵妃、郑淑仪都是皇上登基第一次选秀选上来的，那一年她们一共进宫二十八个，如今只剩下十九个，其中十来个这三年来不知道能见皇上多少次……

淑妃娘娘说到最后，很感叹地对我说，小柳儿，你不要怕，我们总会护着你的——只要你脑子清楚，不要动真心。

温昭仪也说，小柳儿，男人总说女人只能依靠男人，还说女人都爱为难女人，你要是听信这种蠢话，就活该你被男人骗死。

我乖乖地点着头，皇后娘娘低低呜咽一声，靠在淑妃娘娘肩头上，我看见她清瘦的脸颊上有泪水缓缓滑下，我不想问这眼泪是为了什么。

接下来几天，皇上都没有召见我，不过他偶尔想起什么来了，就给我送礼物，有时候是首饰，有时候是摆件，最痛苦的是他给我送了一对小白兔。淑妃娘娘之前给我和三公主讲故事，讲过宫外有座很有名的酒楼叫鸿运楼，鸿运楼有道菜叫芋儿兔，是用芋头和兔子红烧而成的，又辣又香，特别好吃……

看着御赐的小兔子，就像看着活着的芋儿兔，然而淑妃娘娘脑子还是很清醒的，别看她关起门来天天在骂皇上，开着门的时候就差把“屄”字写满全身，并没嚣张到把御赐的兔子做成菜的地步。我跟三公主双双痛苦无比，每天都致力于制造事故让兔子意外惨死。

这几天皇上一次去了陈贵妃那儿，一次去了郑淑仪那里，还有一次去找了纯妃，又召了清美人伴驾，还把她升作清婕妤，总之非常均衡。

淑妃娘娘相当不屑，骂道："皇上简直是全天下最脏的男人。"

她这么说的时候我在看兔子，大约怕我伤心，又赶紧说："小柳儿，不要伤心啊，不要犯傻啊，皇帝老儿就是这样的。他宠你你就给他宠，他送你东西你就收，他说他喜欢你你可别信啊！小柳儿……你不会真的睹物思人吧？！"

"娘娘，您说我把兔子从窗外扔出去它会死吗？死了能做芋儿兔吗？会影响口感吗？"我说。

"去抄十遍《道德经》，不抄完不许吃饭。"淑妃娘娘说道。

五月十六早上，天还灰着，我睡得迷迷糊糊的，淑妃娘娘一把掀开我的被子，竖着一根手指堵住我的嘴："小柳儿快起来，皇上怕是又抽风了。"

我揉着眼睛抱着被子哼哼唧唧发出还想睡的声音，淑妃娘娘气得一巴掌呼上我的后脑勺："再哼哼再哼哼！瑶瑶那儿出事了！"

我瞬间掀开被子挺直了腰板。

淑妃娘娘说，昨儿是十五，皇上应该去未央宫找皇后娘娘的，可不知道发生了什么，皇上进去没一会儿就愤怒地摔门从未央宫出来，气头上杖责了身边的两个宫人，还是在未央宫门口打的，结果皇后娘娘不知道叫人传了句什么话，皇上用手指着未央宫的宫门半天说不出话，被"匆忙赶来"的贵妃娘娘请去了景明宫。

我吓得不轻，抓着淑妃娘娘的袖子："皇上不会回去未央宫打皇后娘娘吧？！"淑妃娘娘耸耸肩，在我耳边低声骂道："自作自受！呸！"

我们呆坐了好久，先是得了未央宫传来的今日不必请安的口谕，接着皇上就下了圣旨，晋陈贵妃为皇贵妃，位同副后，协管六宫。皇后凤体违和，凤印暂由皇贵妃掌管，宫务也交由皇贵妃管理，贤妃、纯妃相佐。

我担心得不得了，和三公主一起吵着要去未央宫陪皇后娘娘，淑妃正带着我们要出门，皇贵妃大张旗鼓地来到怡华宫，人逢喜事精神爽，她一身朱红满头珠翠，仰着头翻着眼，那股子目空一切的张狂劲儿不像是晋了皇贵妃，倒像是儿子登基她当了太后。

我们跪在粗粝的青石板上，皇贵妃满脸写着“我就是来挑事报复的”，玩着涂着蔻丹的手指，说我和淑妃平日多有不敬，罚跪抄经，三公主在怡华宫养得又胖又没规矩，皇后娘娘身体不好也不管一管，她作为皇贵妃实在看不过去，就勉为其难帮忙教养吧。

她话才说完，一群嬷嬷宫女就上来抢人，一片混乱中，陈贵妃的贴身大宫女当着我的面把两只小兔子摔死在怡华宫假山的山石上。

我只来得及掩住三公主的眼睛，淑妃把我们两个死死搂在怀里，跪在地上看着皇贵妃只有一句话：“皇贵妃娘娘，妾身只愿娘娘福寿无疆。”

皇贵妃带来的嬷嬷把淑妃娘娘狠狠推开，奈何嘉乐被淑妃娘娘养得胖得像个球，一时十分难抱走，那嬷嬷差点闪了腰，还没回过神就被嘉乐咬了一口。我也顾不得了，跟三公主紧紧抱在一起，任由她们一棍打在我的手臂上我也不放手。

后来……后来温昭仪陪着皇后娘娘来了，皇后娘娘咳得非常厉害，脸色十分苍白，她把我们护在身后，让皇贵妃不得私自伤害宫妃，更不要吓到小公主。我看着皇后微微喘息的样子，第一次发现她的背影这样伶俜瘦弱，但她站得那样直，仿佛她是一棵可以为我们遮风挡雨的参天大树。

然而这一次皇贵妃不怕她了，极其嚣张地嚷嚷：“这宫里天早就变了！沈云瑶，你还以为你能护着谁？”她这样说着，款款往皇后娘娘身前走了几步，跪在地上的淑妃娘娘吓得连滚带爬地拦到皇后娘娘身前，皇贵妃倒不以为意，压得极低的声音里有说不出的得意：“沈云瑶，少给我装无辜，我就是故意找你的麻烦，你等着，你麻烦还在后头呢！”

这样猖狂的妃子，真是前无古人，后无来者。

一片混乱中，皇上姗姗来迟。

淑妃娘娘趁着无人注意，把我的发簪拔了下来，我三尺青丝蜿蜒及腰，跟三公主抱在一起，脸上犹有泪痕。

皇贵妃转身就拉着皇上撒娇，说我们如何不敬，说三公主被教养得如何不好，说皇后娘娘如何欺压她。

她平时眼睛长在额头顶，说话中气十足，现在捏着嗓子撒娇，我就跟看了一场大变活人一样，目瞪口呆。

皇后娘娘呢，皇后娘娘跪得笔直，看着皇上一言不发。

唉！人哪！不肯低头就得吃苦。

皇上看着皇后娘娘，他们两个对视了有一辈子那么久，我看着皇上的脸色越来越难看，终于输得彻彻底底，开始没有任何逻辑地指责皇后娘娘约束后宫不力。但是我跟三公主都不干，我们噌噌噌地跪在皇上跟前，我把自己肿起来的胳膊举给他看，跟他说要不是皇后娘娘救了我，我的手就断啦!

这件事最后的处理方法是，淑妃管教不力罚俸半年，皇后未能约束好后宫，罚俸半年禁足未央宫。三公主……皇上说到三公主时看了我一眼，我顾不上自己满脸眼泪、披头散发的，使劲把嘉乐往怀里又塞了塞，皇上的语气倒和缓下来，三公主还养在怡华宫，若是管教不好再另找他处，婉修仪无辜受累，赏赐金银首饰若干。

来寻衅滋事的皇贵妃一点事都没有。

这样偏心眼的处理方法，怪不得皇后娘娘、淑妃娘娘、温昭仪都不喜欢皇上。

我也不喜欢他。

人都走了，淑妃娘娘抱着我们两个说，她没白疼我们，我们是好孩子，知道护着皇后娘娘。

她额角肿了一块，自己却浑不在意，忙着让太医替我看手臂，太医给我推了药油，我疼得直哭。

刚刚那么可怕的场面我都没哭，这会子哭得声嘶力竭，淑妃娘娘像拍三公主那样拍着我，“哦哦哦”地哄着，仿佛我是个小宝宝。我好想告诉她，娘娘，我不是因为手疼哭的，我哭是因为，因为——

因为几天前我觉得皇上人还不错。

我好蠢啊！我怎么能这么蠢！我是被自己蠢哭的啊！

那天晚上，皇上宿在皇贵妃那里，淑妃娘娘哄睡了三公主，就跟我一床睡。淑妃娘娘带着雀跃的声音说：

小柳儿你知道吗，陈彩容完了。她没有多少时日了。

小柳儿，其实陈彩容不坏，你看她今天干的这种蠢事，她太蠢了。堂堂护国公的嫡女，养成个蠢货还送进宫，活该他们陈家满门抄斩。陈彩容这个傻子，她入宫四年，什么都没看明白，你看看她今天跟瑶瑶说的话，我差点就笑出来了，呸！别人说什么她信什么，给人忽悠瘸了还以为自己是替天行道呢！

都是陈年旧事，不说也罢，你看她多傻，这四年来，她侍寝的次数还不够多吗？可她一个孩子也没有，今天还要来抢我的嘉乐，她也不想想自己为什么没有孩子？

这还要问为什么，皇上不想要她的孩子呗。

我父亲是征西大将军，所以我只能有一个女儿，我当年生的要是个儿子，那孩子怕是活不下来的。幸好嘉乐是个女孩儿，真是老天保佑。

你这个小机灵鬼儿，还知道问这个。

她当然不敢打三皇子的主意，纯妃是皇上的亲表妹好不好！又比我得脸，当然没有我好欺负啊。再说了，阖宫谁不知道我跟瑶瑶好，她梦里早就当上皇后了，不敢明着去未央宫挑事，就来我们这里寻晦气！呸！你不知道，她们陈家都不是什么好人！

你说温昭仪？她倒是可以生儿子，她父亲是户部尚书，皇上的心腹。可温媛媛看不上皇上嘛这不是。不对，温媛媛谁都不喜欢，她只喜欢刺绣，一心只想成为古今第一刺绣大家，对嫁人生孩子没兴趣。皇上不懂得欣赏她的手艺，还花心滥情，温媛媛恨不得朝他脸上吐口水。

皇后娘娘？小柳儿，你知道为什么纯妃有三皇子，我有三公主，这宫里却没有别的孩子吗？皇后娘娘有过三个孩子。他们搬到天上住了。

还有一个孩子？二公主跟她娘许良娣——后来的许德妃一起被打进冷宫，一场风寒没扛下来。

许德妃啊……小柳儿，幸亏你没遇见她，那才是吃人不吐骨头的狠角儿呢。你不知道，那两年我们过得才是真的苦，我们连皇后娘娘的小儿子都没保住……两岁的小长安，天花，我把嘉乐扔给温媛媛，自己亲自照看他，我是得过天花的。可怜的长安，烧得糊涂了，到最后还伸手替我擦眼泪，叫我，母后不哭。唉，唉，皇后娘娘哭得昏死过去，有什么用啊！哭不回来那孩子的命啊！这才一年出头，皇上又选秀了。小柳儿，那时候我们才过得苦啊，陈彩容最多只能添乱添堵，许德妃是要我们死啊……皇上是不管我们的死活啊！

我听得迷迷糊糊的，后来淑妃娘娘哭了，我也伸手拍着她，像她拍着我一样，一边拍一边说，娘娘不哭，睡吧。

第四章

风起

五月二十，皇上召见我了。

口谕传来时我在跟三公主翻花绳，我们翻得都不好看，淑妃娘娘歪在躺椅上大声地嘲笑我们。我们气呼呼的，大声说再也不理淑妃娘娘啦！结果淑妃娘娘说晚上做炸酥肉不给我们吃，我们又毫无骨气地去给她捶背捏脚。

来传口谕的是皇上身边的太监总管，名字起得像个读书人，叫方明德，白白胖胖的，平日里最是和气，笑起来很像我娘家的大管家，我挺喜欢他的，但我不想见皇上。

淑妃娘娘问我，想不想帮皇后娘娘，我说想，她说那你就去。我说去了我该说什么，淑妃娘娘说，你什么都不用说。你就是小小地闹一下脾气也不妨事。

我有些明白了。

我又不太明白了。

我真是太蠢了。

我就蠢兮兮、懵懵懂懂地去了永安宫。

皇上见了我就来拉我的手："娇娇儿，来。"

来你个头。

我扁着嘴，把手背在身后，低着头不看他。

他叹了一口气，拥着我说："就知道你要跟朕闹脾气的。"

我不知道该说什么，他自顾自地挽起我的袖子，问我："手还疼吗？"

都过了好几天了，早就不疼了。给我擦药油的是淑妃娘娘，不是皇上。

一个男人的女人被他的另一个女人打了，他的又一个女人为被打的那个擦药拭泪，好几天过去了，这个男人问被打的女人，还疼吗？

这是怎样混乱可笑的男女关系。

但我还是带着哭腔说："不疼了。"

他长长地叹气，把我抱在他腿上："看着朕。"

我不肯，他就低头亲我，亲我的额头、我的眼睛，用他的额头贴着我的，眼里含着二十多年的深情。

我靠在他身上，眼泪到底簌簌落下，我知道我为什么哭，为了皇上，为了我自己，为了皇后娘娘和淑妃娘娘，为了这凄惨又无力的命运，我哭得三分伤心，五分慨叹，还有两分梨花带雨的楚楚可怜。

我一边哭一边抽噎着说："不疼。我不疼。"

皇上哄了我很久。这天晚上他什么都没做，只是抱着我，问我："你生朕的气吗？"

我说："妾可以生气吗？"

他说："娇娇儿当然可以生气。娇娇儿做什么都可以。"

我说："那我生气，我都要气死了！"

他低低的笑声里有着长长的叹息，闭着眼睛蹭我的脸："娇娇儿不生气，是朕不好。朕跟你发誓，以后再也不惹你生气了。"

我不说话，他就一直亲我。一直亲一直亲，一边亲一边说："不生气了，好不好……不生气了……"

后来他说："娇娇儿，你乖乖听话，住到长乐宫去好不好？这些日子朕没法子照顾你，你住到长乐宫去，不要掺和那些乱七八糟的事儿，等这段日子过去，就好了。你喜欢小公主，咱们就生一个小公主好不好？像你一样，又乖又聪明。”

他错了，我的孩子若是像我，必然蠢到没救了，还会天下第一的淘气，怎么会又乖又聪明呢？

这世上是有又乖又聪明的女孩子，却不是我啊！

我过了很久才说：“我……妾会乖乖待在兰芬阁不出去的。皇上不要让妾去长乐宫，长乐宫太大了，只有一个人，妾害怕。淑妃娘娘对妾很好，妾求求皇上……”

我说得很慢，很为难，泪眼蒙眬地看着他，不出意外看见他心疼的神情。

他真是温柔啊，他说，好。

我睡着的时候，他拍着我的背，我听见他缓缓地念：妾发初覆额，折花门前剧。郎骑竹马来，绕床弄青梅。同居长干里，两小无嫌猜。十四为君妇，羞颜未尝开。低头向暗壁，千唤不一回。十五始展眉，愿同尘与灰。常存抱柱信，岂上望夫台。

常存抱柱信，岂上望夫台……

常存抱柱信，岂上望夫台……

常存抱柱信，岂上望夫台！！

最可怜莫过于当年的抱柱信也是假的，今日上望夫台却是真的。

只望后来人不要把信口开河的所谓抱柱信当真。

回到怡华宫，我把这天晚上的事讲给淑妃娘娘听，淑妃娘娘听见我不肯听皇上的安排去长乐宫，不肯抽身事外避开这些纷扰，笑着做了一桌子好吃的，不知她从哪里弄来了兔子，一道红油芋儿兔辣得我嘴巴都肿了，怎么这么好吃啊！

淑妃娘娘说：“小柳儿，这桌菜，一来多谢你如此仗义，不辜负我们一片真心；二来……”

她说到这里促狭地笑了一下：“多谢你不算太笨，没一蠢蠢到底，到底是我看上的人。”

她一边说一边意味深长地看着我：“你真像瑶瑶，不对，不全像。你这样很好，比瑶瑶那傻子好。”

我被辣得张大嘴巴，大着舌头问能不能麻烦您把详细情况跟我好好说，这么说一半留一半，在说书摊子上是要被打死的。

淑妃往我嘴里塞了一块兔肉：“还有什么可说的？有些事，知道得太细做什么？”

她说得对，我没再问了，因为我真的被辣得说不出话了。

接下来三个月皇贵妃过得相当风光，皇上偶尔会召见别人，大部分时候还是去她那里。跟我一同进宫的清婕妤怀了孩子，皇上命她搬到皇贵妃那里去，由皇贵妃亲自照料，这基本上就是说这个孩子生下来就是皇贵妃的了。可怜的清婕妤整天都苍白着脸，前几个月她还用可怜的眼神看着我呢，如今自己做了可怜人了！

郑淑仪也怀了孩子，升作郑妃，淑妃娘娘说，郑妃父亲只是一个从四品太中大夫，皇上又挺喜欢她的，只要她自己小心点，这个孩子多半会平安生下来的。郑妃确实很小心，她原先是很爱打扮的，自打怀了孕，脂粉都不怎么擦了，整日素着一张脸，不知怎的，跟贤妃成了好朋友。贤妃无子，又特别大度贤惠，眼下被皇贵妃压得抬不起头，有了郑妃譬如有了盟友，这些天看郑妃肚子那慈爱的眼神我都怀疑贤妃不是皇上的女人，而是皇上他妈。

这些事我们都不管，淑妃娘娘本来就不带我们出门，我们连御花园都很少去，连三公主都知道，御花园花花虽好看，自己去看是会被妖怪抓走的！

三公主在换牙，话说不利索，也不能跟我抢吃的，我天天当着她的面吃糕点给她看，淑妃娘娘乐得看戏，小丫头只能抱着皇后娘娘的脖子告状。皇后娘娘笑得不得了，轻轻地拍了一下我当作惩罚。

皇后娘娘还在禁足，我们觉得这样很好，没人来烦娘娘，娘娘可以好好养病，未央宫也很大了，在未央宫走一走散散步，我们多去陪着她，何必非得出门呢！

我们几乎每天都去陪皇后娘娘，温昭仪最近迷上了做布偶，做了一套十二生肖以后，在我天花乱坠的夸赞下越发勤奋，照着猫谱开始做一整套猫咪布偶，什么金丝虎雪里拖枪尺玉宵飞练，未央宫和怡华宫到处都是我和嘉乐抱着布偶喵喵叫的声音。淑妃娘娘每天都在寻思新菜色，什么荷叶莲蓬粥、冰糖冬瓜羹，试验成功了给我们吃，试验不成功……

送去永安宫。

淑妃娘娘说反正皇上不会吃她做的东西，就算吃了，她的手艺就算把菜做毁了也比各宫加起来强！

皇后娘娘教我弹琴、下棋，她真是什么都会！她弹的《凤求凰》才真的好听呢！不过皇后娘娘安慰我说，我弹的更有活力，她在病中，生生把好好一首《凤求凰》弹成病中吟。

她不是生病，是太伤心了，我知道的，不过我没这么说，我说，娘娘多笑一笑，多吃点东西，病很快就好啦！

皇后娘娘字也写得很好，不出我所料，她也是写簪花小楷，我们的簪花小楷甚至有些像。

我们说起我们小时候，好巧啊，我们都是坐在祖父的怀里，由着祖父教着习字的。她的祖父是沈老丞相，是我祖父江太傅常常提起的呕心沥血的“沈兄”，我祖父的这位“沈兄”，桃李满天下，先帝最相信的人就是他，后来二十二岁的皇上登基了，他雄才大略，也心狠手辣，一朝天子一朝臣，沈老丞相一年前告老致仕，三个月后就死了。

皇后娘娘在京城都没有家了，她爷爷逝世了，她父母叔伯兄弟都回乡丁忧了。

她十四岁嫁给还是藩王的皇上，生了三个孩子，到二十三岁这年，她的孩子都死了，她的娘家人走了，她的小儿子死了不过一年出头，她的丈夫又选了十二个花骨朵一样的女孩子进宫。

所以皇后娘娘一天一天地养着病，咳得却越来越厉害了，未央宫的掌事姑姑哭着说，皇后娘娘的帕子上有血，晚上整宿整宿地咳。

可是皇后娘娘不许我们晚上留下来照顾她，她也不怎么抱三公主了，怕过了病气给她。我们都很担心，淑妃娘娘变着花样做药膳，可皇后娘娘还是一天比一天消瘦。

每天早上我们还得给皇贵妃请安，皇贵妃坏得不得了，每天都在各种找碴，罚这个骂那个，仿佛不这么做不能证明她是皇上心尖上第一得意的人似的，我跟淑妃娘娘跟鹌鹑一样不说话也被折腾得够呛。一身仙气的纯妃娘娘日子也不好过，皇贵妃说她天天穿那么素净的衣服又白着一张脸像个女鬼一样不吉利，不过纯妃娘娘仰着头连看都不看她，浑身上下都散发着“呵呵”气息，末了还极优雅地微微侧着脖子翻了个含蓄的白眼以示敬意，气得皇贵妃罚她禁足半个月。温昭仪和淑妃娘娘私底下都说皇贵妃脑子真的不好使，她就没看出来禁足对纯妃来说基本上都可以算嘉奖了吗。

不过跟我们这些都是小打小闹了，皇贵妃的工作重心主要还是在贤妃、郑妃身上，但是看她的脸色，显然并没有什么进展。

九月，护国公谋反，人证物证俱在。

九月十五那天晚上，雨下得好大。我跟淑妃娘娘和温昭仪陪着皇后娘娘用晚膳，有人来报，皇贵妃在永安宫门口已经跪了一天了。

皇后娘娘停了筷子长长叹息：“可怜俱是苦命人啊。”

淑妃娘娘高兴得多添一碗饭："皇上这个废物总算动手了，我还想着他要拖多久呢！这三四个月我都要被陈彩容弄死了。得亏完事了，不然真的撑不住了。"

温昭仪啐了一口："每次都是这招，把人捧得高高的，再把人推下去。"

淑妃娘娘说："招数不用多，有用就行。"

温昭仪又啐了一口："老坏坯子动黑手我不管，他把人捧高的手段就是让我们去垫在下面给人当垫脚石。他赢了他是千古明君，他要输了我们就任人鱼肉，不对，他赢了以后我们要是还没死就得当第二回、第三回、第无数回垫脚石。嫁了这么不要脸的男人，我们真是倒了八辈子血霉。"

她们说着，皇后娘娘突然站起来往外走，她说："我去看看吧。"

第五章

月落

我们都拗不过皇后娘娘，她冒着雨往永安宫去了，我和淑妃娘娘本来想跟着去，但刺绣爱好者温昭仪坚决不肯：“阿柔，你脑子别抽了，老坏坯子看你不顺眼你是不知道吗？行了，带着小柳儿回去吧，我跟着去看看。”

我们就先回了怡华宫，我问淑妃娘娘皇上为什么不喜欢她，淑妃娘娘得意扬扬地抖腿：“因为他在我跟前假惺惺地演戏被我戳穿了，哈哈，他刚登基的时候，大公主没了，他还在选秀，在我跟前掉了两滴马尿跟我说多谢我替他照顾瑶瑶，我说呸，我才不是为了他照顾瑶瑶的呢，我跟瑶瑶好关他什么事？他根本不在乎大公主的死活。我说得特别痛快，差点把他气死了，哈哈。”

淑妃娘娘笑得前仰后合，仿佛真的很开心，我问她胆子怎么这么大？她说：“我周家六代忠良，替他镇守辽西，阖家上下多少儿郎送了命？我父亲亲兄弟四个，如今只剩下他和我三叔，我五个哥哥没了两个……只要我不作死他就得把我好好地留着，不过一次焦急失言罢了，罚三个月俸了事——本来他就不喜欢我，如今他干脆就当没看见我罢了，没事。他要用我父兄，就要给我一个高位以示安抚，又要防着我父兄，就不能太宠我，更不能让我生儿子，以免我父兄生出异心。我如今位列四妃却活得像个影子，他满意得很。”

淑妃娘娘把一块杏核酥抛进嘴里，又塞了一块到我嘴里，那酥太大了，嚼都嚼不动，淑妃娘娘搂着我笑道："小柳儿，你这嘴里鼓囊囊得真像只小松鼠。"

我翻着白眼把杏核酥咽下去问："皇后娘娘被雨淋湿了怎么办？皇上会欺负她吗？"

淑妃揉了一下我的脑袋："没事的，今晚应该不会有事的。瑶瑶太傻了，太傻了，她从前跟你一模一样，傻，爱吃、爱玩，总是弯着眼睛笑呵呵的。我那时候刚从辽西嫁进东宫，第一次去见太子妃，一见面她就给了我一把葵花子，我们还一起偷偷去捞鱼，许良娣告发了我们。那会儿的皇后，就是后来死了的仁和太后，是许良娣的姑姑，那个老太婆坏的呀！我们就一起被罚抄书，哎呀呀半夜的时候皇上——那时候还是太子，翻窗就来了，还跟瑶瑶赔礼道歉，瑶瑶不理他，他就没皮没脸地求，拉着瑶瑶的袖子晃啊晃的……哎呀呀，我那时候还偷偷羡慕过呢！后来……"

她的声音一点点弱了下去，带着含混不清的呜咽："……后来瑶瑶生下一对龙凤胎，我们说女孩叫小长乐，男孩叫小长平，高兴了三天，仁和太后和许良娣就把小长平从我怀里生生抢走了！从我怀里抢走的！我本来打架很厉害的，可是我，可是我……我对不起瑶瑶……我对不起瑶瑶……我到太子那里去求他，跪了好久，我的膝盖就是那个时候落下毛病的。可那时许家一家独大……三个月后许良娣也怀上了，我们本来以为可以把小长平接回来，可是小长平没了……他们说是赵王妃把他捂死的……啊，啊，小柳儿你不知道，我跟瑶瑶差点把眼泪哭干了……我们都知道不是赵王妃，可是有什么用啊！太子那时候用得着许家，他也想扳倒赵王，就这样，赵王被贬去守皇陵，许良娣生了个女儿，瑶瑶没了小长平……要不是有小长乐，她那一病怕是难好……"

她微微仰着头，我靠在她肩上，她身子微微颤抖，声音却很空洞："许婵芳的女儿是东宫里最得意的，小小年纪性子就霸道得很，两三岁的小人家家，但凡见着太子抱一下长乐，就闹得天翻地覆的……嘉乐比她小两岁，她亲爹从来记不得还有这个闺女，这样也好，我想嘉乐可以和长乐一起长大，她们两个也很要好，总是乖乖地坐在一起玩布偶……后来长乐没了……许德妃的女儿把她推进御花园的湖里……"

凉风吹进来，烛影摇摇晃晃，窗外的雨淅淅沥沥的，仿佛一曲支离破碎的《凤求凰》。

九月十六，护国公陈氏满门抄斩，夷三族，皇贵妃陈氏贬为御女，迁宫再思宫。

皇后娘娘昨晚上受了风寒，咳得上气不接下气，我们一早到未央宫，就看到皇上也在，拿着药碗垂头站在一旁，颇有几分手足无措的意思。皇后娘娘却不拿正眼看他，也不像平日待我们那样亲切，神情淡漠："皇上且去处理国事吧。"

皇上不喊起，我们都低眉顺眼跪着不起身，跪着真的很不舒服，真希望皇上赶紧走人，然而我偷偷抬起眼睑瞧过去，就见皇上并不打算走，眼巴巴地戳在那儿不动："你喝了这药可好一些了吗？"

皇后娘娘不动如山："国事为重，妾的身体自有太医调理，皇上无须挂心。"她的声音那样悦耳，又那样冷清，皇上磨蹭了许久才把碗放下："那朕晚上再来瞧你。"

皇上出去了，看都没看跪在地上的我们一眼，我们也不是很在乎，她一走，淑妃娘娘就气呼呼地冲上去摇皇后娘娘："我听说你把陈彩容保下来了？嗯？我听说你低头求皇帝老儿把那个欺负了我那么久的陈彩容保下来了？！"

她抓着皇后娘娘的肩膀前后摇晃，皇后娘娘笑得喘不过气，我拉着淑妃娘娘喊："您老人家悠着点！皇后娘娘身体不好！"

皇后娘娘笑了许久才给奓了毛的淑妃娘娘顺毛："阿柔，陈彩容不是坏人。她是跋扈不讲理，可她也不是一开始就这样的。"皇后娘娘摇着头，她微微蹙眉的样子真美啊，"她是被人一步步惯成这个样子，她是被骗了……欺负你的不是陈彩容，是……是那个人。她跟我一样，是个傻子，兔死狐悲，以伤其类，阿柔……"

淑妃娘娘气呼呼地抱着皇后娘娘，把她蹭得衣服都皱了："好了好了，但是你要保证，你要最喜欢我！我、温媛媛和小柳儿，我们才是你的好朋友！陈彩容要排在后面！"

这样的争宠模式真是别具一格啊！

接下来的日子过得很快活，皇后娘娘依然生病，宫里的事情都给贤妃娘娘管，贤妃娘娘不敢僭越，每天都恭恭敬敬把处理好的宫务拿来汇报给皇后娘娘听。我们巴不得她多替皇后娘娘管这些乱七八糟的事，因此天天换着词夸她，夸她能干聪明无私又忘我，淑妃娘娘还给她做了小点心吃，贤妃娘娘被哄得乐得找不着北，干活儿更卖力了。

陈贵妃，不，陈御女经此一事，彻底成了皇后娘娘的死忠粉，每天最早到未央宫最晚走，大到替皇后娘娘梳头小到扶皇后娘娘起身她都要干，未央宫的掌事姑姑每天都活在被陈御女抢走工作的阴影里，愁出了三根白头发。

"这感情哪，就是有先来后到，咱们同甘共苦过来的，跟某些半道截胡可不一样。"淑妃娘娘说。

"皇后娘娘喝盏燕窝。"陈御女说。

"唉，说起来，瑶瑶你记不记得上次跟我和媛媛说的想吃蟹酿橙？蟹肉寒凉，今年你吃不得，明年你大好了我给你做。"淑妃娘娘说。

“娘娘要不要披件衣服？”陈御女说。

淑妃娘娘怒不可遏，每天联手温昭仪争宠，陈御女替皇后娘娘梳头发，温昭仪就拿出为皇后娘娘新做的大红金线云纹镶兔毛披风，淑妃娘娘就端出亲手炖了两个时辰的佛跳墙，铆足劲儿地秀姐妹情深给陈御女看。皇后娘娘卧在床上指着她们笑着说：“多大的人了，小柳儿要笑你们了。”

皇上倒是不为难皇后娘娘了，还去看了皇后娘娘好几次，可不知道为什么，又不去找了。淑妃娘娘骂道：“他以为瑶瑶愿意给他好脸吗？还不是为了陈彩容……他还真的以为瑶瑶肯搭理他了？！呸！”

皇上开始频繁地召见我。

皇上问我：“娇娇儿，朕看你常去未央宫？”我就着他的手吃下一块蟹壳黄，点点头，含混不清地说：“皇后娘娘教妾翻花绳，妾喜欢皇后娘娘。”

皇上笑着说，娇娇儿是个爱玩的。

陈家倒了，皇上心情自然是很好的，从前先帝受大臣掣肘，万事做不得主，皇上是在他的兄弟中杀出一条血路才得以登上大宝的。他登基不到五年，扳倒了许家、陈家，逼走了皇后的娘家沈家，这才算是彻底把朝政握在自己手里。他懒洋洋地把我拥在怀里，挑起我的下巴轻轻地吻着，对我说：“娇娇儿，朕跟你保证，你这辈子都会好好的，咱们的孩子也会好好的。”

第六章——月沉

这年过年，皇后娘娘已经病得起不了身，贤妃娘娘把宫宴安排得很精彩，但我们却有些心不在焉。宫宴散了回到怡华宫，我都迷迷糊糊快睡着了，皇上突然带着一身寒气冲进内殿把我抓起来，脸色很难看，抱着我很久不说话。我又是冷又是惊吓，缩在他怀里半天不敢动，只能看见他下巴有点点青色的胡须楂子。

过了半晌，他又没事人一样，笑着对我说："娇娇儿，修哥哥带你去看好东西。"

他亲自替我换上一身浅青色的衣裙，又为我披上他亲自带来的大红色狐狸毛披风，带我去御花园的湖边上看烟花。烟花很美，很美，他在我身后拥着我，吻着我的脸颊，我听见他轻轻地说："娇娇儿，这是新的一年，咱们也会有新的开始。"

我靠在他怀里，假装没听见："皇上，烟花真好看。"

烟花是好看，只是不长久。

世间多少倾城色，不过繁华一瞬间。

那天晚上我没有回怡华宫，跟皇上去了永安宫，皇上一直留我留到元宵节。他陪我下棋折梅，陪我弹琴写诗，给我讲故事，唱小曲哄我入睡。我在他怀里写了一次又一次：

妾发初覆额，折花门前剧。郎骑竹马来，绕床弄青梅。同居长干里，两小无嫌猜。十四为君妇，羞颜未尝开。低头向暗壁，千唤不一回。十五始展眉，愿同尘与灰。常存抱柱信，岂上望夫台。

我真想问皇上，后面的你怎么不写下去呢？但我什么都没说。

我也没有说，皇上，妾知道，除夕夜你是因为进不去未央宫才来找妾的。

宫里的人都说我这个宠妃太不知收敛了，皇后娘娘却不在意，还赐了很多东西给我，说我侍君辛苦。

侍君不辛苦，吃不到淑妃娘娘做的好吃的才是真难受啊！

过完年，皇后娘娘的病更不好了，到了二月，娘娘已经起不了床，躺在床上昏昏沉沉的，清醒的时间一天比一天少。我们整天陪着她，喂她喝药，给她讲趣事，但皇后娘娘连冲我们笑一下的力气都没有了。

偏偏皇上这段时日似乎国事特别忙，一步也没踏进后宫。我不晓得宣政殿里有多少奏折，也不晓得未央宫里飘出的药味儿，可会飘到永安宫里去吗？

陈御女替皇后娘娘抄了很多本佛经，淑妃娘娘和温昭仪干脆搬到未央宫里住着，两个人轮流睡在皇后娘娘床边的小榻上，我和三公主两个人都很害怕，每天躲起来偷偷地哭，哭完又待在皇后娘娘床前说话，盼着她能突然开口说：两只叽叽喳喳的小麻雀，来，我给你们讲个小麻雀的故事好不好？

花朝节那天晚上，太医说皇后娘娘不行了。我们围坐在皇后娘娘床前，大家都咬着牙哭，快到子时，一声烛花爆响，皇后娘娘突然睁开眼抓着淑妃娘娘喊："阿娘，阿娘，娇娇要回家，阿爹给娇娇做风筝……"

我们都不敢动，皇后娘娘什么都不记得了，她不记得我们，不记得深宫，不记得负心的丈夫和夭折的孩子，只记得千里之外的老父母，她一声一声地喊：

“阿娘，阿爹，娇娇要回家……”

皇后娘娘辞世这一年将二十五岁。她十四岁嫁给还是楚王的皇上做楚王妃，十六岁做了太子妃，生了一双儿女，儿子很快就没了，二十岁皇上登基，她做了皇后，半年后失了女儿，二十一岁生了小儿子，二十三岁小儿子也没了，娘家祖父突然病逝，一家子远离京城，从此缠绵病榻，二十五岁的生日还没过就撒手人寰。

皇上大病一场，咳得半死不活。淑妃娘娘也大病一场，咳得半生不死。我在怡华宫和永安宫之间来回奔波，神思恍惚之时，有一日竟在一声声的低咳里，捂着嘴不出声哭得妆发散乱，面目狰狞。

陈御女自请去伏龙寺出家为皇后娘娘祈福，我和温昭仪去送她时，她脸色苍白，跟我们说：“从前的事，是我对不住你们。如今……如今再没什么可说的了，我在伏龙寺替你们祈福，希望你们在宫里都平平安安。”

皇上病好以后，追封皇后娘娘为“敏慧皇后”，淑妃娘娘和温昭仪觉得这个谥号俗得不得了，骂骂咧咧了好几天。

我也想跟着骂，但我没空，我不得不经常在永安宫陪着皇上，听他一声一声“娇娇儿”地叫着我，弹《凤求凰》给他听。

第七章

新人

皇后娘娘一走，宫里的气氛就很不好，因为皇上不高兴，贤妃娘娘、淑妃娘娘、我和温昭仪也不高兴，纯妃不怎么说话，郑妃怀着孩子不出门，清婕妤脉象不稳躺着养胎，自打有个小御女跟她的贴身侍女在御花园说笑被皇上直接打入冷宫以后，阖宫上下就再没听见笑声了。大好的春光，宫里一片冷冷清清，大家都沉浸在国母早丧的悲痛中。

这种悲痛有很大的程度是真心的。皇后娘娘是好皇后，她处事公正，为人慈爱，对每个嫔妃都很好。皇上想不起来的那些妃子，放在先帝时期就是任人宰割的命，皇后娘娘却永远不会忘记她们中的每一个人，克扣物资这种事从来没有发生过。宫里也不是没有过无头冤案，但皇后娘娘从不偏听偏信罔顾人命，很多低位妃嫔不是靠着皇上，而是靠着皇后娘娘才平平安安地活着的。

一直到五月，郑妃和清婕妤先后生下了两个皇子。

皇上登基五年，膝下却十分凄凉，活着的孩子只有三皇子和三公主两个，现下添了两个皇子，皇上乐得不得了，终于想起来我进宫之前郑妃是他最宠爱的妃子，天天去陪她，又把她晋为德妃。

清婕妤……清婕妤晋为昭仪，但是谁都知道，清昭仪没有多少日子了。她怀孕的时候在陈贵妃身边担惊受怕，思虑过多，身体本就不好，再兼着陈贵妃身边的人是只要孩子不要大人的，只顾拼命给她进补，也不许她动一动走一走，胎儿大母体虚，生孩子折腾了三天，孩子落了地她自己却不行了。

念着同时进宫一场，我去看看她，她身边围着宋美人和王宝林——这两个人也是跟我同时进宫的，比我还早承宠呢！可这一年过去，我都快忘记她们的样子了。

她们三个显然感情很好，亲姐妹一样的，宋美人和王宝林眼睛都肿了，跪下来求我说："婉修仪，求求您跟皇上说说，过来看杨姐姐一眼吧，杨姐姐到底是生了皇子啊！"

我跟淑妃娘娘说起这件事，淑妃娘娘说："你真像瑶瑶啊！净管些跟自己无关的事！罢了，你可以等皇上来了说一说。你问我怎么说？嗯，就跟你求我做腌笃鲜时那副欲言又止的眼巴巴的小狗腿子模样就可以了。"

呸！谁是小狗腿子！

第二天皇上召见我，我乖乖地拉着他的袖子冲着他笑，他喂我吃芙蓉糕我也笑，他陪我下棋我也笑，他终于绷不住了，把我整个儿圈在怀里，新生的胡楂扎着我的脸："小坏丫头想要什么？"

我吞吞吐吐顾左右而言他，大半晌才把清昭仪的事情说了，皇上一听就变了脸色，摔了桌上的杯子：

"你让朕去看别的女人？！嗯？你让朕去看别人？！"

合着那些女人不是你自己选进宫的吗，你这个神经病！

我真想指着他的鼻子骂，但我不敢，一时委屈得不得了，忍不住哭起来："你不去就不去，你骂我做什么？！"我一向不会吵架，哭起来说话更是乱七八糟的，只一边抽泣一边说，"你这七天都去看德妃娘娘了！我只是觉得清昭仪很可怜，她生了孩子身体不好你都不去看她！她好可怜！好可怜的！我要是跟她一样，我，我，我会好害怕的……”

皇上把我紧紧地搂在怀里，低着头亲着我的眼泪、我的鬓角、我的额头，我被他亲得哭都哭不利索，他在我耳边一遍一遍地说：“娇娇儿不哭了，朕不好朕不好，朕不该那么久不来看你，朕不好，你放心，你和咱们的孩子都会好好的，你会好好的……”

他那样神情，一字一句像在发誓。

那天晚上，他在床第之间格外温存，一声一声地在我耳边低语：“娇娇儿，你给修哥哥生个孩子——要生三个，两个儿子、一个女儿，我教咱们的儿子骑马射箭，给咱们女儿扎秋千、做风筝！”

他到底还是去看了清昭仪一眼，宋美人和王宝林因此对我感激莫名，看我的眼神仿佛看着观音菩萨。

六月，清昭仪辞世，皇上没什么反应，贤妃娘娘把她的后事办得风风光光的，但正如淑妃娘娘说的，这有什么用。

清昭仪一死，五皇子的去向就很成问题。高位的嫔妃里，淑妃有三公主，纯妃有三皇子，郑德妃有四皇子，贤妃、温昭仪和我都没有孩子，淑妃娘娘幸灾乐祸：“完了，温媛媛要替皇帝老儿养孩子了，哈哈！”

我问为什么，淑妃娘娘说：“贤妃是林大将军的女儿，林家最初可是靠着许太师起来的……从前有许、陈、沈三家挡在前面还好说，如今朝中就他们家势力大，皇上不会让她有孩子的。你呢，皇上估计想让你自己生。温媛媛她爹是皇上的股肱之臣，皇上很乐意她生个孩子，可是温媛媛生不出来啊！所以只能把这个孩子给她，好让户部尚书感激涕零地为皇上卖命省钱啊！”

果然，第二天皇上就下旨晋温昭仪为温妃，移居金霞宫，抱养五皇子，温妃气得把怡华宫的摆设砸了一地。

淑妃娘娘心疼得想死，指着温妃一句话也说不出来，我一边替她抚着胸口顺气一边对温妃喊道："娘娘！那棵红珊瑚树是皇后娘娘给的！"

温妃把红珊瑚树放了回去，还伸手摸摸它以示安抚。

"我不想养孩子啊！养孩子好可怕！养孩子我就不能绣花！我前天刚刚得了一个新的花样子！我还想绣十二幅瑶瑶姐的绣像！我不要给皇帝老儿养孩子！他自己的孩子自己养！"

温妃哭得实在太惨了，不知道的还以为皇上死了呢。安慰了半天，温妃依旧不肯回金霞宫，跟淑妃娘娘一起把皇上从肉体到灵魂都骂了一遍，末了到底是我福至心灵："那什么，宋美人和王宝林跟清昭仪关系好像挺好，要不把她们弄一个到金霞宫住着帮你看孩子？"

温妃大喜，夸我聪明过人，淑妃娘娘挽了袖子给我做了炭烤猪颈肉和花菇笋丝虾仁汤以资鼓励。

宋美人和王宝林双双住进了金霞宫，两个人特意来怡华宫给我磕头，这个头磕得真心实意，她们都很爱五皇子，把他照顾得特别好，温妃没看过一天孩子就白升了位份，自己也很不好意思，只好给宋美人和王宝林一人做了一身衣服，把她俩吓得不得了。

我们冷眼瞧着，发现宋美人和王宝林都是很本分也很仗义的人，因此两宫往来的时候，也经常捎上她们，慢慢地也就熟络起来。

八月十五中秋节，贤妃娘娘依旧管着宫务，把中秋宴办得有声有色，我觉得她有些可怜，前朝在议立后之事，贤妃娘娘本来各方面都很好，照管后宫尽心尽力，就因为无子无缘后位。

皇上看着歌舞，大部分妃嫔看着皇上，我高高兴兴地吃着柚子，淑妃娘娘在发呆，满脸绝望的温妃娘娘不得不带着五皇子和带着三皇子的纯妃坐在一起，浑身上下都写着"快把孩子抱走"六个字。

等我回过神来的时候，皇上已经叫一个舞姬走上前去了，我看过去，那张脸我很熟悉，很美的一张脸，只是缺了几分看破红尘的仙气，相似的五官不同的气质，反正我是不会把她错认成皇后娘娘的，但皇上嘛，不好说。

八月十六，宫里多了一位瑶美人。

淑妃和温妃一起砸了一堆杯子骂道："呸！老坏坯子看上谁就自去看上，用个'瑶'字是要恶心谁？！"

我也觉得恶心坏了，我是真恶心，吐了一地，太医说，我有了身孕。

这个消息一传出去，贤妃娘娘先来看我，给了一堆东西要我好好养胎，淑妃娘娘说贤妃是真贤惠，没什么坏心，从在潜邸时就这样，以皇家的喜事为自己的喜事，以皇家的损失为自己的痛苦，真心实意绝不掺假，也不知道到底是哪根筋不对。

皇上是十天以后才来看我的，这十天他都陪着瑶美人，不，瑶淑仪，十天连跳这么多级，这位瑶淑仪也算是后宫一个传奇了。

皇上在八月底的一个黄昏踏进了兰芬阁，门外有两棵桂花树，秋风里一阵甜甜的馨香。

我看着皇上走进来，也不抬眼，规规矩矩地行礼："皇上安好。"

他过来拉我的手，我故意缩回去，低着头，规规矩矩地请他坐，给他上茶，规规矩矩地回话，他终于不出我所料地露出惊恐的神色来。他紧紧地抱着我，颤抖着说：

"娇娇儿，娇娇儿，你别恼我，别恼我，我不好，这几天没来瞧你，是我不好，我再不这样了，再不这样了……"

他哆哆嗦嗦地吐出这些低语，我知道他每一个字都是真心，可越是真心就越是可笑，我伏在他肩上，眼泪一滴一滴地往下掉，却咬着牙不肯哭出声来，他捧着我的脸，一迭声地哄着："娇娇儿不哭。"

第二日，我被册封位婉贵妃，赐住长乐宫。

淑妃娘娘替我收拾东西搬家时，我回头看着这座住了一年多的宫殿，忽而生出在这里住了许多年的感觉。

真是一入宫门深似海。

我拉着淑妃娘娘的袖子不肯走，三公主也拉着我的袖子不让我走，淑妃娘娘叫我们弄得哭笑不得，安慰我道：“小孩子长大了总是要自己住的，是不是？好了，我会日日去看你的。”

“娘娘还可以给我做醪糟鹌鹑蛋吗？”我说。

三公主紧跟着点头：“孩儿也可以来一点。”

淑妃娘娘：……

第八章

双生

皇上对我这一胎很上心，他赐了我很多东西，给了我很得力的掌事姑姑，整个长乐宫被围得像铁桶一样，不容半分疏忽，饶是这样，淑妃娘娘还是不放心。

她跟温妃一起接管了我的所有生活起居，吃的穿的都由她俩包了，宋美人和王宝林照顾过已故的清昭仪也十分有心得，清昭仪难产的事弄得她们心有余悸，每天都督促我多走走多动动。

十月，皇上带着瑶淑仪去秋狩，整个后宫就去了她一个，不可不谓荣宠。圣驾起程，这后宫就如马没了笼头，淑妃娘娘当日亲自下厨，和温妃畅饮到天明，喝醉了一起手拉手到长乐宫，一个要亲自上手教我刺绣，另一个拿手指勾我下巴非要带我回辽西。而我因为怀孕错过这次通宵饮酒，气得扁嘴抹眼泪，贤妃过来的时候长乐宫鸡飞狗跳十分热闹，只得又哄又劝，接受了温妃强送的一个绣绷十二色绣线，答应淑妃空了一定去辽西找她赛马，还答应我等两个醉鬼酒醒了就骂她们一顿，这才了事。

本来我被封了贵妃，位列四妃之首，贤妃再管宫务就不合适了，因此我刚住进长乐宫时，贤妃就带着令牌低眉顺眼地表示应该还给我。我愁得差点捶墙，宫里一堆乱七八糟的事我并不想管，为了让贤妃继续卖苦力，我翻来覆去说了一车轱辘好话，表示贤妃娘娘管理才能全后宫第一，谁能比得上！贤妃娘娘因此感激得泪湿了眼眶，表示她一定会好好管着后宫，保证不会出一点差错，不辜负我对她的信任……

我们这才明白，合着淑妃爱好做饭、温妃爱好刺绣、贤妃……爱好管家？！

怪不得她对先皇后那么尊崇，先皇后宾天的时候她跟我们一样悲痛，哭得声嘶力竭，合着是为的知遇之恩啊？！

皇上不在家的日子，我安安心心地养胎，淑妃娘娘变着花样做营养餐，温妃给我做了好多衣服不算，还做了很多小男孩和小女孩的小衣服，宋美人和王宝林每天抄一卷佛经为我的孩子祈福，三公主吗？嗯，她忙着替我的孩子起名字，什么李嘉言、李喜乐，总之一定要有一个字跟她的名字一样。

贤妃管着阖宫上下大小事务，顺带关心三皇子念书笔墨够不够、三公主有没有好看的小裙子、四皇子和五皇子喝奶喝得好不好……每过两天就要来我这里汇报工作并关心我的身体，总之忙碌并快乐着。

淑妃偷偷跟我说，其实皇帝就在外面玩不回来也挺好的。

但皇上毕竟还是回来了，给我带来两只小白兔，我想起他从前也给我送过两只，后来被当时的陈贵妃当着我的面摔死在石头上。如今陈贵妃到伏龙寺出家了，我却做了贵妃娘娘。

皇上让我抱着小兔子，他给我画像，画上的女子低着头，抚摩着怀里的小兔子，头发挡住了她的侧脸，看不出她的模样，只能感受到她确实很温柔。

这一点都不像我，我摸着兔子，心里想的是芋儿兔真好吃，可惜怀孕吃不得，嘤嘤嘤，哪里来那么温柔的神情？

皇上握着我的问："娇娇儿，像不像你？嗯？"他执着我的手，在画上写了一句诗：

愿同尘与灰。

我笑着想，皇上虽然可恶，却也有些可怜。

这一年过年很热闹，贤妃把一切安排得妥妥帖帖的，瑶淑仪却非要上场跳个舞，大家都面面相觑，本来先皇后和贤妃管理下的后宫一向井井有条很有规矩，宫妃们不用太折腾，只要安守本分就能得到应有的待遇，皇上多少还算雨露均沾，见不到皇上的低位嫔妃们也被照顾得很好，衣食无忧，并没有太强烈的争宠的动力，高位妃子们没被整死的一个比一个佛，阖宫上下已经很久没见到这种明晃晃争宠的场面了，当下大家都目瞪口呆。

所以在这后宫生存已经残酷到要每个节日都准备节目的地步了吗？！

瑶淑仪穿着薄纱衣跳完一支奔月舞，皇上就抱着她离开大殿，剩下众妃眼巴巴地看着我，我看向贤妃、德妃、淑妃，她们脸上都写着一脸蒙，我只好清清嗓子故作镇定："皇上许是担心瑶淑仪穿得太少了，这么冷的天，瑶淑仪为了献舞不计个人身体健康，本宫也很担心她老了会得肩周炎，去穿衣服也好。众姐妹可都穿暖了？"

大家继续一脸蒙地表示穿暖了穿暖了。

我说："贤妃娘娘安排这除夕宴也不容易，咱们就再乐一会儿吧，回去也没什么事干，啊，若是有什么事要回去的就先回去，不想回去的就继续吃。"

贤妃听见我这么体恤她，感动得泪流满面，连带着跟她交好的德妃也表示"贵妃娘娘真是美丽与品德并举的典范"。

这场除夕宴大家都吃得很开心，皇上不在，我又让她们不必拘束随便吃，到最后终于发展成一边吃菜一边回忆家乡介绍自己家乡风土人情的座谈会，末了大家围在一起干了一杯才兴尽而归。从此，宫里都说婉贵妃跟先皇后一样，是最慈爱最不摆架子的人。

皇上留着瑶淑仪在永安宫留到正月十五，瑶淑仪得宠本身并没有什么大不了的，但她一得宠就开始到处招摇挑刺欺负别的妃子。宋美人和王宝林有一次从金霞宫来看我，遇见瑶淑仪，被她罚跪了半个时辰，还是后来温妃过来的时候解救了她们。可是瑶淑仪转头就去向皇上告状，金霞宫三位宫妃都被罚俸抄书。

我不知道若是先皇后在会做什么，而我呢，我让皇上给的掌事何姑姑伺候着，弹起一曲《凤求凰》。何姑姑伺候得十分周到，因为我平时并不怎么用她。

皇上来看我的时候带着愧色，我不必跟他闹脾气，我只需要淡淡地笑着就好，我淡淡地笑，淡淡地行礼，淡淡地回话，他就慌了，搂着我又是安慰又是哄，我这次不理他，自顾自地去弹《凤求凰》，一曲终了，他把我扣在怀里说："娇娇儿，我求求你了，你笑一笑，你这个样子我心里慌得很。"

我躲着他不看他，问他："妾生孩子的时候，皇上可以来看妾一眼吗？妾有些怕，清昭仪……"

皇上彻底吓坏了："不许想清昭仪的事！朕以后天天守着你，一直到你把孩子生下来朕都守着你。娇娇儿，娇娇儿不怕……"

皇上又天天陪着我了，不得不说，这个男人，只要他愿意，他就是最温柔的丈夫。

瑶淑仪倒也不是没来截人，我又不怕，我其实也并不想要皇上天天来陪我。我只需要偶尔在瑶淑仪太过分的时候，让皇上给我的掌事姑姑伺候着，在院子里弹一曲《凤求凰》，再迎风站一会儿就够了，站多了我怕对孩子不好。第二天皇上总会带着赏赐来看我。

我对淑妃娘娘说起这件事，淑妃娘娘啐了一口："呸，我都替他累。"

温妃喂我吃了一块麻辣豆腐，淑妃喂我吃一勺子老醋花生，也不知道怎么了，我怀了胎就又爱吃辣又爱吃酸，天知道怀的是个啥！

淑妃说，小柳儿，你别太花心思，好好养着把孩子平平安安生下来是正经。

温妃说，小柳儿，我们都没事，我们只要你平平安安的。

我说，好。

六月，皇上带着瑶淑仪去行宫避暑了。

这件事的起因是瑶淑仪对皇上说她自进宫以来没去别的地方看过，皇上大手一挥，决定带她去城外行宫避暑。关于去年他们一起去秋狩的事情，他俩全都失忆了。

他们走了，后宫又开始慵懒安逸并井井有条的日子，我不知道有多少人在期望这样的日子久一点再久一点。

五皇子满了周岁开始学说话，宋美人和王宝林努力教他叫温妃“母妃”，温妃在这一声呢喃不清的“母妃”中落荒而逃，并没有因此生出母爱。不过她给五皇子做了两件小肚兜，一件绣着福娃娃抱锦鲤，另一件绣着狮子滚绣球，宋美人和王宝林双双喜极而泣，觉得五皇子跟了温妃真是上天眷顾，清昭仪在天有灵。

按着时间来算，我本该四五月就生的，可这个孩子实在慢腾腾的不着急，一直到六月十五我才发动。

生孩子那日的事我实在记不得了，我只记得很疼，恍惚之间我想起当时说的一句话：“妾生孩子的时候，皇上可以来看妾一眼吗？妾有些怕……”

皇上怎么说的，哦，他说：“……朕以后天天守着你，一直到你把孩子生下来朕都守着你。娇娇儿，娇娇儿不怕……”

我自然不怕，我不怕是因为淑妃、温妃、宋美人和王宝林甚至贤妃都在外头替我操持……人哪，总是很难分清楚什么是真心，什么是假意。

譬如当时说那句话，我能分清楚我自己和皇上是不是真心的吗？

不能。

我生了一对双生子——龙凤胎。男孩儿大一些，女孩儿小一些。淑妃娘娘抱着孩子在我耳边说："小柳儿，你真有福气！"

我醒过来的时候，皇上坐在我身边握着我的手，胡子拉碴，脸色憔悴，见我醒过来，小心翼翼地都不敢碰我："娇娇儿醒了？你醒了？还难受吗？"

后来我才知道，我脱力昏睡了三天，皇上得知我生产的消息，连夜从行宫赶回来，在我身边守了三个晚上。

这么说起来，倒好像十分情深义重。我这样想着，有些想笑，有什么用？终究都是三个字："来不及。"

皇上一心一意地陪着我，给我梳头，喂我喝药，抱孩子给我看。白天他去御书房处理国事，有时候还把孩子带过去，有一次他抱着我的六皇子跟一帮大臣讨论江南水患之事，孩子哭了他就颠一下，孩子哭了他就颠一下，一时传为奇谈。

六皇子和四公主的名字他想了很久很久，后来皇子叫李长思，公主叫李长忆。

这两个名字很好，我也很喜欢，只有嘉乐不高兴，因为两个宝宝居然起名都不随她！我们商量了一下，长思的小名就叫嘉嘉，长忆的小名就叫乐乐，嘉乐得偿所愿，跟我共享了一碗山参炖花胶，抱着我的脖子说："你要最喜欢嘉乐！不可以喜欢父皇！嘉乐才是你的好朋友！"

第九章

立后

前朝呼吁立皇后的呼声越来越多，尽管祖父他们一向低调，但我的家世摆在那里，又有儿女又有宠爱，一时呼声很高。贤妃娘娘的娘家不甘示弱，还有纯妃和德妃，她们也是有儿子的人，一时闹得乱七八糟的。皇上给我洗脚的时候问："娇娇儿做皇后好不好？"

我说："修哥哥，我不知道怎么做皇后……"

自从生了孩子，他就再也不肯让我叫他皇上了，我虽然有些犯恶心，到底还是顺着他叫一声"修哥哥"，他高兴得抱着我转圈圈。

"做皇后不难的，娇娇儿住到未央宫去就好，旁的都没什么变化的，嗯？不怕的。"

我靠在他怀里拿手指杵他的手，不说好也不说不好，他叫我杵得起了兴致，伸手往我肋下挠我痒痒，我一向最怕痒，在他怀里笑得直挣扎，他也笑得开心，一迭声地叫我："娇娇儿……娇娇儿……"

然而立后的事到底没有定下来，皇上嘴上说立我为后，心里怎么打算的谁知道？淑妃娘娘盘算着，摇头跟我说：

"德妃家世不显，她爹就是个从四品太中大夫，也没什么本事，这辈子能不能往上升都难说。纯妃她爹南阳侯倒是分量足，贤妃背后有大将军府……不对，贤妃没戏的，但凡皇上有意立她就把小五给她养了。其实还有温嫒嫒，她也算是有儿子的，不过除非皇帝老儿脑抽了，不然不会立她。那就还有你、德妃和纯妃。皇上不想外戚权太大，可皇后母族也不能太式微……你是最合适的，你儿女双全，家世高，但家族权力不大，江太傅毕竟年纪大了，你父亲、叔父虽然得力，眼下不过三品，还有的慢慢升……”

她这番说辞温妃不同意：“老坏坯子脑子异于常人，鬼才知道他怎么想的。再说了，你别忘了纯妃她爹南阳侯是皇帝老儿的亲舅舅。皇帝老儿亲娘死得早，要不是这个舅舅和沈老丞相他能入主东宫登基上位？仁和太后不活撕了他！沈家给他逼走了，南阳侯可一直顺顺当当屁事没有，连带纯妃也平平安安地过了这许多年，谁知道他是不是最信任南阳侯，就等着给纯妃铺路呢。”

她一番分析有理有据，自信满满，仿佛说的不是朝政，是刺绣的基本理论，末了还揽着我们两个神秘兮兮地说：“纯妃的儿子是皇长子诶！皇长子！你们说，会不会纯妃才是皇上的真爱，咱们全是给她挡刀的！”

我没见过世面，被她唬得一愣一愣的，淑妃娘娘嘴角抽搐：“……你最近是不是看话本子了？”

温妃说：“是，话本里就是这么写的，宋美人自己写的话本，怎么了？”

宋美人居然还会写话本？！这后宫真是人才济济啊！

温妃还想在跟我们扯一把关于立后的高见，我和淑妃娘娘却只想问话本子的事，她跟我们争了半天，最后因为淑妃娘娘做的白烧羊肉低下了高贵的头颅，这大概就是本次立后之争在后宫里掀起最大的波澜了。

立后的事一直闹到年底也没个准话，皇上大约烦心得很，来长乐宫时总是眉头紧锁的，还要我别担心。我没好意思告诉他，我们最近迷上了宋美人的话本，每天都听着宋美人笔下的皇帝被骗、被打、被戴绿帽子，过得非常开心。

过年很热闹，瑶淑仪今年不跳舞了，她怀孕了，皇上坐在我身边，一边亲亲我的鬓角，一边频频看向瑶淑仪，我真担心他精神分裂。由于没人搞特殊，皇帝没有提前离席，大家就不能畅谈故乡亲人，也不能举杯共庆，一时都很失望。散席的时候我甚至听到一个御女很小声地说："今年真没意思啊，难得跟娘娘们都聚在一起，我还想了几个笑话想讲给贵妃娘娘听了，她一定会很喜欢的……"

我真想拉住她喊"来来来快讲给我听我要听"，但是我被皇上带走了。

皇上今年的操作非常优秀，他带着我和瑶淑仪一起看烟花，我和瑶淑仪相视蒙圈，彼此都从对方的眼睛里看到"你为什么在这里"和"我为什么在这里"。

两个人看烟花是温馨，三个人看烟花就是眼冒金星，看到一半瑶淑仪开始叽叽歪歪，皇上开始跟她搂搂抱抱，烟花那么好看，结果只有我在看，简直暴殄天物。待烟花看完了，瑶淑仪还蹭在皇上怀里，我倒是很规矩地行了礼就回长乐宫了。

皇上这个人，要不淑妃和温妃怎么总是背地里骂他呢，百般求着他的他非要走，不要他的他又要跟上来。我回到宫里刚换了衣服躺下他就来了，我装睡不肯起床，他就自己换了衣服钻到我被窝里，一声声"娇娇儿你怎么不等朕？你生气了吗？娇娇儿你别生气"地闹我，我给他闹得烦了，随口说："皇上让娇娇儿好好睡，睡醒了娇娇儿就不生气了。"

第二天醒过来，他把我翻过身子，亲着我的嘴角说："娇娇儿，你说你醒了就不生气了。"

我好想笑啊，但我到底只是轻轻地吻回他的嘴角说："嗯，不生气了。"

他一下子愣住了，回过神来一阵狂喜，抱着我转了好几个圈，把我按在怀里盯着我的眼睛追问道："你说，娇娇儿你说了，你再不生气了！"

我说，嗯。

他笑得像个孩子。我第一次伸手去摸他的鬓角，他比我大十二岁，过了年才二十九岁，鬓角却已然有了几根白发。

他挺可怜的。我想，可恨又可怜。

他陪着我和孩子过了一个温馨美满的春节，给我和孩子们画了画像，画中的我抱着一个孩子背面站着拈花，孩子巴在我的肩头上，另一个孩子趴在一旁的小几上看我。

他还没来得及问我喜不喜欢这幅画，就被肚子疼的瑶淑仪叫走了，他一走我立刻去叫淑妃、温妃她们带上孩子过来玩，宋美人新年有福利，话本子新添了好几话，我们一边听一边嗑瓜子，把长乐宫扔得满地都是瓜子壳。

过完年，宫里又要开始选秀了，选秀之前，皇上册封我做了皇后。

入宫第三年，我成了皇上的继后，封后大典很隆重、很烦琐，我很累，也很不喜欢。但是带着孩子们离开长乐宫，住进未央宫里，我是很欢喜的。我甚至都没怎么改变未央宫原有的摆设，我是真的很喜欢、很想念先皇后，我不想改变她住过的屋子，生怕她哪天带着她的孩子来看我时，认不出这里来。

我把这话跟淑妃娘娘说了，淑妃娘娘问我不怕吗？我说，有什么可怕的，我真希望她能跟她的孩子在天上相聚，得空了来瞧瞧我和我的孩子，保护我们平平安安。她那样温柔，她的魂魄也一定是最温柔的。

四月就要开始选秀，我提议新人进宫之前把宫里原先的人的位份都升一升，皇上欣然答应。于是温妃升为温贵妃，瑶淑仪升为瑶昭仪，宋美人升为宋婕妤，王宝林升为王美人，其他所有的嫔妃也都升了一两级。贤妃、德妃、淑妃、纯妃没有升的，另有赏赐，总之我一上任就为后宫众人带来这样实打实的福利，大家都很感激我。

而我和淑妃娘娘得出的结论是，温贵妃她老爹肯定给皇上省了很多很多钱，不然温贵妃一年到头埋头刺绣，根本见不了几次皇帝，居然还能白赚儿子又升位份，实在不合理。

淑妃娘娘又神秘兮兮地对我和温贵妃说："看样子皇上对南阳侯也不放心，不然纯妃不会连四妃之一都没挣上，呸，皇帝老儿这么不相信人娶人家女儿做甚！"

皇上到底首先是皇上。

四月的选秀很热闹，选了十个女孩子进宫，六个是我选的，四个是皇上让留下的，都是普通大臣家里的女孩子。她们齐刷刷地站在一起，就跟一排嫩水葱儿似的，恭恭敬敬听我训话，连回一句"谢娘娘"，都带着四月天的芳菲春意。回想三年前我进宫选秀时的模样，真是过去了很久很久了啊。

新人进宫，封什么位份、给什么封号、住哪个宫是很有讲究的事，我本想着全听皇上的，然而皇上只吩咐把两个南边来的秀女安排在纯妃宫里，别的一概不管，还很不要脸地说："娇娇儿为朕统御六宫，这等小事必是能安排好的。"

还好我有管家狂热爱好者贤妃，她一听我张口求助眼睛都快绿了，再恭敬的用词也掩饰不了她的激动："娘娘，妾以为此事不难，皇上既这么说，便是不大上心，您依着宫里前两次选秀的规矩来就是了。"见我托着下巴一脸茫然，她又赶紧把从前的秀女家世如何、品貌如何、怎么安排的位份，等等，跟背书一样，从早上讲解到掌灯时分，讲得我十分羞愧，待要表达一番敬佩之情时，贤妃娘娘已经把这次秀女的安排建议写好呈给我过目了。

贤妃这样的才干，却要屈居在我这样的蠢人手下，我都有些替她不平，然而贤妃的神奇之处就在于她只想做一个心无旁骛的大管事。发现我当了皇后以后依旧如此倚重她，贤妃娘娘已经感激涕零到了极点，觉得我跟先皇后一样都是千古第一贤后，本朝有这样的国母，真是上天眷顾。

这些话不是她自己说出来的，是她脸上明明晃晃写着的，她的崇敬那么真诚，搞得我非常心虚。

新人进宫，皇上就开始有些忙碌，我跟淑妃娘娘偷偷观察好久，发现他挨个地召见，召见得十分均衡，淑妃娘娘悄悄跟我咬耳朵："当皇上也不容易啊，喏，看样子这批新来的不怎么讨他喜欢，大好的青春就这么断送在这深宫里，真是害人不浅。"

宫里添了人，晨昏定省的时候就越发热闹，我每天早上都睡不醒，坐在上头克制着打呵欠的欲望听她们聊天，眼里含着困倦的泪水，还要扯着面皮露出得体端庄的微笑，生怕哪天忘了笑会让她们胡思乱想。这么着肯定不行的，睡不够容易愤怒，愤怒容易让人生出坏心思，生出坏心思容易变成坏人，坏人就会做坏事，后宫就会不和谐，这是万万不行的！为了维护后宫的和谐，请安的时间就这么越拖越晚，后来我干脆让她们吃完早饭再来。

从前我刚进宫时，陈贵妃盛宠，请个安跟打仗一样。如今好了，在我这里，请安就是后宫众人睡足了吃饱了没事干一起聊聊天，讲讲笑话，吃吃点心。我若看出来哪两个宫妃关系不好的，就把她们私下留下来，问一问怎么回事，然后连劝带说地让她们抱头痛哭重归于好。在宋婕妤的话本里，有本事的皇后都要在请安时立威，不然就会被别的妃子欺负，然而四妃里贵妃、淑妃跟我是死党，贤妃是我的粉丝，德妃是贤妃的好朋友，也不知道谁会欺负我。

我叫宋婕妤睁眼看看真正的世界不要瞎编，但宋婕妤反驳道：

“可是你就是很没威信啊，你昨天还低三下四地求淑妃娘娘给你做玫瑰蜂蜜糖糕，你要有出息，就应该站起来指着她的鼻子说：‘本宫让你做你就只管去做！半个时辰，本宫和宋婕妤若是还没吃到玫瑰蜂蜜糖糕……你知道本宫的手段！’”

她说得阴森森的，一边说一边把我逼到角落里，配上极度扭曲的表情，成功吓得我更不想成为有威信的皇后了。淑妃娘娘为她的演技鼓掌叫好，然后我们所有人吃着玫瑰蜂蜜糖糕给宋婕妤看。宋婕妤一怒之下写了新话本，话本的主角是个魔王，有着淑妃娘娘的名字和外貌，天天侧着头歪着嘴拿锅铲打人，打之前还要撩头发说一句“你，在我眼里，不过是一道菜”。她一边说还要一边演，演出了失心疯的气质，把淑妃娘娘气得直跳脚，终于有一天真的拿锅铲追着要敲她的头。多和谐的后宫大家庭啊！

呃，其实也有不和谐的地方，瑶昭仪就很不和谐，她说她有身孕不舒服，皇上就免了她的请安，后宫众人都有几分替我愤愤不平的意思，而我，衷心认为皇上难得英明一次。毕竟瑶昭仪喜欢拿腔拿调地说话，什么“哎呀——，姐姐妹妹们都到了呀——，皇后娘娘——，臣妾来晚了，皇上让臣妾不用起得太早，娘娘不怪妾的吧——”她就这么把每句话都拖得长长的，配上拧腰扭脖子掖头发的造作姿态，就跟“矫揉造作”这个成语成精了似的。我们在宋婕妤的组织下偷偷模仿过她好多次，都无法学到她的精髓，淑妃娘娘还把脖子扭了。不来才好，我好怕她多来几次会把我笑死。

第十章

育儿

新人里没有特别得皇上欢心的，皇上随便升了几个的位份以后也就淡淡的，并没有什么特别得宠的人。这一年风调雨顺，皇上事务不多，来后宫的时间就多了起来。除了我这里，贵妃、德妃、贤妃、纯妃她们那里也都不时去一去，不过去得最多的，还是瑶昭仪那里。但淑妃娘娘那里，他果然一次都没去，温贵妃因此羡慕得要死，她说："每次皇帝老儿到我这里来的时候我就担心会一时忍不住拿绣花针扎他。"

瑶昭仪八月的时候生下一个小公主，皇上欢喜得不得了，封她做瑶妃，其实要不是她出身太低，皇上直接封她做皇贵妃都有可能的。不过大约是为了补偿，皇上又把我原先住的长乐宫给了她，瑶妃得意扬扬，请安的时候不光拧腰扭脖子掖头发，还加上微微上翻的白眼，几句话说得就更不成样子了。结果上到四妃下到宝林御女，阖宫上下一人一句把她怼到怀疑人生，接下来几天她来请安都没人搭理她，她后知后觉发现自己被孤立了，不知道跟皇上说了什么，皇上跟我说瑶妃产后失调，身体还是要养一养的，先别请安了。我听说她不来简直高兴坏了，当下开了库房给了一棵人参让她好好养病，我是如此懂事贤惠，倒让皇上十分愧疚，连着好几天都宿在未央宫。

我的长思、长忆满了周岁，会说话，会走路了，皇上很喜欢他们，总是把他们抱在膝头上哄他们说话，很多时候，他把我揽在怀里，我们一人抱着一个熟睡的孩子，照在镜子里，倒真像和和美美一家人。

可惜，只是像。

我很少带孩子们出去闲逛，先皇后三个孩子夭折得不明不白这段惨痛的往事给我和淑妃、温贵妃都造成了严重的阴影。未央宫、怡华宫、金霞宫都很谨慎，从不让底下的人单独带孩子出去玩，跟防贼一样。

想一想很有意思，我跟皇上，只是像一家人，这深宫，也只是像我的家。

长思个头比她妹妹大，也更皮一些，长忆还在爬的时候，他就已经颤颤巍巍地站起来开始像小鸭子一样蹒跚学步了，坏小子还故意在他妹妹跟前摇摇摆摆地走来走去，可怜的小长忆瞪眼看了她哥哥半天，想站又不敢站，终于蹬着小脚丫哇的一下哭出来。

我笑得乐不可支，终于得到了淑妃说的养孩子的乐趣。

长忆走路学得慢，说话却学得很快，未满周岁就开始叫“阿凉——”“阿耶——”，我跟皇上都高兴坏了，皇上更是有空就过来抱着她逗她说话。长思学话学得慢，只好冲着他爹“啊”“啊”地叫，还喊得特别大声，特别骄傲，活像一只骄傲的小白鹅。

我在养孩子的过程中形成了一个好习惯，就是每当淑妃给我做了藕粉桂花糕等精美小点心时，端着盘子坐在两个孩子面前吃给他们看，我一口一口慢慢吃，他们就目不转睛地看着我，直到我把最后一块也吃掉了，发现我并不打算给他们留一点的那瞬间，两个小孩子就会号啕大哭，屡试不爽，场面非常好笑。

皇上无意中发现我这个快乐来源，气得直捏我的脸，每次从我这里离开时都要叮嘱：

“娇娇儿，你乖啊，别欺负朕的孩子。”

他的叮嘱一点用都没有。

淑妃娘娘发现我这个乐趣以后，笑眯眯地断了我这里的点心供应，我欲哭无泪，号了整整两个月才得到宽大处理，从此洗心革面重新做娘。

三公主已经八岁，依旧是圆圆的脸儿，胖乎乎、白嫩嫩的，做了姐姐性子沉稳了许多，每天在我宫里忙着看好弟弟妹妹，俨然很有长姐的风范。五皇子两岁多，说话已经很伶俐了，不知从哪里学来了一堆甜言蜜语，温贵妃这种不喜欢小孩儿的也被他哄得迷迷糊糊，有一天跟我和淑妃闲聊的时候公然说出“我家小五”这样的话来，我们两个吓得跟活见了鬼似的，她自己倒厚着脸皮泰然自若，再也不说不替皇帝老儿养便宜儿子的话了。

我们严重怀疑小五这么会说话，必定是话本创作大师宋婕妤的功劳，但宋婕妤打死不认，一直到她开的新书里男主角每天八百遍不换词地夸他的心上人，这才算是露了馅。我们趁此机会讹了她一回让她一日双更，结果讹得太狠，宋婕妤不高兴了，让我们都很喜欢的女主角又是被打又是被骗，虐得我们肝痛，只好向她赔礼道歉，外加温贵妃的一双水青色绣绿叶兰软缎鞋和淑妃精心烹饪的樱桃肉，这才换回男女主角大团圆。

孩子们感情很好，玩在一处偶尔闹矛盾，一回头就好得跟没事人似的。贤妃、德妃偶尔也带着四皇子登门，四皇子跟小五年纪相仿，行事却一板一眼的很有规矩，让叫人就叫人，坐在德妃怀里乖乖的不乱叫也不乱动，跟活蹦乱跳的小五形成鲜明对比。

小四、小五一般大，一个吐字清晰话很少，另一个话多还听不清楚，两个孩子放在一起就很好玩：

小四："凉凉安好。"

小五："凉凉抱巧五，凉凉真漂酿，给凉凉发发——凉凉叽里咕噜咕噜叽里呱啦呱啦……"

我招呼他们吃点心。

小四："谢谢凉凉。"

小五："哇凉凉最好了，巧五喜欢凉凉！凉凉叽里咕噜哦呼噜叽里呱啦……"

淑妃有时候使坏心逗两个小孩，就问："小四、小五，你们母妃和皇后娘娘哪个漂亮呀？"

小四："嗯……嗯……嗯……"

小五："都漂酿！母妃漂酿！凉凉漂酿！凉凉大家都漂酿！给凉凉发发！"

小五就把在未央宫院子里摘的小花花送给在场的我、淑妃、温贵妃、贤妃、德妃、宋婕妤、王美人，送之前还要再强调一遍："凉凉漂酿！给凉凉发发！"搞得大家都与有荣焉，忍不住抱起他亲一口，又获得无数句"巧五喜欢凉凉叽里呱啦叽里咕噜……"

小四看看这个看看那个，最后把目光落在活生生的"别人家的孩子"——小五身上，忍不住就扁嘴要哭，小五也不知怎么那么乖觉，跑过去给他的脑门上亲一口："给四哥哥发发！巧五喜欢四哥哥！"小哥俩就手拉着手地去玩了。

德妃拿着人生中第一朵男人送的花，感动得热泪盈眶，接下来每天都以到未央宫请安为由试图在温贵妃眼皮底下把小五拐走：

"小五喜不喜欢德娘娘啊？喜欢啊？那小五跟德娘娘去静宁宫好不好呀！静宁宫有好多漂亮的花花……"

一向不喜欢孩子的温贵妃一边绣花一边抬头："不去！"

德妃："小五没事呀，你母妃不去你可以跟德娘娘去呀！你可以跟四哥哥一起睡！好不好？”

温贵妃：“皇后娘娘，静宁宫花太多了，不如咱们把它们拔了，择日不如撞日，就今天吧。”

德妃：……

不怪德妃天天想拐走小五，德妃人生最大的爱好是育儿，据说她本是家中长女，于照顾弟妹上很有心得，因此格外喜欢孩子，热衷于向我们每个人分享她的育儿经验，我们都不想听她也能见缝插针。

淑妃：“今天姐高兴，给你们做道西湖醋鱼。”

德妃：“哎呀呀真是多谢姐姐，今日真有口福，话说这吃饭啊，小孩子吃东西要格外上心，譬如……”

温贵妃：“我给长思、长忆做了两顶小帽子，你给他们戴上看看合不合适。”

德妃：“哎呀呀贵妃娘娘手真巧，话说这孩子穿的衣服啊，要……”

她就这么喋喋不休没完没了，贤妃偷偷跟我们说，德妃试图给皇上也灌输育儿经验，皇上表示拒绝以后，德妃对他大失所望。我们有一次聊天说起这件事，德妃见四下没有外人，才压低了声音说：

“你们都长点心，皇上啊，啧啧，别的都挺好，可是呢，是不是啊，小四是他亲儿子，他居然连帮他换尿布的四项基本操作都不想学，这也太，是不是啊？啧啧啧，他可是当爹的诶！咱们当了娘要独自照顾孩子，多命苦啊，是不是啊？亏得我有贤妃娘娘帮忙，啧啧，他也太好意思了，小四是我跟他生的，又不是跟贤妃姐姐生的啦是不是啊。淑妃姐姐是苦过来的，好在三公主大些了好带一点了，贵妃娘娘那里有宋婕妤、王美人帮衬还好些，皇后娘娘最辛苦了，是不是啊？两个孩子都要自己带，皇上管过两个孩子换尿布吃夜奶的事吗？”

我表示没有，德妃啧啧啧一脸嫌弃：“这么当爹是不成的！是不是啊？这孩子有他的一半好不好！不瞒各位说，我从前挺喜欢他的，他对我挺好，我那时候见他又喜欢上皇后娘娘还挺不舒服，说过两句不中听的话来着，啧啧啧，真是悔不当初啊！那时候就是，就是太年轻，是不是啊！男人好不好，还是要看生了孩子以后的事，是不是啊？连尿布都不给孩子换算什么好男人啊，是不是啊？”

皇上到底是怎样的人才，才能聚集这样一个后宫，我想了一下德妃教皇上换尿布的场景，觉得皇上居然不仅没治她的罪，还能时不时去静宁宫看一看，也算个仁君了吧。

毕竟男人当了皇帝，就不能再用男人的标准去衡量他了，仁君嘛，又不一定非得是好爹。

第十一章

仙人

说起宫里的孩子，其实还有纯妃的三皇子和瑶淑仪的五公主。但是纯妃这个人着实非常神奇，她从不与任何人来往。

“纯妃也是个人才，说起来她是跟许良娣一起进东宫的，比我和贤妃要早一点。从前皇上是楚王的时候，身边只有瑶瑶一个，后来当了太子才陆续纳了我们四个。”天有些冷了，屋子里点了银丝炭，可还是有些冷，淑妃娘娘新炒的瓜子特别香，我们俩和温贵妃拿了三张躺椅铺上厚厚的褥子裹在毯子里，半靠半躺地一边嗑瓜子一边闲聊。

“纯妃是皇上的表妹，皇上亲娘死得早，先皇的后宫可没这么太平，仁和太后一家独大，最是容不得人，皇上的亲娘就是断送在她手里的。前朝后宫是一体，前朝不稳，后宫就不平，皇帝老儿做男人虽说恶心人了点，做皇上还是没的说的，他把前朝料理得干干净净，后宫有坏心的没了支撑，自然不敢太嚣张，有事也是小打小闹，翻不出花儿来。先皇那会后宫可就真真如战场了，我虽不喜欢皇上，不过在宫里日子不太难过，还是要感谢他齐家治国有方的。”

温贵妃和我急着听故事，谁在乎皇上怎样？齐齐把瓜子壳扔到淑妃身上：“讲纯妃！”

淑妃呵呵一脸闭眼装死，我们两个又想过去挠她又舍不得掀开毯子，只好一起高一声低一声地号：

“快讲纯妃啊——”

“讲纯妃啊——”

“纯妃啊，啊啊啊啊啊啊啊！！！”

也不知道纯妃在懿和宫打了几个喷嚏，会不会宣太医。

“皇上不是嫡子，亲娘死得早，论理，皇位就是扔了也轮不到他，可他这个人脸硬心黑啊，杀母之仇放在一边，有妇之夫跑去勾搭许婵芳，呸，什么东西，不要脸的玩意儿，真是白瞎了瑶瑶一片真心，这种人在辽西早就被人打死了……”

淑妃娘娘骂了大半天皇上才回归正题：“许婵芳是许家的眼珠子。仁和太后作孽太多，一双儿女被她的贴身大宫女捂死了，听说先帝的王修仪死在仁和太后手里，一尸两命，没想到她姐姐就是仁和太后身边的人，不知道用了什么法子，就把两个孩子弄死了……许家势大，仁和老太婆恶得很，戕害宫妃弄死皇子都不是个事，活该她死孩子，呸，都说先帝宾天的时候仁和太后伤心太过病死了，我一个字都不信，一定是皇上干掉了他，皇帝老儿可能忍了……

“我说到哪儿了？哦，皇上跑去勾搭许婵芳，他那张脸，再加上能装，看上去人模狗样的，有心算无心，许婵芳肯定上钩啊，两个人一来一往地写了好多酸掉牙的歪诗，许婵芳到死还揣怀里呢……许家人本不肯，先皇十二个儿子，谁知道楚王是谁啊！他们看中的是先太子，先太子的娘是许家人送进宫里去的，留子去母……可是仁和太后没了孩子以后就一直很疼许婵芳，许婵芳一掉眼泪她就心疼，正好那时候先太子脑子抽了，不知从哪儿知道他生母的事还偷偷祭拜，戳了老太婆的肺管子……

“也是皇帝老儿运气好，赶上许老太师死了，许家全靠他撑着，剩下的子弟都是软脚蟹，好几个皇子都开始跟他们别苗头。一来二去，后来到底选了楚王。要不怎么说，谋事在人，成事在天呢，要是许老太师在，如今坐在这个位子上的，还指不定是谁呢……皇帝老儿就这么着当上了太子——受封当天迎娶许婵芳做太子良娣，听说啊，俩人手牵手祭天祭祖就跟正经两口子似的，谁还记得瑶瑶这个太子妃？要不是沈老丞相不是吃素的，老太婆能逼皇帝老儿休了瑶瑶……

“先皇受许家挟制，不想儿子也这样，所以后来先后把纯妃和我指给皇帝老儿，我们两家多少都能使得上力，我们家有辽西驻军，纯妃呢，南阳侯在南疆新立军功又是皇帝老儿的亲舅舅，听说当初皇帝老儿他亲娘因为母家暗弱，在宫里受尽欺凌蒙冤惨死，她弟弟因此立志投军，就是后来的南阳侯。后来先帝快死了又把贤妃指过来，也算得上对得起这个跟他不太熟的儿子了。

“贤妃运气好，进东宫没多久皇上就登基了，我们才叫惨呢！许婵芳真是往死里欺负瑶瑶，后来我和纯妃来了，又往死里欺负我们两个。她那个人啊，阴恻恻的，平日里雍容华贵，害人的手段真是花样百出，把人整死还叫人挑不出一点错处来。她被皇帝老儿骗了不去怪他，偏偏对我们几个下手，也不知道怎么想的，被男人骗找女人泄愤是不是有病……皇帝老儿是真能骗人，也不知道给纯妃灌了什么迷魂汤，纯妃那会儿总是一口一个表哥地叫，为了这个被许婵芳罚了多少次也不改口，鬼迷心窍了！对比之下我就很机智了，我一看东宫四个女人有三个看上他就决定不掺和了，我是谁，我是人间不一样的烟火啊！怎么能喜欢大家都喜欢的男人？！又不是打叶子牌还要凑齐四个人。”

说了这半天都没说到纯妃，我和温贵妃都表示淑妃讲故事的能力太垃圾了，淑妃气得往我们身上扔瓜子壳，我们两个又扔回去，一边扔还一边呼喝以壮气势，扔瓜子壳扔出江湖斗殴的满怀豪情。

斗殴的结果是淑妃因为一直在说话瓜子壳储备不足还不自量力

以一敌二输得贼惨，只好继续给我们讲故事：

“纯妃一向自视清高，看不上我。我刚来东宫的时候觉得反正大家都是被许婵芳欺负的人，不如我们仨一起玩，被罚了也有个照应嘛！就经常约瑶瑶和她一起如厕，结果她不仅拒绝我，还说我粗野没教养，她是不是傻！是人都要如厕好不好！有什么粗野的？！女孩子之间不一起如厕还谈什么友谊？！

“后来想一想她是皇上的表妹嘛，一家人一样蠢，正常。

“纯妃比我和瑶瑶有骨气，许婵芳欺负我们，我和瑶瑶都不怎么说话，就低头任她欺负，我们觉得吧，许婵芳能欺负我们是因为她有后台，她后台一日不倒我们就只能先忍着，反抗有什么用……仁和太后一手遮天，我们做什么都是错……”

温贵妃说：“尿就直说。”

“尿？不尿我们能撑到皇帝老儿登基？纯妃倒是不尿，一直梗着脖子叫着表哥不肯改口，两年，”淑妃竖起两个手指头，“掉了两个孩子。其中一个，许婵芳明知她怀孕还罚她跪了一天一夜……我和瑶瑶去救人差点把自己搭进去，不过她孩子没了，连我们一起怨上也是厉害，当着我们的面说你们怎么不早点来，我就纳闷这么会说话的女孩子到底是怎么养出来的？要是嘉乐这么会说话我一定会高兴得把她打死。

“三皇子是皇上登基两年后许家倒了以后才生下的，温媛媛，那时你进宫了啊，你难不成不记得纯妃就算是怀孕了也一副本仙女不想跟你们说话的样儿？”

温贵妃被勾起了惨痛的往事，气得居然在躺椅上坐了起来，青着一张脸：“她她她她她居然说我身为宫妃不好好侍奉皇上，天天绣乱七八糟的玩意儿是不务正业！乱七八糟的玩意儿！乱七八糟！这个人他娘的一点艺术修养都没有！自己没有高雅的业余爱好，居然还敢说我不务正业？！她分得清楚什么是盘针套针戗针擞和针，什么是平绣段纹绣打子绣卷针绣吗？！啊？！她什么都不懂！！！她除了会板着脸装清冷又飞不上天她还能干什么？！”

暴怒的温贵妃真的很可怕，我抱着小被子小鸡啄米一样地点头，淑妃娘娘哈哈大笑：“原来你们还有这么一节，哈哈，好了别瞪我了！不过，后来瑶瑶的小长安没了……皇上动过把三皇子抱给瑶瑶养的心思，纯妃从那个时候起就天天生病……唉，皇帝老儿真是成事不足，败事有余，把脑残当智慧，他以为瑶瑶没了孩子给她一个差不多大的孩子就可以让她开心起来吗……这是怎样一个智障，白白让纯妃跟瑶瑶结了梁子，瑶瑶又不要她的孩子！哎呀呀这对儿表兄妹真是智障一家亲啊一家亲。”

我问：“那纯妃在宫里就没跟谁走得近一点？”

淑妃摇头：“你觉悟太低了，仙人是不需要朋友的。”

我错了，我忏悔。

温贵妃终于冷静下来：“我是真的不记得她跟谁走得近，说起来三皇子也六岁了？你们听过那孩子开口说话吗？”

我：“没有，但这并不能说明问题，嘉乐在外人面前也不怎么说话啊！”

温贵妃：“我不管，反正纯妃就是个神奇的神经病。”

淑妃：“……呃，话说我记得贤妃曾经坚持过三个月每天都跟她打招呼拉她坐在一起，企图带领她融入后宫大家庭来着。”

我：“后来呢？”

淑妃：“她让贤妃不要太聒噪。”

纯妃果然是个神经病！贤妃作为全后宫最贤惠大度热心肠的人都能被怼简直不能忍！

第十二章 冬至

转眼就到了冬至，一年将了，我终于想起来，今年皇上来找我的次数着实没有去年多，皇上更多的时候都陪着瑶妃——从她怀孕到生产到坐月子。

冬至前天晚上，皇上带着一身寒气走进未央宫，还没进门就喊我："朕的娇娇儿呢？"

长忆睡着了，长思迷迷糊糊的，我正在拍他，结果这么嗷呜一嗓子俩孩子全醒了！全醒了！醒了！了！

这个男人到底要来干什么！

长思哇的一声哭出来，他一哭长忆开始跟着哭，就跟要比着谁的哭声大似的，我和奶娘宫女嬷嬷们手忙脚乱，心头火起，我气得拿枕头砸皇上。

皇上一向喜欢我跟他闹一些小脾气的——我很早以前就知道，他喜欢我偶尔害羞，喜欢我偶尔顽皮，喜欢我跟他撒娇，喜欢我偶尔闹一点无伤大雅的小脾气，喜欢我活泼乖巧的样子。

他有多喜欢，就有多悲哀。

我这个枕头一砸，皇上果然哈哈大笑，我急得跳脚，冲上去竖着手指堵在他嘴边："嘘！等他们睡着！"

不防皇上一把扣住我的腰，嘴角微挑，眉目风流，顺势就把我的手指头含在嘴里了。

这个男人啊……

这个男人。

孩子们很快被哄好了抱下去，皇上弯下腰抵着我的额头："朕看你是越来越皮了，嗯？胆子这样大！"

我故意跟他闹脾气："妾不是故意的，妾有些时日没见到皇上，一时眼花没认出来，以为是哪里来的歹人呢。皇上贵脚踏贱地，莫不是走错门认错人了？"

我这么说，脸上却在笑，皇上倒面有愧色，把我抱在他腿上倚着他的胸口："是朕不好。朕总是，唉，朕总是……"

他的声音一点一点低下去，到底也没说清楚总是什么，我真想问，总是什么？是总是错过呢，还是总是过错？

我没有问，我还没傻到在皇上面前做真实的自己。

我抚上他的鬓边，一年，他又多了白头发，我说："修哥哥，你要好好保重身体，你都有白头发了。"

皇上把我抱得更紧了，过了许久才说："朕过了年就三十岁了。"

他这么说，有一两滴水落到我的额头上，我知道那是什么，但我不想抬头看。

这天晚上他一直揽着我，他让我弹《凤求凰》给他听，让我跟他一起写字，他的字凌厉奇险，锋芒毕露，我的簪花小楷在一旁显得格外柔弱又可怜，仿佛芝兰倚玉树。

妾发初覆额，折花门前剧。郎骑竹马来，绕床弄青梅。同居长干里，两小无嫌猜。

昔年两小无嫌猜，今日唯君两鬓白。

夜里温存过后，我缩在他怀里，累得迷迷糊糊也没忘记我想说的话："修哥哥，妾明日可以见见家里人吗？妾有一点点想家。"

本朝的规矩，逢年过节，诰命夫人们是可以进宫拜谒皇后的，但到了皇上登基这几年，因为先皇后身体不好，就不常召诰命进宫，等到先皇后仙逝，后宫无主，诰命更不进宫。今年我登了后位以后，除了大典上受了诰命一拜也没召她们进宫的原因是：

瑶妃表示她怀孕了，诰命进宫万一冲撞了孩子就不好了。而且她父母亲人都没了，看见宫里的姐妹们能见到母亲，自己孕期却没有母亲看护，真是太伤心了！孕妇怎么可以伤心！

皇上居然答应了，他是真不怕瑶妃哪天在长乐宫里被人打死。

皇上说："好。"

我说："修哥哥，宫里姐妹……"

皇上低头亲亲我的额头叹息道："娇娇儿总是这个样子，什么事都要管一管，朕喜欢你这样，又盼着你只把心放在朕身上，不理旁的事。"

若我真的这样，怕不是早就疯了。

皇上最终答应了我，冬至那日召五品以上诰命进宫，宫里四品婕妤以上的嫔妃，都可以见见家里人。四品以下或是家人不在京都的，命六局开库房，按品级给各宫嫔妃的娘家赏赐财帛珍宝若干。其实往年逢年过节也会给各宫妃子的娘家赐节礼的，但一来低位嫔妃没这个福分，二来宫妃们连赏了什么东西都不知道，这次不一样，不仅人人有份，我还允许她们按品级排队一个一个去库房跟着挑一挑，也算能为家人尽一份心。

旨意一下，未央宫差点被人踏平，大家都冒着星星眼看着我，赞美我，奉承我，瞬间感觉人生已经到达了巅峰。

淑妃娘娘说："你就干这些吃力不讨好的事吧，你想见家里人直接宣华阳大长公主进宫就完了，皇上不会不同意的，偏偏还要搞这么一出跟后宫有福同享，你是不是傻！"

温贵妃呵呵："那阿柔你在干吗？刚刚在库房挑了一堆东西送回家的人不是你吗？！"

淑妃娘娘家人俱在辽西，自从她十七岁入了东宫，十一年过去再没见过家人，这次又是见不到的，我是真的好心疼啊，我说："你再挑一些也使得的，你这样的位份，进宫又这么多年了……"

淑妃娘娘大手一挥说："宫里的东西好看是好看，他们还真的拿来用吗，拿几样送过去略尽一尽心，让他们知道我过得不错就罢了……皇上一向不喜欢后宫跟娘家多联系的，仁和太后刚死没几年呢，皇上恨不得我们进了后宫就忘了娘家姓什么，安安静静待在宫里做吉祥物，好让咱们的父兄为他卖命，他高兴了宠一宠，不高兴了把咱们当个垫脚石助他一臂之力……"

我说，那这件事我本不该求皇上的恩典。

淑妃摇头道："你也没错，宫里的女人也怪可怜的，如今前朝该倒的家族都倒了，后宫该清理的人也都清理了，朝政都在皇上一个人手里，他自然也不必盯后宫盯得那么严，不然他不会答应你的，皇帝老儿当男人不行，当皇上稳得很。"

冬至那天非常适合睡觉，我睡得不知今夕何夕，诰命夫人们一只脚都踏进宫门了我还抓着被子喊道："再让我睡一刻钟！就一刻钟！"

淑妃冷笑着把我的被子掀开把我揪起来："再睡不给你做羊肉煲、芫爆乳鸽、绣球干贝和清炖蟹粉狮子头！"

太可怕了！好可怕的威胁！我瞬间就清醒了。

诰命先来拜见我，见过了以后，有女儿可见的去见女儿，没有的尬聊一会儿拿赏赐磕头走人。宫里四品以上的宫妃实在是不多，大部分人就是来尬聊的。

祖母已经老了，我进宫之时她虽已白发苍苍，好歹说话中气十足，龙头拐杖打起我爹十分顺手，如今说话却微微地喘着，我是自小跟着她长大的，旁人一走我就扑到她怀里不肯起来了。

“小柳儿快起来，哎呀这成什么样子啊，哎呀小柳儿啊，我的小柳儿啊，”她这么念叨着，我不自觉就红了眼眶。“咱们小柳儿瘦了呀，怎么就瘦了呀……”

要是淑妃在这里，她能气得跳起来，我三天两头吃她做的饭还能瘦简直是对她的侮辱。

我把头伏在祖母的膝上：“……家里都好，你哥哥姐姐们都好，你大哥哥家的瑾哥儿如今作文章作得很好了，你三哥哥的媳妇儿过了年就生了，你祖父也好，就是有些咳嗽，不妨事。

“小柳儿在宫里好不好？都好啊，那就好那就好，祖母一直想来看看你，可是前年你进了宫祖母身上就不好，是啊，都是想小柳儿想的……去年先皇后又去了……今年可算见着我的小柳儿啦……

“想祖母啊？祖母也想小柳儿啊，乖乖啊，祖母怎么不想你哦！怪祖母不好啊，祖母是个不得脸的，从前在宫里就是个不得脸的，先皇基本上都不认得祖母啊……

“你祖父那个糟老头子跟我说啊，从前仁和妖怪在的时候就喜欢拉拢诰命联结前朝，皇上最忌讳这个，陈家就是，陈老头儿老是要皇上多照看他孙女，他孙女老是越过先皇后召她家里人进宫，好了吧，死得透透的抢救都救不过来……你祖父说祖母越不见你越看出咱们家老实本分，你在宫里就越安全……哎呀呀唬死我啦！我就忍着没给宫里递牌子，话说回来递了牌子皇上也未必记得我这个姑祖母啦，他小时候我也没抱过他啊……

“皇上现在对小柳儿好不好啊？好吧，是什么意思啊，好就好不好就不好嘛，啊呀呀好就好，六皇子、四公主好不好啊？什么叫像小猪一样啊瞎说瞎说。乖乖啊，你在宫里要乖乖的啊，你祖父把你爹爹、大伯、三叔他们都打了一顿啦，让他们好好做官不许给你生事，你就乖乖的，得不得皇上喜欢都要乖乖的，可不敢当了皇后娘娘就闹脾气啊。”

我跟祖母腻歪了半天，听祖母絮絮叨叨许多话，含着眼泪冲她笑得傻乎乎的，脸埋在她怀里蹭呀蹭，又是“祖母我想你”又是“祖母最好了”地撒娇，一直到旁边一声硬邦邦的“小柳儿”，我才想起来我娘也在旁边呢！

我跟我娘不太熟，我一直养在祖母身边，我娘整颗心都放在哥哥、姐姐、弟弟身上，姐姐又漂亮又能干，从小就有进宫干一番大事业的远大理想，而我只想做一条翻都不翻身的咸鱼，差别大到我娘怀疑我不是她亲生的。我娘经常忘记还有我这个女儿，她给姐姐做衣服、打首饰，给哥哥弟弟请先生、送补品，而我什么都没有。后来我姐姐不知怎的掉进水里，进不了宫，换了我，她还问我是不是我把姐姐推进湖里去的。

我觉得我娘怪蠢的，我这么蠢一定是随了她。

果然我一看向她，她就开始犯蠢：“小柳儿，你如今做了皇后都要谢谢你姐姐啊，这后位本该是你姐姐的啊！可怜她在她夫家过得可怜，你可不能不管她啊……”

她话没说完就被我大伯母捂住了嘴：“皇后娘娘，没有的事，弟妹是太久没见您太激动了。”

大伯母果然威武，这么随机应变地瞎说八道，怪不得我娘一直被她压着抬不起头。

“你姐姐天天不肯看你姐夫一眼，不肯跟你姐夫说话，还不许他纳妾这不是有病吗……我怎么会有这么蠢的孙女，好丢人啊！不要小柳儿管，你不许管啊，乖乖，你要做一个乖乖的小皇后啊……”

祖母走的时候还一直念叨着：“小柳儿乖乖的啊……”

我当然会很乖很乖的啊！我站在未央宫门前看着祖母她们一步一步远去，第一次觉得这宫里挺小的，祖母没走两步就走出我的视线，看不到了。

第十三章

——

逆鳞

冬至第二天，温贵妃、淑妃、贤妃、德妃、宋婕妤、王美人齐聚未央宫吃“古董羹”，红泥小火炉上的铜锅子“咕咚咕咚”地响，淑妃秘制配方叫人熬了一夜的牛骨汤香得让我们忘乎所以，抱着淑妃一人往她脸上亲一口以示感谢，仿佛她才是皇上。淑妃虽然一向彪悍，但也没有彪悍到跟皇帝抢女人的地步，顶着花了的妆面眼神发直呆若木鸡，我们趁机把她片好的肉片彻底瓜分，一个两个涮得不亦乐乎。

“听说昨天瑶妃把长乐宫砸了。”宋婕妤一边吃一边幸灾乐祸。

我问：“你咋知道的？”

宋婕妤：“我不知道能行吗！我可是搞文学的人，不好好观察生活还怎么写话本子！明察秋毫正是在下的强项好吗！”

温贵妃：“瑶妃那么大动静，宫里除了小柳儿睡死过去别人都知道了，你明察秋毫个鬼，这件事还是我昨晚跟你说的呢！”

宋婕妤：“算了，今天不更新了。”

我们齐齐放下筷子：“你明察秋毫！你最明察最秋毫！”

德妃又开始啧啧啧，她是真的好喜欢啧啧啧：“啧啧啧，这个人哪，是不是啊，太掐尖要强也不好啊，是不是啊，她有什么好生气啊，是不是啊，她爹妈又不是我们杀的啦，是不是啊！啧啧啧，我是真可怜五公主啊，是不是啊，摊上这么暴躁易怒的娘啊，是不是啊，爹连尿布都不肯帮忙换，这有爹没爹有什么区别啊，是不是啊！娘又是这个样子，是不是啊！啧啧啧我跟你们说啊，这养孩子啊，一定要心平气和，不然会吓到他的是不是啊！这婴儿时期最要紧了，是不是啊，吓到他了他以后性格有缺陷的啊，是不是啊！到时候娶不到老婆嫁不出去还不是我们操心啊，是不是啊，啧啧啧，养孩子啊，就要……”

眼看着德妃的育儿大讲堂又要开讲了我赶紧打住："那后来怎么样了？"

贤妃瞬间正襟危坐，清了清嗓子："正要禀报皇后娘娘。昨日瑶妃最初只是在她自己宫里闹，砸了许多东西，后来就闹出了长乐宫，喊着去永安宫找皇上评理，嘴里不干不净地说了娘娘许多浑话，妾也没脸在这里说给娘娘听了。皇上有国事与前朝的大人相商，娘娘又歇下了，妾就斗胆自作主张让人把她制住了关进长乐宫她自己的寝殿里，这会儿还让人守着呢。妾又叫人将她砸的东西登记造册，瑶妃砸了皇上赐的两副头面、三座珊瑚树、一套上好的青瓷茶具，还有娘娘赐的一对白玉如意耳樽和首饰若干，连新赐的丝绸绢帛她都全撕了剪了！还打死一名宫女，打伤一名内官，这实在不成体统！是对皇上和娘娘的大不敬！就是如今去了伏龙寺的陈御女，还有当年打入冷宫的许氏都没有这么嚣张的，娘娘您看该如何定夺？"

我听得瞠目结舌，贤妃真是一等一的管理人才啊！瑶妃这么彪悍的宠妃她都敢出手管，还管得这么有条理，我要是看见瑶妃这么骂骂咧咧又砸东西又打人，很可能会把她当神经病给她请个太医。

淑妃嗤笑一声："贤妃妹妹把瑶妃跟陈彩容、许婵芳比可太抬举她了，我从前以为陈彩容就是最蠢的蠢货了，万万没想到这个瑶妃居然又一次突破了我的底线。难怪咱们在宫里日子越过越好，实在是反派越来越蠢了。贤妃妹妹，你还记得许婵芳得宠的时节吗？”

贤妃打了个寒噤：“不提她我们还能当姐妹。”

淑妃跟她一起碰了一杯：“敬咱们逝去的青春岁月！咱们才是真正见过大世面的女人！”

我额角直抽抽：“来吧，见过大世面的女人们，你们说怎么办吧！”

贤妃：“让皇上定夺吧，娘娘，皇后处置宠妃就是千古第一神坑，跟宠妃对上的皇后都没好下场，娘娘要以史为鉴。”

温贵妃十分赞同：“皇帝老儿自己宠出来的女人让他跪着宠完吧。”

皇上显然不打算跪着把她宠完了，我还没来得及想好怎么跟他说这件事呢，皇上就让人来叫我去长乐宫。我涮好的肉还没来得及吃就要去收拾烂摊子，气得想掀桌子骂人，但是铜锅里的汤底实在是香，我到底克制住了，在几个没良心的女人的笑声中，带上贤妃磨磨蹭蹭地出门。只有王美人有点良心，扶着我送到宫门口，踌躇许久才问道：“娘娘，明日妾能单独与娘娘说说话吗？”

王美人跟宋婕妤同住，一向爱笑不爱说话，大家凑在一起玩的时候她一直忙着给这个递帕子给那个夹菜，是个默默无闻专注服务的小可爱，有什么话是要单独跟我说的？！好想现在就拉着她说啊，怎么办！感觉今晚睡不着了！

然而没办法，十分严格的贤妃把我拖到了长乐宫。

长乐宫里一片死寂，只有瑶妃断断续续的抽泣声：“皇上，皇上说过一辈子护着妾的，皇上……皇上，妾是被冤枉的，都是她们嫉妒妾受皇上宠爱，联手欺负妾，皇上……”

皇上不说话，我非常后悔没有带上一把瓜子，贤妃就十分有条不紊地表示，既然这件事是她处理的就由她来问一问：“瑶妃，你昨日打死一名宫人，打伤一名内侍，是何缘故？”

瑶妃："嘤嘤嘤，他们惹我生气了嘛！他们对我不敬！嘤嘤嘤，皇上……"

贤妃："你昨日砸毁了许多皇上、娘娘给的赏赐，又是何缘故？莫不是对皇上和娘娘不敬？"

瑶妃："人家心情不好嘛，嘤嘤嘤……皇上说我只要高兴就好的是不是啊，皇上，嘤嘤嘤……"

贤妃："你昨夜还在宫道上大放厥词，污言污语中伤及皇后娘娘，还说什么皇后娘娘会跟先皇后一样没福气不得寿，三宫六院多少宫人嫔妃都听到了皆可做证，你又有什么话说？"

瑶妃："嘤嘤嘤，人家没有这么说！人家没有！你冤枉人，嘤嘤嘤……"

皇上这个时候答了一句："朕听到了。"

这样的神转折真该让宋婕妤来好好学习一下！这才是艺术来源于生活啊！

瑶妃的嘤嘤嘤在皇上一巴掌甩到她脸上那一刻戛然而止，皇上的声音冰冷得像山顶的积雪："你配不上这个'瑶'字。"

好想提醒他这个字是他赐的，真的好想摸摸他的脸肿不肿。

于是盛宠两年多的瑶妃被褫夺封号，贬为庶人，打入冷宫。我看着她一脸呆滞地被宫人脱去华服架出去，看着她满眼的不可置信和震惊，虽然十分不忍心也没有开口求情。

不是不想，是没有用，她祸从口出，而龙有逆鳞。

这天晚上，皇上大半夜的一个人静悄悄地爬上我的床，要不是我被王美人白天的话折磨得死去活来睡不着，真的很可能被他活活吓死。

当皇上的女人不容易，下次选秀一定要考校秀女的胆量。

"娇娇儿，不怕不怕，不怕不怕，吓坏你了是不是？是朕不好是朕不好。”皇上手忙脚乱地拍着我的背，力气大得好像要把我一掌拍死一了百了，我为了自救抓住他的手：“修哥哥怎么来了？”

皇上把我整个儿揽进他的怀里问我：“朕不来找你的时候，你在做什么呢？”

我在……在跟贵妃、淑妃、贤妃、德妃、宋婕妤、王美人一起嗑瓜子聊天骂你……

这要怎么说！

我只好低眉顺眼温柔乖巧地说：“没有做什么啊，就待在未央宫里陪孩子们，还有各宫的姐妹来聊天，也自己弹弹琴写写字。”

皇上问：“你怎么不来找朕呢？”

因为没空……

我说：“皇上若是想见妾，必定会来，皇上若是不想见妾，妾去了不过空惹皇上烦恼罢了。”

我说得很慢，好像很伤心，微微蹙眉，脸上却在笑，不用看镜子就知道必定会让他心疼，果然，他的手抚上我的脸颊，眼神深邃得像冬日的夜，一字一顿地问道：“真的是这样吗？”

到底是不是呢？我怎么知道呢？世上有很多事，哪里是能说得清楚的，不过看你我想怎么说罢了。

我回过头去不看他，很久很久才轻轻点了一下头：“嗯。”

他从后面抱住我，抱得很紧很紧，仿佛想抓住失落的往事，他说：“你是朕的娇娇儿……娇娇儿是最有福气的，娇娇儿会长命百岁，修哥哥以后永远陪着娇娇儿。”

我说，好。

皇上在我这里黏黏腻腻的三天，是我人生中特别漫长的三天，我惦记着王美人的话，恨不得亲自杀到金霞宫去找她，然而皇上这个小妖精搞得我分身乏术。

一时十分理解那些偷偷背着正房养外室的男人的心情。

然而皇上才不管我是什么心情呢，他在未央宫过得开心得很，抱着长忆，又让长思骑在他的肩膀上，两个孩子都高兴坏了，一声一声地喊："护皇！护皇！"

皇上笑得爽朗，爽朗得不像个帝王。

三天过后，皇上可算没这么闲了，年底繁忙的宫务有万能的贤妃顶着，我赶紧找来了王美人。

我把寝殿门窗都关上，怕被人听见还打算把王美人拉到床上去我们蒙上被子说悄悄话，鬼鬼祟祟得仿佛在偷情，王美人却十分不安，过了许久才嗫嚅道："娘娘……其实也没什么事……其实也不必让娘娘这样挂心，要不……要不……妾还是先回去吧……"

这是在逗我呢？！这个时候放她回去等于自杀啊！一代皇后死于自己的好奇心这种事说出去也忒丢人了！

我像只小狗一样绕着王美人转，表示有话一定要说，不然总是憋在心里容易变态，而且我的信用出了名的好记性出了名的差，很多事听过就忘，绝对是三宫六院前朝后宫最佳心事垃圾桶，呸，最佳倾诉对象。

王美人其实本来也要说的，我说了没两句她就吞吞吐吐地说："娘娘……也没什么事，就是想问娘娘，冬至那日诰命进宫，娘娘可见到大理寺卿姚大人的夫人了吗？"

我被她问得有些愣……我那日见的夫人太太有点多……想了一会儿倒确实有印象，是个很爽利的夫人，年纪跟我娘差不多，来得迟了一些，有位什么夫人不轻不重地刺了她一句，她倒是大大方方地说："家中小孙子缠人，妾来得晚了些，娘娘恕罪。"

我点点头："可我记得你爹是青州司马啊……你们家跟大理寺卿家有亲？"

王美人依旧吞吞吐吐："没，没亲，小时候家父曾与姚家伯父同在豫州为官，我们两家曾经是邻居。"

我愣愣地点头："哦。"

她沉吟许久又问："娘娘……姚夫人，可好？"

我搜肠刮肚想了一会儿，姚夫人身材圆润面容白胖中气十足笑容满面，确实没什么不好，就这么跟王美人说了，不料她又问了一句："那，姚家家中，可好？"

我以为我是去尬聊的？怎么居然还要考试？！

我很认真地想了好久，总算能把一些零零碎碎的片段凑起来："呃……应该挺好的，她小儿子是今年的探花郎，呃，然后好像还给她生了个小孙子……她挺高兴的，跟她亲家礼部侍郎夫人说了一阵她小孙子有多皮多能吃。"

这简简单单几句话，我说了以后都觉得对不起王美人的信任，不料她倒慢慢绽开一个极美的笑容，站起来整顿衣裳，端端正正朝我拜了三拜："娘娘慈悲，多谢娘娘。"

这话听着跟拜观音似的……我看着她泫然欲泣又郑重其事的样子，再想想我之前说的话，一个想法在我脑海里慢慢涌出，这这这这……

我凑近她，用很低很低的声音问："你不是，你不是，你……"

她轻轻地点了点头，徒留我一个人目瞪口呆，愣怔怔地开口："那你怎么，你怎么……"

她粲然一笑："我们自小认识的，真正的青梅竹马，他们家媒人都上门了。我爹不知从哪里得了门路，得了个送女儿去选秀的好机会，"她高高仰起头来，声音里带着轻轻的颤抖，"可惜我不得圣宠，除了进宫那年侍寝过两次，再不见天颜，能有今日全靠娘娘慈悲。"

我是实在不知道该说什么，我是真的好难过，她原本可以有光明灿烂的人生：青梅竹马的爱人是探花郎，爽利大方的婆婆也挺好相处，再生一个活泼可爱的孩子……

可惜没有原本。

我想了许久才说：“你要想，小五是个好孩子。”

她点点头说，嗯，娘娘放心，我早已释怀，今日得知他蟾宫折桂，有妻有子，日子还算平安顺利，就很开心了。

她的声音轻轻的，像在说服我，又像在说服她自己，一遍一遍慢慢地说：

就很开心了。

自始至终她也没落下一滴眼泪，我送她出去时，长思、长忆小鸭子一样扑到她脚下：“王凉凉抱……”

孩子们都喜欢王美人，因为她温柔耐心，我们也都挺喜欢王美人，因为她平日虽然不声不响安安静静的，却总是能第一时间替温贵妃分好绣线，在淑妃做菜时端茶给她喝，在没人耐烦听德妃讲育儿经时笑着点头听她讲完。

她真是个好姑娘，皇上真是瞎了眼。

第十四章 —— 寻常

今年过年的宫宴依旧是贤妃包办，虽然她非要我也参加一下策划，但我除了全程点头以外再没任何话说，太周到、太完美了！她连宫里谁跟谁关系不太好坐的时候尽量不要坐到一起，宫里谁谁谁上次看上去不喜欢某道菜这次不要给她上了这些东西都想到了，我还能说什么！我全程冒着星星眼看着她，看得她不好意思地说："娘娘再这么瞧着妾，妾就要忍不住失礼抱抱娘娘捏娘娘的脸了，娘娘怎么这么可爱！"

后宫的女人都好可爱，当皇上可真幸福啊！

除夕夜一切如常，皇上揽着我坐在最上头看歌舞，一边饮酒一边给我夹菜，他心情不是太好，一直沉着脸，搞得大家都好严肃，仿佛在参加一个歌舞升平的追悼会。

好在有贤妃忙着在冷场的时候串祝酒词让大家举杯同庆才不至于太沉闷，淑妃掩护偷偷睡觉的嘉乐自己也有些发呆，德妃带着四皇子又是喂他吃点东西又是指着场上的表演让他看，相对比之下温贵妃就非常不会带孩子，小五明明很兴奋很想说话，温贵妃居然强行把他搂在怀里动手拍他睡觉，整场宫宴小五都在努力挣脱出来，又被温贵妃塞回怀里，真的好想把温贵妃送去德妃那里好好培训一下。

我呢……呃，我在看纯妃。

我是真的很好奇，皇上这位表妹是不是真的在宫里独来独往，看了半天发现……纯妃真的是挺神奇的一个人。

大过年的，她带着三皇子，全程都冷着脸低眉垂眼的，都没跟孩子说上几句话，三皇子年纪比嘉乐还小，过了年也不过六岁，这个年纪的小男孩皮得很，那孩子却乖乖坐在那儿，怯生生的都不敢抬头。纯妃大部分时候都告病不出，平日里我见他们母子的次数很少，现在想起来，三皇子确实总是畏畏缩缩的，不要说讲话，都不太敢看人。

唉，这种事管不了的管不了的管不了的，我对自己说，说了一次又一次，我能管好自己和孩子就不错了，剩下的事随缘吧随缘吧。我给自己斟一杯酒，对自己说：

“小柳儿，祝你早日看开。”

新的一年皇上倒有几分说话的算话，他确确实实经常陪着我和孩子们，给长思做了小弓箭，给长忆梳小辫子，陪我下棋弹琴，一口一个娇娇儿，当真有几分岁月静好的意思。

三皇子满六岁，皇上选了我叔父做他的启蒙先生，四皇子、五皇子长大了，皇上也常常去看他们。说起来还有瑶妃的五公主，小小的一个小婴儿，见人就笑，不怕生也不爱哭，据说瑶妃嫌她是个女儿不怎么喜欢她，也不知道她是怎么想的，如今瑶妃被打入冷宫，五公主总要有人带，我想了许久，对皇上说，把五公主给贤妃吧。

只是一个公主，皇上答应了。

第二日贤妃抱着五公主，在我跟前重重磕了一个头，起来的时候我看见她的眼圈红了。

五公主的名字叫康乐，曾经也是皇上抱在怀里疼爱过的，不过因为她亲娘的事，皇上去贤妃那里时也不怎么抱她了。

宫里的日子不过就这么过，我尝一尝淑妃娘娘的新菜式，穿上温贵妃新裁的裙子，听宋婕妤说书，跟贤妃一起理事，教孩子有烦恼的时候找一下德妃，犯懒的时候让王美人帮我带一下孩子，日子就这样一天一天地过。

这年九月我又怀孕了，第二年七月初七生下一个男孩儿，好巧，跟先皇后是同一天生日。

我生孩子的时候皇上依旧不在，呃，他临幸了一个姓沈的宫女，那个小宫女没什么出奇，不过是跟冷宫里的瑶妃一样长了一双凤眼，会说话一样的，灵动得很。

我给皇上生了七皇子，皇上很高兴，给他起了个名字叫长念，我靠在迎枕上，看着他兴致勃勃地逗着孩子，还回过头对我说："娇娇儿，朕会永远护着你和孩子们平平安安。"

我内心呵呵，真想说一句你高兴就好，面上却淡淡地笑着说："好。"

他一向怕我这样笑，我知道的，他怕我规规矩矩叫他皇上给他行礼，怕我半垂眼睑淡淡地说好，怕我微微蹙眉却笑着说话，怕我挣开他的手不给他牵着。

他就过来拉着我的手，我想要挣开来，他攥住了，又开始没皮没脸地叫我："娇娇儿，你笑一笑，笑一笑，朕不好朕错了，你别恼了……朕再不这样了。"

我到底懒得跟他置气，叹了一口气说："皇上就骗妾吧。"

他抱着长念送到我跟前："宝宝跟你阿娘说，阿爹错啦，再不敢啦，让你阿娘别生气了。"

长念生下来只有三天，他的人生阅历不足以让他理解眼前的事，哦哦哦了半天哇地哭了出来。

姓沈的宫女被封为修仪，是个挺规矩的女孩子，来请安时甚至都能看出她有些怕，奈何后宫众人见识过宠妃的下场，什么许德妃、陈贵妃、瑶妃当年盛宠一时，如今一个比一个惨，大家背地里觉得当宠妃不太吉利，对沈修仪也没多少嫉妒之心。

水去日日流，花落日日少，宫中岁月，说漫长也是漫长，说短暂也很短暂。

接下来的五年过得都挺好，我跟各宫的娘娘们玩得很开心，孩子们也一天一天长大，嘉乐长到十五岁，终于不再是个圆滚白胖的女娃娃，抽条长高，比长腿美人淑妃娘娘还要高一些，性子爽朗爱笑，活脱脱一个淑妃的翻版。我们却一致觉得她太瘦了没有小时候可爱，心疼不已，淑妃更是恨不得一天给她做五顿饭。

十三岁的三皇子长川依旧总是畏畏缩缩，但凡谁跟他说话他都跟吓了一跳一样。我就是有心想关心一下他，问什么他都答得很小声，吞吞吐吐的。皇上每次考校他功课都能把他吓得说不出话，皇上因此长时间沉浸在自己是不是长得太吓人了的疑惑中，对三皇子越来越没耐心。

四皇子长慎和五皇子长怀年方九岁，就已经让我们一众当娘的头疼不已。小四是个惜字如金的闷葫芦，严肃古板的样子真的非常像我三叔，我小时候最怕我三叔，每天他板着一张脸恭恭敬敬对我说一声“参见母后”时，我都不由自主地把腰挺得更直，要不是不能砸自家人的饭碗，我真的很想让皇上给皇子们换一个先生。

小五跟小四恰恰相反，这孩子长得好看，话却实在太多了！而且他从小听着宋婕妤的爱情传奇话本子长大，每天吊儿郎当走路蹦蹦跳跳，一双桃花眼就连看着擦手的帕子都是深情款款的，撩得宫里许多小宫女说起五殿下就要脸红。温贵妃怕他学坏，把伺候他的人都换成了内侍和老嬷嬷，结果没过几天，发现几个内侍和嬷嬷说起小五时居然也有些扭扭捏捏不好意思，瞬间觉得生活好生艰难。

长思从小就皮，长到八岁就更皮，浑小子脑筋活，鬼主意多，思虑周全，年纪小却喜欢当带头大哥，他几个哥哥居然也都乐意听他的，连畏畏缩缩的三皇子都跟着长思偷偷在我三叔茶杯里倒酱油、陈醋，小五放哨，小四明明什么都看见了，居然十分恭敬地对我三叔说："先生请先用茶。"被抓以后，长思还很讲义气，挡在他几个哥哥身前对皇上说："要罚就罚我！不许罚我的人！"

好嘛！真是霸气侧漏！皇上于是罚他三天抄五十遍《论语》，结果他的哥哥姐姐妹妹们个个帮他抄书，不到两天就把字迹各异的五十遍《论语》交到皇上手里。皇上笑得不得了，不仅不怪他们，还把我们几个当娘的叫过去一起吃了个饭，言语间颇有几分"妻妾一家亲嫡庶全家和，朕真是治国齐家两开花的人才"的自豪感。

淑妃摇摇头对我说："皇上真是自信！一代君王别的不说，就是要有这份自信！"

长忆和康乐相差一岁，两个小姑娘关系很好。康乐脾气好，跟着贤妃小小年纪就学得十分周全妥帖会管事会照顾人，底下的人全都被她管得服服帖帖的，明明比长忆小一岁，却总是哄着长忆看着她不让她吃太多糖。就是可惜长得不像瑶妃，不然皇上也不会总是忽略她。

我曾经去冷宫看过瑶妃，毕竟她也没犯什么大错，大家都是可怜人，然而瑶妃被皇上骗得太惨，刚进冷宫就疯了，每天扯着嗓子咒我早死。我不知道该说什么，只能让人好好照顾她不要苛待她，又让太医按时去给她看病。

长忆性子像我，又软又萌傻乎乎的，爱吃爱玩，见了谁都想跟人做朋友，她大约是皇上最喜欢的孩子了，皇上把她放在膝头上问："小长忆喜不喜欢父皇啊？"长忆傻乎乎地点着头，皇上又问，"那小长忆把桂花糖藕给父皇好不好啊？"

一说到吃的，长忆瞬间就聪明起来："父皇喜欢桂花糖藕吗？"

皇上说："是啊。"

小丫头把剩下的桂花糖藕咬了很大的一口："那父皇的小公主帮父皇吃掉它！"

皇上笑得停不下来，叫匠人雕了一个小小的桂花糖藕形状的玉佩送给小长忆。

长忆得意扬扬地跟她哥哥炫耀，结果长思笑笑说："现在全宫都知道你是个贪吃桂花糖藕的馋嘴猫。"

长忆被她哥哥这一说，扁着嘴就哭了，可怜我的小长念年方五岁，就不得不出来主持公道："哥哥不可以这么说，姐姐不要哭，哥哥不是故意的。"

小长念真是个小天使，在他的调停下，哥哥姐姐齐齐抱着他在他脸上狗啃似的亲了一口，三个孩子一起在我的床上滚成一团睡着了。

第十五章

宫斗

沈修仪升作沈昭仪，生了皇上的八皇子，怀孕期间遇上皇上选秀，傻姑娘为此郁结于心，身体不好，生下来的孩子弱得像只病猫，三岁了才终于能好好走路。

皇上五年里选了两次秀，他一开始本来很喜欢沈昭仪，可是头一次选秀新选上的秀女里有个姓杨的，活泼可爱娇憨俏丽，很像我。皇上十分宠她，封她做杨美人，十天以后就封她做杨妃，又是让她住到长乐宫又是连着一个月都只召她一个人，结果还没等到她在后宫独霸一方，她私下跟家里联络，还偷偷支持他哥哥强纳一个小官家的女儿为妾的证据就被抓了个正着。

杨妃喜提前朝御史大夫的弹劾，皇上在朝堂上被大臣明晃晃地指出大兄弟你眼光不行哟，你小老婆背着你搞事情哟，当场把杨大人杖责二十关进大牢，可怜杨大人在外头隐隐以皇上的老丈人自居，转眼就被女婿打得哭爹叫娘。

这种事放在先帝时期屁都算不上，放在现在就是滔天大罪。皇上大怒要把杨妃打死，到底是我不忍心，求他看在杨妃怀孕的分上宽大为怀，皇上……皇上把我揽在怀里捂住我的眼睛，还是让人把她打死了。

杨家满门抄斩。

天子之怒，真是雷霆万钧，我们在背后吐槽无所谓，若是踏错一步犯了皇上的忌讳，那就是一家子百十口人的命。

杨妃死了，皇上又想起沈昭仪，然而沈昭仪被杨妃的死吓破了胆子，再加上生产不易，整个人憔悴到了十分，眼睛也失了神采，皇上去了两次，也就不去了。

别的秀女也有一两个合皇上的心意，皇上偶尔去看看她们，于是宫里添了六公主，她的生母肖御女被封为肖淑仪。肖淑仪实在太能作，三天两头以六公主不舒服为借口从我这里截人，皇上一不耐烦把她降为美人，连六公主都不去看，肖美人本以为自己挺得皇上喜欢，这么一来打击太大大病一场，病好以后皇上已经不太记得她了。要不是我时常记挂着给她们母女额外添东西，六公主能不能养活都很难说。

第二次选秀的时候选上了吏部尚书孙大人家的幼女，小姑娘骄傲得像只小孔雀，别的都罢了，侧脸倒跟冷宫里的瑶妃有几分相似，皇上把她封了婕妤，对她百依百顺。

孙婕妤是个被家人宠坏的小姑娘，到了宫里又立刻得了皇上的宠爱，一下子被胜利冲昏了头脑开始欺负人，作为皇后是万万不能纵容她这样子的，于是把她叫到跟前，跟她说在宫里要团结友爱，并且让她抄五遍《金刚经》宁心定神不要太暴躁。

抄五遍书……五遍！五！五遍书在宫里真的四舍五入就算一个字都没让她抄。

结果这孩子挺有手段的，故意把自己冻到得了风寒，第二天皇上果然怒气冲冲来找我。

进宫将近十年，我终于迎来了一场像样的宫斗。

我其实有很多方法可以让皇上心疼内疚，但我都没使出来，前几日，继祖父过世以后，祖母也过世了。

我是她最小的小孙女，都已经是三个孩子的娘了，祖母算得上高寿。她历经四朝，同辈的公主有二十一个，三个被送去和亲，七个没有活到嫁人，祖母侥幸平安长大，连她父皇长什么样都不太记得，所幸嫁给了新科进士我祖父，也算恩爱。她那些得宠的姐妹许多掺和了夺嫡，死得很惨，等到先帝即位时，祖母那么多姐妹，只剩下四个有福气被加封为大长公主。而这四位大长公主，两位跟仁和太后别苗头死得不清不楚，一位被皇上秋后算账赶出京都郁郁而终，而祖母则平平安安有惊无险活到皇上登基的第十四年。

我在宫里这几年，她偶尔进宫来见我，翻来覆去就一句话："小柳儿，你要乖乖的，做个乖乖的小皇后，平平安安到老。"

因为怕我娘犯糊涂为难我，她和我祖父商量了以后上书给皇上，把我爹调去徐州当刺史了。

她一走，这个人间对我的爱就少了几分。

我知道一个称职的皇后面对污蔑必定能控制住自己的情绪反败为胜，但我真的有点蠢，不太称职，控制不住情绪，于是面对皇上的愤怒，我面无表情地跪下磕头说："皇上说的是。请皇上责罚。"

我这个样子不知勾起了皇上哪段回忆，他气得指着我"你你你"了半天都说不出话，一甩袖子就走了。

温贵妃和淑妃当夜就赶了过来，淑妃急得跳脚："我的宝贝小柳儿小祖宗！你学什么不好，要这么跟皇帝老儿赌气！生气伤身体啊！乖乖，你不会真的生气了吧？你把皇帝老儿气跑了可以你自己可不能生气啊！"

温贵妃骂骂咧咧："皇帝老儿这么多年真是只长岁数不长脑子！呸！蠢死他算了！"

我整个儿埋在淑妃娘娘怀里，像十年前刚进宫的时候一样，很委屈很委屈地哭了起来。

孙婕妤经此一事更是嚣张，皇上什么都没做，就是把她升作孙昭仪打我的脸，我心情实在不好，想撂挑子不干，把贤妃和德妃吓得够呛。

贤妃苦口婆心地劝道：“娘娘，你可不能因为一时之气就任性妄为啊，你想一想，你入主中宫七年，是多么和蔼慈爱，宫里多少妃子都是靠着娘娘才舒舒服服活到今天，多少有坏心眼的蠢货都是娘娘暗中点醒小惩大诫才没让她们铸下大错，这后宫如此和平全靠娘娘！娘娘可不能抛下我们啊！”

德妃也一把鼻涕一把泪，连啧啧啧都吓回去了：“娘娘！娘娘做皇后这么多年，宫里的孩子个个平平安安地生下来平平安安地长大，足可以见娘娘的胸襟啊！若是换了个小心眼的当皇后，这么多孩子怕都活不下一半，更遑论如此团结友爱！娘娘为了孩子们也不能轻言放弃啊！”

七年，我这么蠢的一个人，居然也做了七年的“贤后”？

这些年，宫里的风气确实好，大约是上梁正了下梁就歪不了的原因。孙昭仪这么得脸，宫里大小嫔妃除了几个新进宫的不懂事奉承了她几句以外，也没见谁去巴结她，反倒是大家怕我伤心，个个跑到未央宫，跟我熟一点的哄我不要伤心，跟我不太熟的给我送小礼物给我讲笑话希望我笑一笑。

曾经作天作地的肖美人抱着六公主到我跟前凑趣，让说话不利索的六公主喊母后，忸忸怩怩地说：“娘娘多保重。”病恹恹的沈昭仪也带着瘦弱的八皇子到我跟前，她胆子小，想了半天才小声说：“娘娘千万看开点。”八皇子小猫一样叫我“母后”，还伸手摸摸我的脸颊。

淑妃娘娘说：“小柳儿心慈，这几年当皇后对她们多好啊，换个皇后哪能像你一样这么好？大家都不是傻子，皇上是不怎么把她们放心上的，你却很上心，有你当皇后一日就能保她们平安舒服一日，在后宫待久了，大家看得清楚得很，都巴不得你立刻跟皇上和好再获盛宠。”

我真的油然而生一种皇上配不上他的后宫的感觉。

皇上单方面跟我冷战，越发高调宠着孙昭仪，而我，吃着淑妃娘娘烧的三鲜鸭舌和醉蚌肉，穿上温贵妃给我新做的雨过天青色银丝牡丹暗纹大袖衫，早就不记得为什么生气了。

就这么过了三个月，孙昭仪怀了孩子升了孙妃，贵、贤、淑、德四妃在未央宫里合计了半天，完全忽略我的意见，决定按兵不动。等孙昭仪试图污蔑宋婕妤、王美人冲撞她害她掉了孩子，还暗指是我指使的时候，温贵妃一笑把人证、物证一点一点扔在皇上面前：孙妃不曾怀孕，她先前胃气犯了一直呕吐，误以为是怀孕，得知不是后暗施毒计做了个局想害皇后娘娘，简直狼子野心不要脸！

这些证据是万能的贤妃在德妃的帮助下查出来的，按兵不动请君入瓮的局是淑妃娘娘定下的，宋婕妤、王美人担任主演，至于为什么是温贵妃出面指证，她位列四妃之首总得发光发热发挥一点用处吧。

淑妃娘娘跟讲兵法一样跟我们分析说，皇上一直防着大将军府，贤妃出面只怕触动皇上敏感的神经。淑妃自己跟皇上形同陌路，就不用说了。德妃曾经很得皇上宠爱，如今皇上还时不时去她的静宁宫看看，是最合适的人选，但考虑到她一多说话就忍不住“啧啧啧”和“是不是啊”实在太不严肃了不适合宫斗这么正式的场合，还是根正苗红的温贵妃最合适。温贵妃她老爹十几年牢牢占据皇上最信任心腹大臣排行榜第一名，她出面简直自带光环。

至于我做了什么，呃，我参与了全程讨论并为她们鼓掌叫好。

温贵妃一席话大义凛然，只有我们几个知道她昨夜扯着头发背稿子背到子时，现在左手掌心里还有她打的小抄。

皇上一向不喜欢后宫中人搞小动作，一点点越界行为都会让他回想起仁和太后，孙妃万万没想到，一代宠妃与皇上的心理阴影之间只隔着温贵妃的几句话。皇上一看人证、物证俱在，瞬间翻脸，贬为庶人不说，还把她打入冷宫去跟接近疯癫的瑶妃做伴。

据说孙妃被拖出去时一直在喊："皇上！皇上！修哥哥！"

有什么用。

温贵妃把这一切转述给我听时冷笑连连："还修哥哥，老头子今年三十六七岁了，那孙妃才十六岁，他当人家的爹都可以了，还哥哥？！呸呸呸！我差点恶心得把隔夜菜给吐出来。"

贤妃叹了一口气："说起来，后宫真的是人才凋零，这几年也就孙妃有几分才情能做个局，虽然做得不怎么样吧，好歹是个局嘛。许婵芳一死，后宫的日子太安逸了，我感觉我们的手段都生疏了，四妃联手查这么个破事查了三天。唉，生疏了生疏了。"

淑妃陪着她叹息着摇头："没经历过许婵芳的妃子不足以谈宫斗，经历过许婵芳还活着的妃子都是高手，咱俩真是高手寂寞寂寞高手。"

两个人以茶代酒干了一杯。

温贵妃和德妃不服气："我们也见识过许氏得宠的局面的。"

淑妃呵呵："屁！你们进宫不到一年许婵芳就叫皇上扫到冷宫去了，那会儿她一直盯着我们两个，还有瑶瑶和纯妃，哪里有空理你们？"

温贵妃也笑笑说："黎明前的黑暗最难熬好不好！我一进宫，听她说了两句话，就莫名其妙成了对皇后娘娘不敬，我什么都不知道，瑶瑶姐也什么都不知道，我就被关了一个月啊！我到现在都没想明白那一切到底是怎么发生的！"

于是她们四个干了一杯，我看她们拍肩搭背都快烧香拜把子了，赶紧说：“我们经历过陈贵妃的！陈贵妃也算人才啊！”宋婕妤和王美人齐齐点头。

淑妃再次笑笑说：“陈彩容和许婵芳之间差了一百个贤妃、两百个我、三百个德妃和一万个温媛媛。说来陈彩容最初还有脑子，人虽嚣张好歹有分寸，她是在皇上着意纵容中被冲昏了头脑才作死的，但她作死的花样有限，不过是耍嘴皮子骂人，欺负人欺负得明明白白，完全没有阴谋的气息，只要不理她就可以了。许婵芳才是无孔不入防不胜防。”

贤妃点头：“陈彩容嚣张，不过是皇上希望她嚣张好抓住她们家的把柄，陈彩容自己没什么手段，我们是为了配合皇上不好跟她斗。许婵芳……真真是个天才，狠得了心下得了手，我虽恨极了她，倒也输得心服口服。虽说她屡屡得手，也有几分仗着许家的势，可即便没有这份依仗，她那个人也是很了不得的，当初跟你们一样傻乎乎的小姑娘，多少被彻彻底底地利用了还觉得许娘娘人最好。”

淑妃瑟缩了一下抱了抱胳膊：“她那个人什么事都干得出来，面上还总是和和气气的……遇上她咱们上辈子是做了多少恶！也是可惜，她跟皇帝老儿一模一样，都是不肯好好做人的主，要是生作男的，又有许家那样的势……那这天下可就不好说了！瑶瑶那个傻子，一开始还替她不平，当她是个好人呢，唉……他娘的咱们从前过的是什么日子！”

贤妃说：“前朝不稳，后宫想法就多，皇上要靠这个牵制那个必然就很难公正，皇后也不好管。皇上不公正，皇后管不了，后宫不乱才怪。先皇后多好的人哪！没赶上好时候，那会子前边一片混乱，实在是没法子。而且先皇后看不开，但凡她放低一下身段复了宠，也不必过得那么辛苦，我们也能稍微好过一些。”

淑妃气呼呼地说："瑶瑶才不要给他服软！瑶瑶不喜欢他了！什么坏心肝的玩意儿！我乐意过得惨一点也不要她服软！"

贤妃点头叹道："我晓得，我晓得，我也就是随口说一嘴。如今日子好过了，我心里是很感激皇上的，多谢他把前朝处理得一片清明，后宫嫔妃没什么势力，一是一二是二很好立规矩。也多谢他多少心里有点数，挑宠妃眼光虽然不行，好歹还算讲道理，不护短。"

淑妃大爷一样躺在躺椅上，我和温贵妃一边一个帮她按摩她的膝盖——自从上了三十岁，她膝盖的旧伤一到阴雨天就疼得厉害。她幸灾乐祸地说："皇帝老儿看女人的眼光比我们差多了，但凡他不那么虚伪烦人，咱们来替他挑宠妃，保证他一宠一个准个个又乖又可爱。"

德妃摇头："啧啧啧这你就错了，你看看皇上怎么瞎宠一气的，是不是啊，我跟你讲，他的宠妃宠着宠着就变味了，原因就在于他没好好学育儿知识，不晓得溺爱就是伤害的道理是不是啊，啧啧啧，小姑娘刚进宫，他十天给她连升五级，什么好东西都往她宫里送，什么肉麻话都跟她说，哪个小姑娘不被他宠傻了自以为是他的心头肉？谁还能保持理智？！啧啧啧，但凡他节制一点都不会把人宠坏是不是啊！你们回想一下，这么多年来独占恩宠的宠妃，许婵芳和陈彩容受宠跟前朝有关不算，后头的这些人里，是不是除了皇后娘娘以外全给宠成了傻子自己作死了？！啧啧啧，到底是咱们小柳儿聪明伶俐才没长歪是不是啊！"

我回想了一下，德妃果然很有道理，当年我才十四岁，皇上给我梳头又喂我吃饭，给我讲故事又给我哼小曲，又是升位份又是天天赏赐，还一口一个娇娇儿让我喊他修哥哥，我居然没给他宠歪，只能说祖父祖母确实教养得好。

第十六章

谋反

那天夜里我辗转反侧，皇上偷偷摸摸从门外进来，站在我的床前，我本想装睡，思虑许久，想起白天大家说的话，到底轻轻唤一声："修哥哥？"

他没有说话，很久很久，握住我的手，伸手抚上我的面颊。

我很轻很轻地发出一声叹息。

他说："娇娇儿，娇娇儿，朕找不到你了，朕怎么就找不到你了……"

床前月色如霜，他两鬓已经全白了。

我握住他的手，给他念那首诗：妾发初覆额，折花门前剧。郎骑竹马来，绕床弄青梅。同居长干里，两小无嫌猜。十四为君妇，羞颜未尝开。低头向暗壁，千唤不一回。十五始展眉，愿同尘与灰……

我觉得自己真是一个好人啊，居然愿意这样安慰他。

我们就这样莫名其妙地和好了，后宫众人齐齐松了一口气。皇上不知道是看透了还是没看透，他搂着我的腰对我说："以后不选秀了，宫里人够多了。"

不是宫里人够多了，是他失望的次数多了，我靠在他怀里说："修哥哥想清楚了就好。"

皇上放话不选秀了，宫里旧人又早就见识了瞎折腾的下场，宫里就消停了下来。可宫里一消停，朝政却出了问题。

北狄出了位雄才大略的可汗，带兵打仗很有能耐，屡次骚扰我边境，有大臣提出来派个公主去和亲吧。

宫里唯一适龄的公主是嘉乐，十六岁。

淑妃第一次慌了手脚，握着我的手一直抖一直抖，声音里带着小心翼翼的哭腔："怎么办？……这可怎么办？……"

这是国事，在国事上，皇上一向冷心冷情，我们每天都把嘉乐紧紧地带在身边，一刻也不敢让她离了跟前，仿佛这样就可能留住她一样。

四月初一，皇上召见文武大臣，正式下旨发兵。既是要打仗，那就不必和亲了。可打仗是要死人的，领兵的是贤妃的父亲林老将军，辽西局势也不稳定，狄人兵分两路，有一路锲而不舍地骚扰辽西。

我们开始抄佛经，拜菩萨，个个都带上了伏龙寺开了光的檀木数珠儿，只求满天神佛保佑贤妃、淑妃娘家人平平安安。

皇上用人有方，国力又强盛，第二年就平定了北方，淑妃失去了叔父和一个哥哥，贤妃的父亲林老将军沙场中箭不治身亡。

我很担心淑妃娘娘，她却冷静得很，对我道："名将哪有到白头的，我叔父和四哥能为国尽忠战死沙场，将来青史留名，总好过死在自己人钩心斗角的算计里。"

她这样冷静，看得这样透彻，我都不知道该怎么安慰她，她自沉默了许久才幽幽叹道："我四哥打仗总是少了几分天分，小时候读兵法，我不帮他他总也过不了关，当初我来京城，别的都罢了，就是不放心他，果然——"

她摇摇头，不再说下去了。我伸手拍着贤妃的背，贤妃靠在我肩上，哭都哭不出声，带着凄凉的笑意说："现在他不必防着我了。"

皇上亲自出城三十里迎接班师回朝的大军，顺便巡视京郊大营，大约要有三日不在宫中。除去三皇子在病中，八皇子年纪太小，另外几个皇子都跟着一起去。

十岁的长思穿上宝蓝色的礼服看上去也像个小大人，牵着长念的手站在我跟前听我吩咐，我让他记得帮我给林老将军上炷香，顺便告诉他，我会好好照顾贤妃的。

贤妃到底是贤妃，一夜过后就冷静下来，康乐一直围着她，替她揉揉肩递递水，乖得像只小猫咪。淑妃见贤妃肯吃东西，亲自做了炒珍珠鸡、奶汁鱼片、芙蓉大虾、清炸鹌鹑、杏仁豆腐、蜜饯鲜桃……一桌子好吃的让贤妃也忍不住微微笑道："幸亏阿柔不是天天做菜，不然我们都得胖成球。"

许多年以后，我都清清楚楚地记得清炸鹌鹑酥脆可口的口感。那个阳光很好的中午，我刚刚咬一口鹌鹑肉，赞美的话还没有说出口，一向清冷不与人相交的纯妃带着一群身穿甲胄的兵士踏进未央宫，眉目里却只有说不出的疲惫。

嘉乐反手就把长忆和康乐搂在怀里，我站起来，贵、贤、淑、德四妃并宋婕妤、王美人紧紧围在我身边，我问："纯妃这是什么意思？"

纯妃每个字都说得很慢，毫无气势，仿佛耗尽了所有的力气："皇上巡视京郊大营遇刺，众皇子失了踪迹，三皇子是长子，理当在此刻担起责任。"

我们几个面面相觑，这是谋反啊！有生之年啊！活久见啊！谋反的还是神仙一样的纯妃，纯妃还这么半死不活的，这是什么神仙操作啊！

纯妃让人把后宫众妃圈在未央宫里，前头发生了什么事咱不知道，咱也不敢问，不晓得别的皇后遇见谋反是怎么做的，我倒是还记得让沈昭仪喂八皇子好好吃饭，可怜的娃病弱得像根豆芽菜，不吃饭我怕他会死掉。

后宫众妃开始还打算哭一哭的，结果看见一桌子淑妃做的美味佳肴，不由自主地开始咽口水，在我的鼓励下把一桌子菜一扫而空，人多菜少，个个十分遗憾。我几次邀请纯妃过来吃一吃，毕竟谋不谋反的且不论，大家同是后宫人，结果纯妃为了维护仙人的尊严三请四请才慢慢走过来，菜盘子早就空了。我只好对她尴尬地笑，笑得脸都酸了她都没理我。

淑妃、贤妃这两个见过世面的女人老神在在，淑妃一直紧紧站在我身边，将门虎女气场全开："怎么，你谋你表哥的反？"

纯妃被一声表哥刺得目光一滞："我没有表哥。"

温贵妃和德妃有些担心儿子，而我觉得最应该担心的是我们自己，这场谋反跟闹着玩似的，南阳侯的兵马神兵天降，没遇到任何阻挡就冲进宫里，皇上怕不是在请君入瓮。

可你请君入瓮就入瓮，我们也在瓮里啊！皇上是打算把我们跟反贼一起一锅煮了吗！

果然，半晌之后，未央宫外刀啸剑鸣，还没等我们回过神来，一位白袍少年将军一杆红缨枪，一马当先地进了未央宫连挑了三个乱兵，喝道："南阳侯已伏诛，尔等还不放下武器投降！"

至此，这场闹着玩一样的谋反落下帷幕，有个没死透的小头目不知道出于什么心态，临死暴起打算给我来一刀，我脸上写着"欠砍"两个字吗？真是莫名其妙。

淑妃替我挡住了。

那白袍小将军一枪拦过来，那刀扎偏了，没伤到要害，然而我、嘉乐和温贵妃还是齐齐一声惊呼软了脚，连滚带爬扶住她，结果淑妃还咧开嘴笑了一下，对白袍小将军说："小子，身手不错。"

那孩子满脸愧疚，端端正正跪下冲我行礼："微臣江怀瑾参见皇后娘娘，皇后娘娘受惊了。"

江怀瑾，江怀瑾，好巧哦，跟我娘家大哥的儿子同名呢。

犹记得当年要进宫时，这孩子不过七八岁，哭唧唧地拉着我的袖子喊："小姑姑不走……小姑姑不走……"

一晃十二年过去，这孩子已长成玉树临风的清俊少年，是今年的新科武状元文探花，皇上把他安排到御林军中，在我跟前夸他好几次，还说等战事了了摆个家宴，不料我们姑侄重逢竟在这里，若不是他自报家门，哪里还认得出来！

扎在淑妃身上那一刀虽不中要害，却让她流了很多血，我吓得整个人都不好了，亲自坐镇怡华宫，拿了两床被子把她从头到脚包起来塞在床上不许她起来，太医在给她包扎伤口的时候我张罗着让宫人在屋里点火盆，温贵妃忍无可忍一巴掌拍到我的后脑勺："别添乱行吗！这是六月啊，傻子！"

"人失血过多会冷的！"我说。

我俩差点打起来，贤妃烦得不得了，冲上来给我们两个一人一脚，自己挽起袖子把各项工作安排得明明白白，徒留我们两个灰溜溜地缩着脖子坐在淑妃床边盯着太医给她上药，把太医盯得一头冷汗。

皇上一直到三天后才踏进后宫，这三天天翻地覆，南阳侯密谋造反，近年来还一直跟南边蛮族有书信往来，诛九族，党羽全被拿下满门诛杀。三皇子勾结大臣，不忠不孝，赐三尺白绫，纯妃赐鸩酒，后宫有两个宝林，是南阳侯手下大将的女儿，与谋反无涉，死罪可免，即日遣往伏龙寺为皇室祈福。

皇上真是从不容情。

小四、小五、长思、长念回了宫，叽叽喳喳地把他们知道的事讲给我们听，我们一拼凑大约也知道是怎么回事：南阳侯作为皇上的舅舅，当年对付许家是出了大力的，皇上大约也许过什么承诺，然而许家一倒台，先是先皇后的祖父沈老丞相突然死了，沈家满门集体回乡丁忧十几年也没起复，然后护国公陈家干脆凉到底，连个收尸哭丧的都没有，南阳侯哪里还看不出皇上的本事？只好跟林老将军一样，缩着脖子低着头小心做人。

可南阳侯跟林老将军不一样，林老将军从未成为皇上的心腹，南阳侯却有一段时间是皇上最大的倚仗，在林老将军心里，皇上是皇上，在南阳侯心里，皇上是他的外甥。

不把皇上当皇上的人都是没有好下场的。

林家的女儿贤妃没有一儿半女，纯妃却是有皇子的，正是这个皇子，给南阳侯种下了希望，也埋下了祸根。

南阳侯愤愤不平，守着南边的时候未免就有了很多动作，皇上一直没动他，他以为皇上不知道——皇上哪里不知道？只不过南阳侯在南边太久了，要不动一刀一枪一点一点瓦解他的势力不容易。

不容易，但不是不能，去年北边开战之前，皇上派人把南阳侯调回京都，美其名曰拱卫京师。

南阳侯不是个傻子，但此刻的皇上已经不是当年的落魄皇子，他不情不愿地回京，皇上赐了他一座大宅子，别的再没有了。

一个武将失去了兵权，就如同女人没了月事带，早晚得见血。许家、沈家、陈家的下场历历在目，好一点像沈家，丧家犬一样被赶走，惨一点就是许家、陈家，举家移居阴曹地府，南阳侯实在不想坐以待毙。况且皇上把他圈在京都意图很明显，就是防着他，那么北边班师之日，他必然回不去南边，而南边他做的事再隐秘，皇上派去接管的人早晚是可以查出来了。

南阳侯没有退路，他是尸山血海里杀出来的，士可杀不可辱，他选择主动出击。

而皇上等的就是他的主动出击——林老将军刚刚战死，他若随后就收拾军功赫赫的南阳侯，未免让其余将军寒心，何况终究是自己的亲舅舅，在此之前他们表演过很多次舅甥情深，皇上大约也不太想打自己的脸。难得南阳侯自己把刀递到皇上手里，皇上不接就不是皇上。

后面的事就很明白了，南阳侯自以为杀了皇上，带兵冲进宫里，试图先立三皇子，再把其他皇子找出来，万万没料到皇上是故意放他进宫，故意让他把三皇子带到前朝宣布这是新皇——这下子谋逆被抓了现行，辩都没的辩，南阳侯当场就自尽了。

这个计划实在完美了，为了戏剧效果逼真，皇上还带上皇子同行，几个孩子真的以为他死了，哭得险些背过气去，小长念年纪小，哭得太厉害，又吓着了，回来就发烧做噩梦。

皇上是真的杀伐决断，铁石心肠。

为了让南阳侯放心带兵入宫，皇上甚至不惜让我们就这样毫无防备被叛军扣作人质，万一南阳侯军纪不严明，万一纯妃与我们中间哪个人有仇，这满宫弱质女流会遭遇什么，皇上不知道吗？

他也许知道，只是这不重要。皇上不是谁的丈夫，不是谁的父亲，不是谁的外甥，不是谁的表哥，皇上是皇上。

我们最初还可怜三皇子，好好的孩子，大人行差踏错一步就送了命，结果事实却叫人大跌眼镜。“……那孩子唯唯诺诺的，皇上考校他学问一句也答不上来，哪知背地里写得一手好字好文章？不知道怎么落下了一页叫皇上瞧见了……君王最恨隐瞒……这一查，听说早就跟他外公联系上了，纯妃当年也是风里雨里过来的，手上还是有几个人的……”

淑妃不能起床，还要忌口，躺在床上无聊到长蘑菇就开始骂皇上：“老小子心忒黑了！每次都这样！咱们是长得多像鱼饵！！喀喀喀喀喀……”

皇上在腥风血雨三日后踏进未央宫，胡子拉碴脸色憔悴，看上去既疲惫又苍老，一进门就把我拥进怀里，在我耳边轻轻叹道：“娇娇儿，朕的舅舅走了。”

我没有动，他兀自抱着我自顾自地说：“从前母妃总跟朕讲舅舅的事，说他是个襟怀坦荡一身本事的好男儿，她说朕长得像他，不像父皇……

“后来皇后把母妃打死了，在我跟前打死的，我跪在那里看，母妃叫我不许哭，我就没哭，母妃身上都是血，他们把母妃拖走……她的眼睛还睁着呢……

“……母妃头七那天晚上，我发着烧，舅舅偷偷进宫来，喂我喝药，我没见过他，不过一眼就把他认出来了……他说他偷偷进宫来看我一眼，他要去打仗了……他抱着我，父皇都没抱过我……他说他去打仗，当大将军，等他回来就没人能欺负我了……

“他死了！我舅舅死了！

“我舅舅死了啊，我没有舅舅了！”

他像个孩子一样抱着我呢喃，我一摸他的额头才发现烫得厉害，竟是发烧了。

皇上病了两天，一会儿喊舅舅一会儿喊母妃一会喊娇娇儿，我好好照顾了他两天，等他好起来，立刻就选了良辰吉日送南阳侯一家老小上路。

赐死纯妃那天，淑妃非要去送她一程，我和贤妃一左一右扶着她，宫道上一片花木扶疏中有清脆的鸟鸣声。

纯妃把自己收拾得很体面，一席白色衣裙仙气飘飘，依旧带着高高在上不食人间烟火的神色，见到淑妃和贤妃脸色很复杂。

淑妃说：“虽说跟你不太熟，可毕竟认识这么多年了，来送送你，你可有什么未了之事吗？”

纯妃一笑：“娘家和儿子都死绝了，有什么了不了的。”她看上去那么疲惫，笑容却有坦然的舒心，“我总算能去死了。

“多谢你们来送我，我一向不太会说话，也不喜欢交朋友，从前我还很恨你们、可怜你们，觉得你们不过是他对付许家的棋子，沈云瑶不过是为我准备的一块挡箭牌，两枚棋子、一块挡箭牌有什么值得我费心去深交的呢？”

她笑起来，眼神一片虚无缥缈：“我是他的表妹，他是我表哥，是我爹唯一的姐姐留下的唯一的血脉，我跟他才是一家人，我们，我们才是一家人。”

她高声笑道：“我们才是一家人，我们才是一家人哪！

“表哥！

“表哥！

“咱们是一家人！你说咱们才是一家人哪！”

她的眼角有泪水渗出来，嘴角却带着笑，一仰首，把鸩酒干了。

第十七章

婚丧

北边既平，南方亦定，皇上就把更多的心思花在教导皇子身上——准确地说，是教导长思。据说上次皇上佯装遇刺，几个孩子都在哭，唯独长思临危不乱，发号施令安排周全，让皇上十分惊喜，决意亲自教导他。长思不过十岁小儿，皇上上朝带着他，御书房议事也带着他，过了年就立他为太子。

“孩子们的情分，有的时候就是父母偏心坏的。”育儿大师郑德妃说。

德妃娘娘的话十分有道理，但我没办法左右皇上的想法，只好加倍对小四、小五、长念好一些，然而事实证明我们可能想太多了。

小四满脑子古板思想，什么“嫡庶有别，立嗣当立嫡”“君臣有别，臣子当尽忠”，平日里小五要是和长思勾肩搭背打打闹闹，小四都能逮住小五教训一顿，然后学习史书上的“直臣”跪在地上劝长思身为太子要讲规矩树威严不能举止轻浮，说到情深意切处还要痛哭失声。

小五心里则对长思充满内疚，因为自从他做了太子以后，皇上把更多的精力放在他身上，对小五的管束就少了。小五终于可以明目张胆地读话本，招摇过市地调戏小宫女，跟小太监到处找新奇玩意。大约养大他的温贵妃、宋婕妤都是搞艺术的，这孩子挺文艺，不知从哪儿学的，自己做了一套皮影在温贵妃生日那天演给她看。温贵妃这个没有母爱的女人瞬间泪崩，抱着小五哭着喊着“我的儿啊，我的儿”，哭花了妆面哭湿了三张手帕，结果第二天得知这死孩子为了做皮影一个月的作业都没做，皇上把我三叔的投诉一句一句说给温贵妃听，听得她羞愤欲死，第一次感受到在皇帝老儿跟前抬不起头的滋味。

长念……呃，长念小天使忙着跟我传播八卦呢：

“今天三姐姐去看我们习武，她都没看！她一直在跟江家表哥说话！

“江家表哥让长念给三姐姐带封信，还请长念吃糖，长念没有吃，长念怕长蛀牙！

“三姐姐给江家表哥一副金钗，江家表哥跟三姐姐拉手手了！

长念嘴紧得很，除了我他跟谁都不说，我看着明艳大方的嘉乐身上恋爱的酸臭味一天比一天重，熏得人实在难受，就对淑妃说：“嘉乐十八了，该嫁人了哦。”

淑妃：“我知道！我这不是找不到人选吗！”

我问：“你打算找什么样的？”

淑妃：“当然是找她喜欢的啊！她从前听宋婕妤讲武二郎打虎的故事时不是说过喜欢武二郎吗？！我寻遍朝堂上各家大人适婚的子弟好像都没有这个类型的，主要是打过虎的不好找。”

我：“……她说她喜欢武二郎的时候才八岁好不好！”

我把我家阿瑾跟嘉乐的事跟她一说，淑妃瞬间眼睛亮了，收拾收拾以去看看皇子们习武为由直奔校场，躲得大老远的，看见嘉乐和阿瑾并肩站立相视一笑，微风卷起他们的头发，真是般配到了极点。

嘉乐的婚事就这样定了下来，本朝没有驸马不能为官的规矩，阿瑾能娶皇长女，大伯父和大伯母都很高兴，反倒我娘很不开心，觉得我应该把嘉乐嫁给我亲哥哥的儿子。

九月初十，微雨，宜婚嫁，嘉乐穿上温贵妃亲自给她做的嫁衣，跪在地上拜别我和淑妃，一步一步走出了这座困了她娘二十年的深宫。

我和淑妃眼中含泪，面上却带着笑，立在蒙蒙秋雨中看着仪仗渐行渐远，直到看不见了，淑妃才颤抖着低声说："走吧，走得远远的，再不要回来了。"

嘉乐嫁给阿瑾，夫妻和乐十分美满，淑妃了了一桩心事，心里一口气一松，就开始病起来。

她这场病来了就再没好，太医说，淑妃娘娘的精气神用尽了，就好像一盏油灯燃尽了灯油，油尽灯枯，怕是难好。

我知道淑妃不喜欢宫中生活，她是为着嘉乐和我们才坚持下来的，嘉乐已经有了一个好归宿，我呢已是稳坐中宫，儿子成了太子，温贵妃地位也很稳固，再没什么好让她不放心的，我实在想不出来这深宫还有什么值得她牵挂。

她倒是看得开，对我说："小柳儿，你愁什么，笑一笑，各人有各人的命数。这宫里多活一年少活一年区别很大吗？不过是关在笼子里挨日子。"

她这病就这样一日轻一日重地拖了一年多，嘉乐的儿子满百日那天，淑妃迷迷糊糊的，拉着我的手说了很多话：

"……小柳儿，我把做菜的手艺都教给王美人啦，以后你让她给你做菜吃，好不好？

"你要吃饭，别我一走你就不吃饭，那就不好了。

"你帮我看着点嘉乐和阿瑾好不好？不要让他们吵架。

"阿瑾是个好孩子，他的枪法使得真漂亮，比我的漂亮。我阿爹说我的枪法不够快。

“其实我是进了东宫才学做菜的，我厉害吧？自学成才。我娘说我舞刀弄枪的，不像个女孩子，若是她见了我做的菜，怕是要吓一跳。

“我都没做过菜给我爹娘吃。”

说到这里她就委屈起来，声音里带上了哭腔：“小柳儿，我都没做过菜给我爹娘吃。”

淑妃娘娘死在她四十岁那年的冬天，她进宫二十三年，犹有一个女儿能为她披麻戴孝，已算十分幸运，皇上追封她为忠敏皇贵妃，下葬妃陵。

忠敏，“忠”字用得好，“敏”字也用得好，淑妃娘娘到这深宫来，不就是靠一份聪敏的心性守住家族一个“忠”字吗？

我偷偷剪下她一缕头发，对嘉乐说，找个机会，把你阿娘这缕头发送回你外祖家吧。

淑妃这一走，后宫叙话的时候就少了很多乐趣，虽然王美人的手艺尽得淑妃真传，可我再也不能像从前那样大吃大嚼了，后来一想，我也三十了，不年轻了。

皇上踏上了四十岁，头发都白了一半，对国事越发勤谨，召幸嫔妃的次数很少，大多数时候他都在我这里，也不像从前那样抱着我黏黏腻腻的，而是安安静静枕在我的腿上：“娇娇儿，给朕按一下头。”

我也就安安静静地给他按摩，跟他聊一聊孩子们的事，有的时候他兴致来了，也让我弹一曲《凤求凰》。

过了三年，小四、小五十七岁，到了该选妃的年纪了，皇上封小四为恭王，封小五为顺王，开始为他们筑建王府，准备为他们指婚。

小四一向听话省心，他自己是个老古板，奉行父母之命媒妁之言，对皇上的指婚欣然接受，小五就非常闹心了，皇上给他提的女孩子他每一个都不喜欢，宁可被罚跪也不愿意随随便便娶一个。

皇上额角青筋暴跳："这样的事岂容你说不娶就不娶？！这是圣旨！"

小五："这是我娶妻，当然我说娶才娶，你那么喜欢她你自己娶啊！"

皇上抄起玉玺就想往小五头上砸去，长思死死拦住他："父皇！这玩意儿砸下去要出人命的！"

皇上气得喘不上气，指着小五问："那那那那你想娶什么样的？！"

"要美若天仙、才艺双全、聪明绝顶、天真无邪、超凡脱俗、温柔乖巧、活泼可爱、调皮娇气、典雅清矜、大方端庄的。"小五说。

如果世上有这么个姑娘，那她一定是人格分裂。

皇上罚了小五好几次，发现实在拿他没办法，长思又一直给他求情，只好先把他的婚事搁置下来，还头一次冲温贵妃发火道："别再绣绣绣了！好好管一管小五！都不像话得成什么样了！"

温贵妃表面一脸沉痛，回头就在未央宫里大骂："呸！小五好得很！比他好多了！小五还知道我绣的蝴蝶生机勃勃充满生命力呢。他知道什么？！"

小四十八岁这年八月初三，奉旨迎娶刑部侍郎姚大人十五岁的长女为恭王妃，这位姚大人曾是两榜探花，其父官至大理寺卿，如今已致仕在家。

婚礼办得十分妥帖，贤妃全程包办，任何一点小事都要尽善尽美，说起来，小四差不多是她和德妃共同的孩子。

小四媳妇是个圆脸小姑娘，娇小玲珑，一双明眸像小鹿的眼睛一样纯真，活泼得过了头，规矩学得不太好，新婚第二日来未央宫拜见时一脚踩在裙子上直直滚到我跟前，眼里包着两包泪还冲我笑一笑："母后我错了，母后真好看。"

谁能忍心责备这样一个小姑娘呢！我们都是和蔼可亲的好娘娘，

而且说起来这是第一个儿媳妇，大家对她都很好奇，于是围着她嘘寒问暖，结果小姑娘真的太可爱了，我们都好喜欢她，德妃眼泪汪汪地拉着她的手说："乖儿媳，你不要跟小四回王府了，住在母妃这里吧！你看小四都不会笑多讨厌啊！"

小四板起了脸，严肃得令我们情不自禁地坐正了身子，他认认真真子曰诗云上下五千年纵横八万里给他娘讲了一堆道理，大意是说棒打鸳鸯是可耻的。

哟嗬！我还以为这两个孩子性格不太合怕是有得磨合呢！看样子小四对这姑娘很满意啊！

果然他们回去的时候，小四把他媳妇紧紧牵在手里，我隐隐约约听见他问了一句："还疼不疼？"

贤妃靠着德妃的肩头说："你看，他们多好啊。"

我看向王美人，见她凝望小四他们离去的身影，眼睛睁得大大的，淡淡的笑影里是她自己都不曾察觉的刻骨铭心的温柔。

不知是不是操办小四的婚礼太操劳，贤妃这年的中秋宴时就有些咳嗽，她一向操心，并不把自己的身体当回事，依旧极其完美地包办了除夕的宫宴，宫里的妃子这几年病逝了好几个，好在孩子们大了，嘉乐又带了她的两个儿子来才没那么冷清。

过完年，贤妃就倒下了。

那天她还在跟我说宫里春装发放的事，宫里每件事她都谙熟于心，连某宫有多少宫人，那宫人叫什么名字，今年多大岁数都记得清清楚楚，正在跟我说孩子长得真快，有几个小宫女去年做的衣服，裙子今年就只到小腿肚了，来领新宫装的时候穿着旧宫装，那滑稽的模样惹得大家都笑了……

话还没说完她就倒了下去。

她这一倒就没起来，宫里差点大乱，我这个皇后当甩手掌柜好多年，大事小事虽然都知道，实际在管的却是贤妃，她骤然一倒大事小情都要我来管，亏得有德妃和康乐帮忙才勉强稳住局面。

十六岁的康乐出落得亭亭玉立，不知是什么缘故，明明不是贤妃生的，眉眼却跟她十分相似。她一边为贤妃侍疾一边帮我整顿宫务，忙得像个连轴转的陀螺，却有条不紊一丝不乱，颇有贤妃的风采。

皇上也感念贤妃辛苦，时不时去看看她，然而这并没有给她带来什么鼓舞和安慰，有一次皇上走后，她瞧着门外笑着对我说："若是十年前他肯这样，我怕是到了阎王那里也能活过来。"

可惜不是十年前。

她虽时常与我们一处聊天，却从没说过皇上一句坏话，反倒时常替皇上辩解，说他是个好皇上，可说起来，贤妃入宫二十五年，前十五年都在皇上的猜忌中战战兢兢如履薄冰，生怕稍有不慎就是灭门惨祸，一个人如何做到二十多年事事周全算无遗策呢，无非因为她活在恐惧里，不周全就活不下去罢了。

直到她父亲战死沙场为国尽忠，用一条命换来家族未来几十年的平安，她才过得稍微松快一些。

贤妃没有撑过这一年。

自从她病倒以后，我每日理事理得手忙脚乱，去看她的时候挑着我遇到的窘境当作笑话讲给她听，拉着她撒娇说："你要快快好起来！没有你我怎么办呢！"

她一边笑一边叹息："你可真真像我娘家小妹子！什么都不会，一歪头一撒娇就叫人心疼得不得了。"

她沉默了一会儿，叹息道："我就不一样了，我是长女，打小就不太招人疼。"

她大约是想起了什么，但她什么都没说，只是用很严肃的口吻说道："再不许撒娇了，你这么聪明，一定是能学会的，不过是不上心。你好好学，把除夕宫宴办好了我也安心。”

除夕宫宴确实是大事，不过一切按着贤妃的旧例来，倒也安排得妥妥帖帖的，只是除夕这夜阖宫举杯同庆时，贤妃一个人安安静静地闭了眼睛。

据说她对伺候她的宫人说，她好些了，让她们出去玩一会儿吃个饭，到底是过年。等宫人们半个时辰后回来，她已经去了。

该是怎样一个人，才能像她一样临死都是静悄悄的。

德妃跟我说，说起来，她是跟贤妃最好的人了，可她也不太了解贤妃，只知道她是家中长女，很早就没了母亲，在继母手下讨生活，后来进了宫，不知先皇后为她做过什么，她一直念着先皇后。

贤妃对谁都好，最是周到妥帖，却也是最冷清的一个人——谁也不知道她喜欢什么，不喜欢什么，她什么都不说。不知道是因为她没什么值得说的事，还是因为这世上没有人值得她倾诉。

贤妃享年四十二，皇上追封她为谨厚皇贵妃。不得不说皇上对后宫的女人虽然不过尔尔，却实在很了解她们，贤妃这一生，不就是恭谨笃厚吗?

不知是不是年纪大了，贤妃去了，皇上倒有些伤感，想想后宫众妃多年辛苦，于是大封六宫，晋养育八皇子的沈昭仪为沈妃，养育六公主的肖美人为修仪，宋婕妤为淑仪，王美人为婕妤，余下各妃各有升赏。

皇上揽着我看着铜镜说：“娇娇儿，你也有白头发了。”

我也有白头发了，揽镜自照，眼角也有了皱纹，长思、长忆十八九岁了，再不给他们找对象就真的成大龄剩男剩女了。

第十八章

嫁娶

说真心话，我对两个孩子的婚事挺上心的，但当娘的吧，总是很难记住孩子已经长大了，即便是长思如今比我高出许多，比皇上还高一些，行事也十分沉稳老练，我瞧着他时，却总觉得不久前他还因为吃多了糖牙疼，在我跟前张大了嘴哭呢，还是个孩子呢！

长忆就更是如此了，这孩子着实像我，一天到晚笑眯眯乐呵呵的，大家都宠着她，连康乐和小长念跟她说话都跟哄孩子似的，皇上更是宠她宠得没边，不说什么好东西都给了她，一口一个“朕的小公主”，前几日我叫她好歹绣个花，能把鸳鸯绣成鸭子也算进步，结果皇上特意跟我说：“咱们家小公主还小呢，等她大了再教她做也不迟啊。”

“再等，你的小公主就变成太公主了，比大还要多一点。”我说。

两个孩子的婚事提上日程，我和皇上心累得好像一条狗，转头看看小长念，想想三年后还要再来一次，好想把他们都打包扔出去，自己找到对象再回来。

长思作为储君，他的婚事至关重要，皇上把朝中各方大臣筛了又筛，未来的太子妃娘家门户要高，不高不足以震慑后宫，但势力又不能太大，大了外戚权重压制君王，在此基础上再挑德才兼备的适龄女孩子，再让长思挑一个。

其实我娘家就非常符合这个标准，我伯父官至二品中书令，叔父任太子少傅，父亲是豫州知州，诸兄弟也在各地方为官，算不上世家大族，后劲儿却足。家族中也有几个侄女适龄，也不是没人给我递过话，譬如我那位文不成武不就前半生靠啃老后半生想啃女儿的哥哥。但我脑子好得很，那么多前车之鉴摆在眼前，我要是敢引荐一下某个侄女，皇上就能把我当第二个仁和太后干掉。

其实早在皇上把嘉乐嫁给阿瑾的时候我就清楚，在皇上心里，未来的皇后不会出自江氏，江氏在本朝的地位止步于此，来日如何，且看下一辈子弟的能耐和长思的心思吧。

太子的亲事不是家事是国事，这就是说，选太子妃的事跟我关系不大。

这种坑爹的选法真的好难避免婆媳矛盾，皇上看女人的水平比温贵妃带孩子的水平还差，好担心他选一个长得不好看又不讲道理的太子妃，要我给她带孩子还不给我钱还要哭唧唧地说我抢走了她的孩子。

皇上选太子妃期间我焦虑得仿佛得了儿媳妇恐惧症，把这个担忧跟温贵妃她们一说，温贵妃一如既往神奇地抓住重点："那万一未来的太子妃长得好看但不讲道理呢？"

我说："……呃，那人家都长得好看了嘛，是不是啊，长得好看的人不讲道理也没什么吧，是不是啊，生气的时候看看她的脸就可以了嘛，是不是啊……"

德妃："你为什么要学我说话？！"

我："因为你跟你儿媳妇关系那么好！我要全方位向你学习！"

德妃："啧啧啧，我们家小四媳妇啊……"

我："可爱乖巧招人疼，我们都知道……诶我想到了，不如我去你床上打个滚，就当给自己开个光，好运加身，跟你一样娶到一个能让婆婆安度晚年的儿媳妇。”

然而我还没来得及挑好良辰吉日去德妃床上滚一滚开光，皇上就把太子妃候选名单给了我。

皇上最终挑的三家是：

左相的孙女，也就是温贵妃娘家的侄女，温大人从皇上登基的时候就坚持皇上的路线几十年不动摇，我怀疑国库的钱有一多半是他当户部尚书时攒下的，仅凭温贵妃在后宫啥都没做只顾搞自己的刺绣艺术还能一路躺赢，躺成有一个儿子的四妃之首，就可以看出温大人得多拼、多努力、多忠诚。

骠骑大将军韩将军的长女，这位韩将军出身草莽，早年很不得志，是皇上慧眼识英雄提拔了他，自从林大将军战死沙场以后，朝中大将军一职空置，韩将军统领京郊大营，隐隐已成为皇上最心腹的武装力量。

最后一家简直是选出来凑数的，宣平侯的嫡幼女，宣平侯赵家本来世代簪缨，赵侯爷自己也很上进，曾经还是皇上的伴读，后来随着沈老丞相死得不明不白沈家举家归乡，宣平侯也就赋闲在家十几年，因为宣平侯夫人姓沈，是先皇后的小妹妹。

直到林老将军战死沙场，南阳侯叛逆伏诛，皇上大约开始念及昔年情分，开始提拔沈氏一脉的旧人，其中就包括宣平侯。奈何宣平侯闲了十几年，天天睡到自然醒，突然要一大早去上朝，整个人都不好了，只好极力向皇上推销自己的几个儿子。不过他的儿子确实不错，世子任刑部侍郎，次子走科举的路子，在御史台也颇为出彩，三子刚刚中了新科进士，幼子据说读书也读得很好。但不管怎么说，明眼人都能看出来宣平侯实在是不如温、韩两家的。

我却很希望能选宣平侯的小女儿，倒也不为别的，就是想着，若我儿子能跟先皇后的外甥女结亲，那不是天赐的缘分吗！

但也就想想罢了，又不是我自己娶妻……

皇上把名单放到长思跟前，长思选了宣平侯幼女。

果然是我儿子！有眼光啊，有眼光！

皇上沉吟良久，点头道："这么选……也不是不可以，到底是年轻，再不肯全然沿着朕给你画好的线走，朕也管不了你了。不过，为稳妥起见，赵氏进东宫三个月后，你再纳两个良娣就是了。"

皇上，你儿媳妇还没进门你就在张罗给你儿子纳妾，你你拿错剧本了！那是我的剧本！宋昭仪的话本里干这种事的都是恶婆婆好吗？！

长思却恭恭敬敬地说："是。"

皇上又问："你为何选赵家？"

长思正要答，皇上又摇手道："罢了，这江山不出早晚就是你的了，既做了帝王，就不必跟任何人解释为什么。"

他回头笑着对我说："娇娇儿，一晃咱们的儿子也要娶媳妇了。"

他们父子两个长得很像，只不过皇上总是内敛不动声色的，长思再稳重再老练，未免还是带着少年人的几分锋芒。他们并肩站在一起，一个挺拔俊朗，另一个鬓白如霜，相衬之下，仿佛能一眼看完一个人的一生。

长思选赵家姑娘的缘故，虽可以出自许多治国上的考量，我心里却不太愿意——我儿子做帝王原也是个意外，是我无力管控的事，帝王面南称孤，我却希望我儿能有一个放在心尖上的女子，不至于冷心冷情无牵无挂，若是赵家姑娘不能做他心尖上的人……我……我虽无法阻止她嫁入深宫的命运，可若叫长思欺负了她，来日黄泉路上，有何面目见故人呢。

私下只有我们娘俩的时候，我问我儿：

"嘉嘉，你喜欢什么样子的女孩子啊？"

长思一贯沉稳，叫我这一问脸上却有些羞赧，我瞧着不太对，试探地问了一句："……你，是不是有心上人啊？能跟阿娘说一说吗？"

万万没料到，我这一向少年老成的孩子，竟然伏倒在我膝盖上"哈哈"笑得像个大傻子。

这……这孩子是疯魔了吗……

等他笑够了，他才抬起头来："阿娘不用担心，婉婉好乖、好可爱的，等她进宫了阿娘见过了就知道了。"

婉婉？进宫？

"她年纪小，若有礼数不周之处阿娘多担待，不过她真的好乖的，她毽子踢得可好了，孩儿会好好教她怎么当太子妃的……"

那什么……这孩子有点厉害了啊……这这这这真的不是在演宋昭仪写的传奇爱情话本子吗？！

长思偷着乐太久了，没能好好与人分享一下他的喜悦憋得难受，不用我怎么骗他就开始花式夸心上人：

"五哥建府以后孩儿就偶尔到顺王府上去嘛……真的就是偶尔，五哥在宫外朋友多，三教九流没有他交不到的朋友，大家都叫他李五哥……他与宣平侯的二公子，韩将军的大少爷好得都拜了把子，比跟孩儿都要好！宣平侯二公子去御史台还是孩儿的主意呢……赵二哥在挖苦讽刺人方面真的很有造诣……

"大家熟了以后嘛，是不是，就都是兄弟，有一次我们约赵二哥喝酒，他说他得陪他妹子放风筝，那什么，五哥那个人您也知道！非拉着孩儿去看一看……婉婉那会儿还不到十四岁呢，就已经很好看了，骂人也骂得很好了，说我们偷偷摸摸的行径不是君子所为，说得好吧……"

到底哪里说得好了……好想掀起他的头盖骨看看他的脑子还在不在。

"后来又遇到过几次……就一两次，是孩儿越了礼数非跟她搭讪的，她会去大相国寺礼佛。她可识礼了，每次都骂了孩儿就走，真的，婉婉是个很守礼的小姑娘……”

我听得津津有味，瞠目结舌，万万没想到我儿子居然是这么一个傻狗，被人家姑娘骂得找不着北，等一下，骂……骂……

“长思，你确定人家姑娘喜欢你？！她每次都在骂你啊！”

长思一下子就着急了：“她怎么可以不喜欢我！我都被赵二哥打了好几次了！肋骨还疼呢！去年上元节雪那么大，我差点从她后院的墙头上摔下来呢！她怎么能不喜欢我！我为了让父皇把赵家跟温家、韩家放在一起考虑花了多少心思，她怎么能不喜欢我？！”

我哑然失笑，这孩子现在的神情跟他三岁那年控诉我不让他吃糖的样子真的没有什么区别，我故意逗他：“那她真的不喜欢你怎么办啊？”

长思终于想起自己大小也是个太子了：“不管，反正赐婚的圣旨已经下了，她非得嫁给我不可！她要是不喜欢我也没关系，她还小嘛，十六岁的小姑娘家哪里知道喜不喜欢的，我好好宠着她，宠十年、二十年！就不信她不喜欢我！”

十年、二十年？君王的情爱，真的能走过这么长的光阴吗？我这样想，就对他说：“你要记住你今日的话，若是你来日不喜欢她了，为着今日的话也不许糟践她，不然休要说是我儿子。”

皇上和太子催得急，礼部选了吉日，筹备长思婚礼的一事就把宫里累得人仰马翻，这边事还没弄完，皇上就下旨，为长忆选了韩将军的长子为驸马。

皇上到底是皇上，温丞相德高望重，毕竟老了，子侄虽也在朝为官，却有些平庸，待他老人家一朝身故，温家也就不过如此，韩将军却正当壮年，长子也很出色，把韩小将军配给长忆，于国于她都算得上妥帖。

小五和长思得知好兄弟要娶自己的妹妹，联手把人家打了一顿，然后来求我让他们见见面，据说他们兄弟两个在未来妹夫跟前把妹子吹得像个九重天下凡的仙女，韩小将军为此夜不能寐，若是不见长忆一眼只怕等不到大婚之日，就要害相思病晚期。我回头一看长忆，人家正拉着王婕妤的袖子撒娇："王娘娘，你的小可爱想吃八宝鸭子蟹肉灌汤包……"

我叫她小名："乐乐，皇上给你指的驸马你想见吗？"

长忆的回答很优秀："可以吃完再见吗？"

我："……来，乐乐，你告诉阿娘，你要是能自己选驸马，你会不会选韩小将军这样的？"

长忆："当然不会啊！我喜欢的男子是武二郎！三姐姐说了武二郎会打老虎！是世上最英武的男子！"

嘉乐跟阿瑾孩子都生了三四个了还给长忆讲什么武二郎！

长思："韩小将军虽不是武二郎，不过他功夫好得很，也是十分英武过人的！"

在妹夫跟前夸妹妹，在妹妹跟前夸妹夫，长思简直是人间活月老，当太子真是浪费人才，应该去当媒婆才对。

到底不忍见我的孩子两眼一抹黑傻乎乎地就成了别人的妻子，还是安排两个孩子见了一面，我表面上非常淡定，但实际上，宫里头一次相亲，怎么能淡定下来！带着瓜子拉上温贵妃、德妃、宋昭仪、王婕妤一群小伙伴偷偷摸摸地听墙根。

韩小将军的确是气宇轩昂，英姿飒爽，见到长忆就红了脸，跟她面对面坐着，过了半晌才小心翼翼地开口："那个，公主，臣韩卓现年二十四，家世清白，有房有马，尚未婚配，不纳妾不嫖娼，是您择偶的最佳选择！"

这个开场白一定是小五那个浑蛋教给他的！！！

长忆显然觉得这个人很好玩，笑得眉眼弯弯的，问道："我哥哥说你武艺很好，比武二郎还好，是真的吗？"

韩卓："……呃，没比过不知道，不过臣自小练武，至今除了三公主的驸马羽林军中郎将江大人与臣打了个平手以外，还未曾输过旁人。"

长忆歪着脑袋想了一下，估计在想阿瑾的功夫怎么样，可阿瑾在嘉乐跟前温柔得好似一只老母鸡，天天紧张嘉乐冷了热了饿了累了，不说长忆，我们也很难想起他有什么英雄事迹，长忆想了半天，问道："那你能打老虎吗？景阳冈上那种吊睛白额大老虎。"

说完还补充一句："吃人的那种老虎。"

要不是没有证据，我怀疑长忆是在故意吓跑相亲对象，好达到她继续在宫里蹭吃蹭喝的目的。

"臣没打过老虎，不过臣打过狼，一群狼，它们也吃人的，"韩卓说得非常诚恳，"以后有机会可以试着打个老虎送给公主。"

长忆高兴得眼睛都亮了，蹦蹦跳跳地跑到韩卓跟前："你要带着我去呀，好不好。"

好啊，让他带你去，天南地北，塞外江南，你们都去走一走，去走一走啊！

两个孩子的婚事在同一年办，把我着实累得够呛，然而看着他们兄妹两个一个傻兮兮，另一个还是傻兮兮地咧着嘴笑，我想趁早办了趁早好，再不办，他们不傻我都得疯掉。

第十九章

驾崩

六月初九，长思迎娶宣平侯幼女赵婉为太子妃，我与温贵妃痛饮数杯，温贵妃叹道："再料不到你们有这样的缘分。"

第二日，长思把他的小太子妃牵在手里，前往永安宫拜见皇上和我。

那个小姑娘，那个小姑娘…….

许多年前，大家都还在年轻的时节，淑妃娘娘总说我和先皇后年轻的时候很像，不是模样像，是性子像，先皇后也说像，我就一直在想先皇后当年该是个什么样子，却原来是这个样子。

长得好看是不必说的，真真山眉水眼，娉婷袅娜，更难得的是，浑身上下那股子无忧无虑不识人间愁滋味的神情，嘴角眼睛都带着笑，叫她瞧上一眼觉得天都亮了好些。

原来我当年也有过这样的神情吗？……而我如今却时常像我认得的先皇后那样，微微蹙着眉。

皇上颤抖着站了起来，声音都哆哆嗦嗦，问堂下与我儿十指交缠的小姑娘："你是谁？"

太子妃大约知道些什么，直视着皇上一字一顿答："儿臣是皇上为太子赐婚的太子妃。"

皇上就这么病了。

太医说是邪风入体，而我知道他是心病，无药可治的那种。

九月初三长忆出嫁的时候，皇上撑着病体并肩与我立在宫墙上，看着她的车驾渐行渐远，远去了这座困了我也困了他一生的牢笼。

我扶着他，他咳得厉害，替我把鬓发掖好，他说：

“这些年，多谢你了。”

这年年底，皇上命太子监国，他本来说让太子纳两个良娣的，自打那日见过太子妃后就不说了，过了年，他想起他还有一个女儿，就把康乐指给温丞相的次孙。

温贵妃对康乐说，温家也没什么值得称道的，除了她亲爹，下面的儿孙平庸得很，不过呢——

“温家祖训，男子若是敢嫖娼狎婢，有了嫡子还纳妾，做妻子的可以把他腿打断，以免继续惹事为害家族。”

……好优秀的祖训！

怪不得温贵妃一进宫就瞧不上皇上，不仅因为皇上无力欣赏刺绣艺术，还因为皇上渣成这样，在温家早就被打断两条腿了！

康乐嫁得匆匆忙忙，好在温家公子温和体贴，康乐又是理家掌事一把好手，夫妻两个甚是相得。

太子妃婉婉真的是很乖很乖的小可爱，不曾说话先带笑，不到几天就跟我很亲了，每日过来帮我处理宫务，诸事打理得也很妥帖。不过这个孩子一说起长思就脸红，搞得我们都不好意思再开他们的玩笑了。她跟老四媳妇站在一起，一个甜蜜蜜一个傻乎乎，都是十分招人疼的好孩子，我终于可以每天跟德妃一起向温贵妃炫耀我们婆媳一家亲了。

长思监国，毕竟过了年也只有二十岁，处理朝政还稍显吃力，小四就处处帮着他，连长念也能帮他哥哥做些事。只有倒霉孩子小五处处生事，长思倒是想他帮忙，叫他去刑部跟个案子，小五理解成去刑部跟人喝酒，活活把刑部上到侍郎下到大牢里的人犯都喝得泪流满面，刑部尚书对太子表示若是再不把你哥带走我就自己走。

小五从刑部回来以后，为了给兄弟分忧，每天在御书房敲盘子唱《莲花落》，据说这是他跟城西一个老乞丐学的，京都《莲花落》再没人唱得比他好。

我把这些事当笑话讲给皇上听，他笑着骂“这些个浑小子”，可笑着笑着却叹息道：“朕的儿子比朕有福气。”

他不知在想什么，眼神深邃悠远，我不知道他是不是想起了他腥风血雨的少年时节。

他没有看我，声音很低很低：“这些年，真的多谢你了。”

这是他第二次说这句话，我也没有回答，不知怎么了，就怔怔地落下一滴泪。

皇上的病越来越重，他自己心里也清楚，在他跟太子和朝中个别重臣交代完一切后事以后，就开始拉着我的手说起胡话来：

“娇娇儿，等天暖了，修哥哥带你去放风筝好不好？给你扎一个大蝴蝶好不好？不好啊，那大雁好不好？七个大雁连在一起的……

“小时候你就说了你最喜欢我的你记不记得，你那个时候刚在换牙呢，太子要打我，你不让还跟他吵架，你记不记得？唉，你不记得了，我一直记着呢……忘了也没关系，你那会儿还小呢……

“娇娇儿给我做个荷包好不好？给我做个汗巾子好不好？娇娇儿……娇娇儿，别人做的我不要，我就要你的……”

他拉着我的手，像孩子一样地闹，我有一搭没一搭地应着，他也不恼，自顾自地想到哪里说哪里。

“咱们两个就这样一直在一起，一直一直在一起，江山都给他们，我们不要，我们就一直在一起，好不好，好不好……”

他拉着我，眼神里是沉积了一生的深情。

这话不是对我说的，我没有回答他，他就烦躁不安起来：“娇娇儿，你别怕别怕，我不会让太子把你抢走的，你别怕！欺负过咱们的人，杀了我母妃，还欺负你，欺负你，我送他们去死，送他们去死！

“想从我手上把你抢走，他们做梦！他们做梦！”

他声音凌厉，牙关紧咬，把我的手攥得通红：“他们都死了，都死了！害过咱们的人都死了！都是那个老太婆害的咱们，都是那个老贱货害的咱们！害了我母妃，害了你，害了咱们的长平！我把她活剐了！活剐了！”

他眼睛通红，声音凄厉得如同地狱恶鬼，空洞的笑声里有藏不住的凄清，笑了好久又哭出来：“你怎么就不要我了，娇娇儿，你怎么就不要我了，你说你最喜欢我的，你好小的时候就说过的，我们还一起养过小白兔的，你怎么就不要我了……”

他的头发已经花白，病体支离憔悴不堪，躺在床上哭得泪雨滂沱：“娇娇儿，你怎么就不要我了！你叫我一声修哥哥，你叫我一声修哥哥，娇娇儿，我在你门口你为什么不开门啊！我等了好久好久，你怎么就不开门啊！

“娇娇儿，你怎么就不要我了，你怎么就不要我了……”

他哭着哭着，哭累了就睡过去，昏黄的烛影下，我的身影被拉得很长，长得像这寂寂深宫漫无边际的年月。

先皇后若是能听此肺腑之言，她会落下一滴泪吗？

他一片深情是真的，她一生凄苦也是真的。

深情有什么用啊！

深情有什么用。

空忆长生殿上盟，江山情重美人轻。华清池水马嵬土，洗玉埋香总一人。

江山情重美人轻。

看，古人不是说得很明白吗？我幼年时坐在祖父母怀里摇头晃脑读诗读赋读经史，我有什么不知道的呢，只是说得太明白就没有意思罢了。

譬如我十四岁那年五月，槐花正香的时节，我撑着脑袋坐在永安宫里打瞌睡，那个男人笑声里带着说不出的温柔，他说：“就这么困吗？”

那一刻我不曾动心吗？我不曾动心吗？不曾动心吗？

那一年我也才十四岁，青春少好的年纪，第一次遇见这样一个人，替我绾发描眉，为我吟诗唱曲，一口一句娇娇儿，我真的一点点心动都没有吗？

我骗过了亦友亦姐的淑妃娘娘，我骗过了沉迷艺术的温贵妃，我骗过了很多很多人，我甚至差点骗过了我自己。

可有什么是我不知道的，我知道得很早很早，在皇上一直喊我“娇娇儿”的时候，在他给我画的画像永远只有背影的时候，甚至在更久以前，我刚刚承宠三天，为皇上第一次弹《凤求凰》的时候，皇上说了一句话，我假装没听到，他说：

“瑶瑶，你天天给我弹琴好不好？……”

皇上日日与我写“郎骑竹马来，绕床弄青梅。同居长干里，两小无嫌猜”。可与他青梅竹马、两小无猜的又不是我，他那首诗怎么可能是写给我的呢？！

幸运的是我只动心了三天，就心焰燃尽成灰，从此在这宫里，没心没肺开开心心地过日子。不幸的是我只动心了三天，就这样堪破玄机，从此对那个男人无论如何薄幸都恨不起来，回首看这二十余年被当作另一个人的荒唐岁月，竟不知道该怨谁。

该怨谁，谁又不是可怜人呢！高高在上如帝王，二十余年间，也只能对着一个又一个提线木偶喊着他心上人的名字。

有什么用，你的心上人是你自己杀的啊，你不知道吗？你不知道吗？你若不知道，为何我一学她落泪，学她蹙眉，你就手足无措呢？

年少无知的时节，也不是不曾劝过先皇后，我告诉她，皇上日日写，同居长干里，两小无嫌猜。皇后娘娘没听懂吗？可是她说，小柳儿，你真是个好孩子。

我明白她那句话的意思，她想说的是，多谢你啊，多谢你，可是我把心给了他，他却把我的心打碎了。

我听明白了，所以我没把心给他，这么多年，我就像一个台下的看客看着一出出折子戏，曲终人散时落的泪，很难说清是为了戏文还是为了自己。

昏睡的皇上又在喊："娇娇儿……娇娇儿……"

我把手从他手里抽出来，他立时就醒过来，看着我委屈巴巴地叫："娇娇儿……"

我看着他，看着他蜡黄瘦削的脸，伸手抚上他全白了的鬓角，我问："你好好看看，我是谁啊？"

他像个孩子一样，瞪大眼睛看了我许久，突然就挣扎着坐起来拉住我："你不是娇娇儿！你不是娇娇儿，你是谁？我的娇娇儿呢？"

他长年习武，手劲那么大，抓得我手疼，我只是轻轻地说："我是小柳儿。"

他一时倒有些愣怔："小柳儿是谁？"

呵，小柳儿是谁……

我笑了，看着他的眼睛："你的娇娇儿到天上去了，让我帮她照看你，你不要急，你很快也到天上去了。"

大约是我的声音很温柔，他冷静下来，任由我扶着他躺好，可怜兮兮地抓着我的袖子问："到了天上，娇娇儿会见我吗？"

不会吧。

不会的。

我这么安慰他，只是因为我可怜他们，我可怜先皇后，也可怜皇上。

这深宫里，何人不可怜哪！

我说："你好好求求她啊。"

他想了一下，点点头："嗯，我求求她，我求求她，她不开门我也不走，一直求一直求。"

他说："谢谢你啊。"

他这一生与我说过很多话，只有这两年三次说"谢谢你"是跟我说的。

他安安稳稳地闭上了眼睛，我走到窗前，看见窗外飘着雪花，这是今冬的第一场雪。

宫人敲响了十二下景阳钟，山陵崩，各宫各院都逐渐响起了哭声。

温贵妃率领六宫在永安宫外等着我，我出去的时候脚下一个趔趄，她和德妃赶紧上来扶住了，我看着温贵妃，问出了困扰我许久的一个问题：

"我是谁啊？"

温贵妃说："你是小柳儿啊。"

"我是小柳儿吗？我是小柳儿还是娇娇儿？"

温贵妃的声音很坚定："你不是娇娇儿，你是小柳儿。"

那就好，不是娇娇儿，是小柳儿就好。

皇上的后事平平顺顺地办好了，他本是落魄皇子，生于君王软弱、外戚干政、朝政混乱的时期，母亲含冤而死，二十二岁那年登上皇位，接手的是一个国库空虚，权臣当朝，外敌频频入侵的国家。

二十六年过去，他把国家交给他二十岁的儿子，这个国家朝政清明，国库丰盈，四海升平，朝中再无权臣，海内再无战事。

他是个好皇帝，谥号明。

我跪在冰冷的青石板转上端端正正磕了三个头，不是妻子向丈夫行礼，是臣子为君王送行。

待丧事办好了，冷宫中人来报，一二十年前关进冷宫一直疯疯癫癫的瑶妃，听到皇上薨逝的消息，忽然有了一丝清明，哼着歌儿就开始跳舞，跳着跳着，就一头碰在柱子上去了。

人都被贬为庶人，妃陵也进不去，不过一张席子、一副薄棺随意葬了，怕是到了阴曹地府也不会相见，何必还执意殉情？

她是不能回答了，只盼她来生投个好胎，我们都投个好胎，都不要再碰到这个男人了。

皇上成了先皇，我也成了太后。长思登基那一天，全程牵着赵皇后的手受百官跪拜，肃穆的钟鼓声响彻皇宫，仿佛奏响了一个新故事的序曲。

第二十章

——

终老

过了年，太后、太妃迁宫，十几位低位嫔妃都要到伏龙寺去为先帝祈福，她们中间，最年轻的不到三十岁，就要到另一个地方蹉跎余生。

祖制如此，我也只能让人把伏龙寺的屋宇好好修缮，把屋内的东西换了一遍，怕她们缺吃少穿，特意吩咐我身边的掌事姑姑，以后每个月把我的一半俸禄送到伏龙寺去。又怕她们实在寂寞，正巧三四个月前嘉乐养的一群猫里两只母猫生了好多小猫，就把小猫给了她们一人一只以慰寂寥。若有不喜欢猫的，要狗也行，叫人给她们寻去也不是难事。

她们来拜别我的那一日，个个磕头磕得真心实意，抱着猫猫狗狗抑制不住笑容，我见了才放心一些。

按道理来说这么做不合规矩的，但谁叫如今我儿子是皇帝了呢。

长思登基第一天就宣布为表哀戚三年内不选秀，恭王、顺王、韩将军、温丞相、中书令等一众大臣均表示此举甚善，他跟婉婉就在宫里旁若无人地秀恩爱，婉婉想住到未央宫去他也不肯，非把人扣在永安宫里，出门必手拉手，婉婉到我这里坐一会儿，他见不到人必定要杀过来找的。

这样很好，我在心里想，但愿能长久。

温贵太妃倒是看得很开："儿孙自有儿孙福，各人有各人的缘法，你操心什么呢？由他们去吧。咱们自己可管得了自己呢！"

她是真的看得开，小四孩子都生了两个了，长忆和康乐都怀上了，小五还是一只单身狗，王太妃到底还偶尔着急，温贵太妃和宋太妃完全不担心。

王太妃叹道："小五小时候很可爱的啊！多漂亮的孩子，人见人爱的，怎么长大了就缺心眼傻成这样呢？"

温贵太妃："成婚真的没什么意思，我当年就不想成婚，我为什么同意进宫，就是因为进宫嫁给皇上只要不得宠就跟没嫁人差不多。小五不想成婚就不成婚！能少祸害一个女孩子是一个！"

宋太妃："万事要看缘分的嘛，小五在我的新话本里已经娶上小仙女了好不好！"

德太妃抱着她三岁的大孙子劝道："别呀，小五真的不小了，早点娶妻早点生孩子咱们还能帮忙带，再拖下去就带不动了！"

温贵太妃："带，带什么孙子，开玩笑！我宁可抱一只猫去伏龙寺！"

德太妃表示猫哪有狗好，至此一场谈话彻底跑偏。

婉婉偷偷跟我说，听说五哥昨天在早朝被御史说放浪形骸无所事事，昨天晚上坐在人家的屋顶上敲碗唱了一晚上《莲花落》，现在还在补觉，长思哥哥要打他一顿呢！

我还不知道该说什么，小五就哭爹喊娘地跑进慈安宫喊母后救命，长思和小四一人一根木棒紧随其后，可怜的长念在后面跳脚喊："四哥、六哥打不得打不得！打了五哥就跟他丐帮的朋友去要饭了！"

小五才不会去要饭呢！他躲在我的慈安宫里吃好喝好，瞧着长思心情好了，觍着脸去求他宽大处理，长思还能怎么着，只能原谅他，小四还想说教他几句，小五立刻要给他唱一段《莲花落》，吓得小四落荒而逃。

小四媳妇怀上第三胎，德太妃偷偷跟我说："若是个女孩子就好了。"

"我一直都喜欢女孩子，"她笑道，"白白软软的小姑娘，亲你一口心都化了。不怕你笑话，从前我还没进宫的时节，一心想找个普通举子成婚，他做个清闲小官就好，钱不用太多，生上四个孩子，两个男孩、两个女孩，一家子和和美美的，晚上啊，点一盏灯，他教孩子们念书，我给他们缝衣裳……不瞒你说，我现在偶尔做梦还梦见这个呢。"

她说着就笑起来："没出息吧，人生那么长，我只想要两三间瓦房、一个小院子，真是太没追求了。"

大约上天听到了我们的话，小四媳妇第三胎生下来，确实是个胖乎乎的小丫头。

这是我们孙辈里头第一个女孩，大家都高兴疯了，嘉乐、长忆、康乐齐齐到恭王府看小侄女，越看越眼红。康乐和长忆只头胎生了儿子倒也罢了，可怜的嘉乐出嫁九年生了四个男孩，活活被四个皮小子折磨得年纪轻轻的就开始满地掉头发，现在看了这香香软软的小姑娘，抱在怀里不撒手非要拿四个儿子跟小四换。

小四：三姐姐，子曰……

最后的结果是孩子没换成，嘉乐被说教了一顿头发掉得更多了，阿瑾心疼得不得了，打算揍小四一顿的时候被"诗云"云得头脑混乱，回家跟嘉乐一起掉发一起做秃头夫妻。

德太妃心满意足地抱上小孙女，恨不得把她揣在兜里随时抱出来看一看，孩子还不满百日就开始看自己的库房里有什么能给她的乖乖小心肝做嫁妆。

婉婉也怀上孩子，长思思虑良久，开始在处理繁杂政事之余向他四哥请教如何给孩子换尿布。小四换尿布的技术是德太妃亲自传授的，又已经是三个孩子的爹，非常娴熟，长思敬佩不已，小四沐浴着长思崇拜的目光，开始着手编写《男子育儿大全》。御史台的老大人在朝上弹劾他，结果婉婉她二哥赵大人跟人家辩论，引经据典滔滔不绝，把人家说成不配为人父的千古罪人。

最后长思表示治国要先齐家，齐家重在育儿，请各位大人回家好好写教养儿女的心得，明天大家一起讨论。有人还没成婚，单身狗真可怜，那就写万一你结婚了打算怎么当爹吧。

长思把这事讲给我听，我叹道："难得前朝的老大人们肯这么由着你没规矩地胡闹。"

长思说："朝中的大人们是父皇精挑细选出来的，个个被敲打过了，很有分寸，什么当管什么不当管都清楚得很。若是国事，再不肯有一点胡闹的，至于帝王家事，再不轻易多话的。"

先皇啊，先皇……

我说："你也要好好治国，须知这江山来日是要给婉婉肚子里那个小乖乖的。"

婉婉把头在我肩上蹭着撒娇："母后，他可不太乖，昨儿他踢我！"

全朝都在学习如何当一个好爹，小五居然不捣乱，这就非常奇怪，我让长念跟着他五哥，结果长念告诉我，他五哥最近天天在当时弹劾他的那个张御史家门口转悠。

这就太过分了！人家不过弹劾他一次，他在人家屋顶上唱一夜《莲花落》已经扯平了，他还想伺机报复吗？

长念说："不是的，阿娘，那位张大人家里有个十七岁的女儿，听说自小定亲的未婚夫死了，都说她是望门寡，五哥，呃，五哥说她好看。"

……缘分好神奇，真的好神奇。

我把这事跟温贵太妃和宋太妃一说，温贵太妃开始准备给她未来的儿媳妇做衣服，要动针线才发现不知道尺寸，立刻把小五叫进来问。

小五："母妃……孩儿不知道啊……"

宋太妃："你还没抱过啊？！"

小五：没……

温贵太妃恨铁不成钢："你怎么如此没用？你宋母妃写了那么多话本，里头那么多套路你就学不会吗？！"

宋太妃："就是啊！你生下来就是听我的话本长大的啊！！！"

小五："我都试了！我给她唱《莲花落》，她吓哭了。我从她窗户里跳进去找她，她吓哭了。我还叫了几个朋友假装歹人……"

完了，这么蠢的孩子估计要完，怕不是得单身一辈子。

最终还是宋太妃亲自支招儿，嘉乐她们姐妹几个绞尽脑汁地找借口请张家姑娘"过府一叙"，将近一年之后，小五才得意扬扬地牵着他新婚妻子进宫让我们"开开眼"。

小五媳妇是个怯生生的孩子，害羞胆小，说话细声细气的，跟小五这个霸王站在一起，我们都忍不住百般嘱咐她："要是小五欺负你，你要进宫告诉我们呀！"

我们围着人家小姑娘东问西问，德太妃边问边掰着手指算了一圈，喜出望外："啊，你是我妹妹的大姑子的妯娌的娘家姐姐的侄女啊！"

她跟温贵太妃就干了一杯："亲家，你好啊。"

小四的小闺女满三岁，会甜蜜蜜地叫德太妃"祖母"，然后甜蜜蜜地亲她一口，德太妃心满意足，阖目长逝。

她一向知足常乐，临终前对我说："我这一生也算得上很好，没吃过什么苦，平平安安就到了今日，又有儿孙送终，在这宫里已算得上极好极好了。不过，”她笑了一下，“不过我还是惦念我想要的小院子，来生咱们不要再在宫里相见了。来生——”

她说到这儿笑得眉目如画：“来生……我要在我的院子里种爬山虎，你若经过一个墙头爬满爬山虎的院子，记得敲门向我讨碗水喝。”

好像怕我忘了，她拉着我的手又重复了一遍：“你别忘了，路过我的院子要敲门向我讨水喝。”

长思登基的第五年，婉婉生了两个儿子，兄长皆受重用，稳坐中宫，有朝臣提议选秀，结果这次选秀有几个秀女互相陷害，生生弄出了一条人命，皇上大怒，下令彻查，结果查出有背后下毒的、有收受贿赂的、有言语之间不敬赵皇后的……皇上以此为由头，牵出了朝中几个大臣，或斩首或流放或罢官，选秀也就不了了之。朝臣明白帝王的心思，再加上中宫有子，从此再鲜少提选秀的事。

长念满二十岁以后，不知怎么了，一向乖巧听话的孩子叛逆期突然到来，非要到边境去投军，他哥哥姐姐拦不住，告状告到我这里，我叹了一口气说，由他去吧。

长念跪在我跟前一脸愧色，我倒是看得开，我对他说：“去吧，到处去走一走也好，到了辽西见了周老将军，代我跟他问声好，他是你三姐姐的舅舅，是……是先帝的忠敏皇贵妃的三哥。你可记得忠敏皇贵妃？你小时候她给你做过好多好吃的，她走的时候你才八岁呢。

“你要跟他说，你三姐姐很好，跟你三姐夫很恩爱，你不要忘了。”

他说：“记得的，孩儿一定替母亲把话带到。”

两年后，长念剿匪有功，意气风发地回了京都，带着个风风火火的红衣女孩，红缨枪舞得虎虎生风，一直在长念身边叽叽喳喳，长念不理她，嘴角却一直弯着。

那女孩子姓周，第一次见进宫就送了我一把上好的匕首，又围着婉婉咋咋呼呼地喊："你真的好好看啊！你这么好看，不如跟我去辽西吧！在宫里有什么意思啊！"

长思、长念齐齐黑了脸。

最终她没有带着婉婉回辽西，自己倒是留在京都做了我的小儿媳妇。

小四的闺女八岁那一年，无意间跟我们说起她舅舅家表哥的事，王太妃拉着她问了许多她外祖父外祖母的事情，晓得他们最小的儿子都生了第二个孩子，正要摆满月宴，高兴得做了一桌子小姑娘最爱吃的菜。

那日之后她就卧病在床，再也没起来。

春天的时候，王太妃看着窗外青翠的柳色，对我和宋太妃说：咱们是三十五年前的今天进宫的呢。

三十五年啊，三十五年，人事成沙，连春光都老了啊。

王太妃的声音轻得像一阵微风："遇见你们我很高兴。他如今子孙满堂，我也很高兴。"

停了许久，她又很轻很轻地说："不知道他还记不记得我。"

她的眼角终于滑下了一滴泪。

我突然想起，很多年前，我们都还年轻的时候，她于未央宫向我倾吐心事，高高扬起头来，连一滴泪都不肯落下。

王太妃一去，跟她最好的宋太妃也倒下了，到了秋天，她笑眯眯地对我说："对不住啦，我死了就算了，还要留一个写了一半的话本子给你们，你们不许生气啊。"

温贵太妃气得捏了一下她的脸："死了都能作妖，你个死丫头。"

我说，你把话本子写完再走，好不好啊。

她阖了阖眼，突然问："你们知道，这宫里这么多姐妹，我最羡慕谁吗？"

“我最羡慕王家姐姐，至死都有一个心上人可以牵挂。

“这深宫里多少人，这一生来不及爱上别人，也来不及被别人爱上，就这么断送了自己的一生。

“我的话本子有没有结局有什么关系呢……这深宫里多少人，自己连一个故事都没有，就结束了。

“我好羡慕她啊，我是真的羡慕她！”

她这一生写了很多话本子，给每个女孩子都安排了轰轰烈烈的爱情，而她什么都没有，只有弥留之际一声悲啼。

这宫里故人一个接一个地走，长思怕我和温贵太妃寂寞，不仅日日跟婉婉和孩子们来陪我们吃饭，还经常让他的兄弟姐妹们到宫里小住。小孙子、小孙女在我们跟前跑来跑去，吵架又和好，我们只是笑吟吟地瞧着，瞧着瞧着他们就长大了，不知从哪天起，他们开始喊我“老祖宗”。

温贵太妃一直到死都没放下她的针线。

她离世的前一天晚上，月色很好，她给我看她新绣的大作，是一幅双面绣大围屏，八个年轻女子神态各异，栩栩如生。

画面中央先皇后搂着个小姑娘斜靠在躺椅上，含笑凝神，似在倾听，一旁贤妃坐于石凳上，手里拿着一个账篇子。右侧淑妃手持托盘，托盘上俨然是她的拿手好菜蟹粉红烧狮子头，王太妃弯着腰正在摆盘，而我正瞧着淑妃笑，眼神灿若星子。左侧宋太妃双手背在身后，分明是她平日说书的模样，德妃神情急切，手上还扯着温贵妃的袖子，而温贵妃背对着我们，只能看见她手持绣绷，微微抬头看向宋太妃。

围屏右上角刺了一行小字：

君埋泉下泥销骨，我寄人间雪满头。

雪满头，我们两个的鬓边早就白了。这绣像里的我们可真是年轻啊！

她指着这幅围屏笑着说："若是百年后，把我所有的绣品挂在一个屋子里供人瞻仰，后人必要夸我是个天才。"

她夜里睡下的时候，还吩咐她的贴身大宫女帮她把线分好，她明天醒了要用。

她再也没醒过来。

我想，这是上天对她最大的温柔，让她不受半分苦痛。也是对我最大的温柔，我可以对自己说她睡着了，她还在。

又不知过了多少年，我年纪越大，就越发有些糊涂，开始把孙辈的名字叫混，忽有一天，我指着嘉乐惊恐地叫道："淑妃娘娘，你怎么老了？你有白头发了？！"

这一年嘉乐六十一岁，早已做了祖母，她以为我在跟她玩笑，随口回道："我老了啊。"

我不高兴了，拉着她的袖子撒娇："你才不会老！你可好看，可好看，可好看了！"

她这才瞧出我的不对来，她问："……母后，您叫我什么？"

我说："淑妃娘娘，你是傻了吗？我们带嘉乐去找皇后娘娘好不好？"

我指着嘉乐五岁的小孙女说："嘉乐怎么瘦了？她又偷偷不吃饭吗？"

整个慈安宫的人面面相觑，嘉乐颤抖着扶住我说："对啊，她真不听话。"

我吵着要见皇后娘娘，吵着要穿温昭仪给我做的新裙子，一会儿又问宋美人的新书出了没有，后来又问，德妃娘娘不把小四带过来和小五玩吗？

孩子们都围着我，哄着我，到底是见了婉婉我才乖了，任凭她哄着坐下，乖乖等“淑妃娘娘”给我做吃的。

嘉乐厨艺十分勉强，端上来的红烧狮子头有些焦，我问：“淑妃娘娘，这个狮子头怎么是甜的？以前它不是甜的啊？”

嘉乐支支吾吾：“呃，这是我研究的新菜式。”

我说：“把它端到永安宫去吧！这个不好吃。”

长思进门就听到这句话，笑得很苦，我见他进来，就有些着急地拉起他的手：“你可来啦！”

他一头雾水，任凭我把他拉到婉婉跟前，很郑重其事地介绍：“这才是你的娇娇儿，不要弄丢了。这是你的修哥哥，不是皇上。”

又把他们的手放在一起：“你们要牵手手，对啦，就是这样子。”

我高兴地拍起手来：“好啦，你们再不可以吵架啦！”

长思和婉婉对视一眼，说：“好。”

我又拉着长思问：“你们和好啦！我可以回家了吗？我想我祖母了。”

我“哇”的一下就哭出来：“我要回家，我要祖母……”

阿瑾赶紧走过来，我瞧见他又不哭了：“大哥哥，你是不是来接小柳儿回家的？”

他说，是。

我就到嘉乐家里住了几天，一直不明白大哥哥为什么跟淑妃娘娘住在一起，不过小四、小五、长忆、长念、康乐都天天来看我，日子过得很热闹，我也就忘记纠结了。

小柳儿今天去这家吃糕糕，明天去那家看小兔子，后天又跟着谁去街上逛，日子过得好开心啊！

十月的一个黄昏，我跟孩子们回到宫里，一家子齐齐整整地吃了顿饭，吃着吃着我就倒了下去。

醒过来时脑子倒清明了，我对着长思说：“你当年说要宠着婉婉十年、二十年的，可不许食言。你若食言，你若食言……婉婉，他若食言，你也不要难过。你就不要理他，好好的，过你自己的日子，就是了。”

长思哭笑不得：“孩儿都五十四岁了，阿娘，太子都娶太子妃了，哪里还会食言。”

我又想起一件事：“温贵太妃的绣品，除去随她下葬的，还有一些，在我宫里，与其放在这宫里，一年复一年，不知何日被丢掉，不如放到我陵墓里好好地存着。天可怜见，沧海桑田，或者有一日能见天日供人观瞻，你们别忘了。”

儿孙齐齐整整跪了一地，都小声地哭着叫我，我叫他们一家一家地到我跟前来，我一个一个再看一眼，看完了忽觉得心上很安宁，指着窗台说：

“你们看，天亮了。”

这一年我七十岁，距我入宫已经过去了五十六年。

（正文完）

番外一——李福贵

作为皇上身边的金牌内侍，李福贵的从业经验一言以蔽之曰：“不说话。”

这倒不是说李福贵懂得“沉默是金”的真理，而是因为——

他就是个哑巴。

皇上年纪尚小，还是落魄九皇子那时节，身边只有活蹦乱跳的李福贵和宫女吉祥。九皇子的逆袭之路惊心动魄，待到尘埃落定时，李福贵早就成了一个哑巴。

成了哑巴也没什么不好，宫里许多事，听得说不得，纵然有一些不得不说的话，说了命也就没了。吉祥姑姑跪在还是太子的皇上跟前端端正正磕三个头转身就走时，李福贵跟太子一样一滴眼泪都没有，太子心里想什么不得而知，李福贵当时十分庆幸自己已经是个哑巴了。

不然死的可能就是自己了，毕竟他比吉祥姑姑还不忍心看着太子妃遭难。

太子妃是李福贵“看着”长大的小姑娘，沈老丞相最心爱的孙女，沈贵妃的小侄女。沈贵妃在这吃人的宫闱里难得有几分慈悲心肠，李福贵能保下这条小命全靠她，慈悲的贵妃娘娘无端暴毙长乐宫时，阖宫宫人连一声呜咽都不敢有。

沈云瑶像极了她姑姑，美丽、聪明又温柔，不曾说话先带笑，她还是个孩子的时候，进宫去给沈贵妃请安，还偷偷给李福贵塞过糕点。

楚王想娶沈云瑶这件事，李福贵老早就知道了，他看着自己的主子机关算尽没日没夜地盘算，除了在吉祥姑姑跟前皱着眉以外没有任何表示。吉祥姑姑倒是心宽，拍着他的肩膀安慰道：

“要是主子能如愿娶沈家三姑娘，我就是立时死了也安心，到了地底下，也算跟娘娘有个交代。哎呀呀，我去给菩萨上炷香……

“你皱着眉做什么？傻啦？沈家三姑娘多好啊，谁见了她不欢喜哪？我看主子对三姑娘也很有心的，今儿又吩咐我把被褥换成嫩粉色的。哎呀我说，爷，怎么突然挑了这么个色哪，你猜猜主子怎么说，他说，姑姑，你就换上吧，瑶瑶就爱这个色。你看看你看看，哎呀呀……”

李福贵依旧闷闷地不说话，他哪里不知道主子对沈三姑娘有情呢？主子整天傻笑，书房里攒了三大箱沈三姑娘的画像了，他还能不知道主子的心思吗？

可有什么用。

皇上对沈贵妃也有那么几分情意，贵妃娘娘宾天的时候，有人说曾好几次在深夜听到永安宫有凄凉的哭声。

这哭声虽没什么用，到底已属难得，主子的亲娘刘美人原先不过一个扫洒宫女，凭着美貌得了几日宠爱，临了一命呜呼，除了一床破席子可得到过什么呢？

也不知道沈三姑娘能活几年。

沈云瑶嫁进楚王府是腊月初一，李福贵还记得那夜飘着雪，楚王府那两棵歪脖子蜡梅花结满了密密匝匝的淡黄色花苞，有几朵娇弱无力的小花已经开了，幽幽的清香轻得像春夜里的一个梦。他扶着已有七分醉意的楚王走过树下，楚王突然站住了，指着蜡梅花轻轻地说：

“啊，你看，蜡梅花。”

他说着，推开福贵就自己上手去折，举着一枝缀着星星点点花骨朵的蜡梅枝，冲着福贵咧开嘴笑得像个傻子。李福贵还不知道该说些什么，楚王却甩开他撒丫腿大步向新房走去，李福贵在后面小跑着追，只听见楚王说：“我拿去给瑶瑶看！”

沈云瑶看没看这枝蜡梅，李福贵是不知道了，他只知道自打王妃进了门，王府里就弥漫着一种甜腻到蛀牙的气息。在李福贵眼里，楚王本是个心怀天下忍辱负重的皇子，娶妻之后就成了智障，没有外人在时就要傻笑，得空了看王妃上妆也看得津津有味，丧心病狂起来更是拜吉祥姑姑为师学梳头，学不到一日就兴致勃勃要亲自替王妃梳头。

奈何王妃刚嫁过来，脸皮薄不好意思，两只手抱着头边笑边躲，耳朵都羞红了。楚王哪里肯放弃，一口一个“瑶瑶”“娇娇”地哄着，上前把小妻子圈在怀里，手忙脚乱想按住拼命摇头拒绝的小姑娘，末了王妃从他胳肢窝底下钻出来，抱着头一边笑一边跑到院子里，喘息着笑道：

“王爷，你别闹啦！”

她立在院子里，捂着头笑的样子滑稽得像只小家雀，院里的下人都拼命忍着笑，楚王立在檐下笑得春风满面，看着他的王妃缓缓地说：“好，不闹了。”

他慢慢向她踱过去，王妃还想躲，楚王轻斥道：“说了不闹了，大雪地里不许跑，要滑倒的！”

他斥的这一声真是义正词严，连李福贵都相信了，可怜的王妃就呆呆地站在那里，抱着头的手都还没放下，就被楚王俯身抱起来：

“乖，娇娇，小姑娘要梳好头才能出来玩。”

……

这对新婚夫妇一个没皮没脸，另一个害羞娇气，李福贵就在两个傻子一个咧开嘴傻笑一个低头偷偷笑中度过了一个新年，这年上元节，楚王和楚王妃有了第一次争吵。

其实也不晓得是怎么吵起来的，上元那天早上天色一片晴好，楚王拉着楚王妃的手，跟她并肩坐在书房的窗前，捏着她的手指说：

“娇娇，你从前上元节都在做什么呢？”

楚王妃一向说起玩的事就开心，开始高高兴兴地掰手指数：“阿娘会做五色的浮元子，阿爹会给娇娇做花灯！我们院子里的花灯全是阿爹自己做的！祖父跟我们一起做灯谜，我们还一起猜！猜错了要罚的！有时候大哥哥、二哥哥还带娇娇出去玩！去庆德楼看烟花，大姐姐、大姐夫还带着小元宝给娇娇送泥人呢！”

她说得眉飞色舞，摇头晃脑地实在开心，李福贵却越听越想笑，还是个小姑娘呢，说起玩的就高兴，一边和吉祥姑姑偷偷看向楚王，不出意外地发现他越来越沮丧。

沈云瑶说着说着也发现丈夫有些不高兴了，就拿玉葱一样的手指杵了他一下：“你怎么啦？”

楚王把头埋在她肩上闷闷地说：“没什么。”

他委屈的样子像个孩子，李福贵和吉祥姑姑偷偷相视一笑，沈云瑶却惶然不安起来，扯着楚王的袖子：“你不高兴了吗？我惹你生气了吗？”

她瞪大了眼睛，小心翼翼问话的样子太招人心疼，楚王大约也忍不住了，把人揽在怀里，下巴搁在她的头顶上：“没什么……我本来想带你出去玩的，我想你肯定没见过庆德楼的烟火。”

他说到这里，不知是真委屈还是假委屈地撒着娇：“可你什么都见过了！我没什么新鲜的玩意儿可以带你玩了。”

他可怜兮兮的样子像只做错事不知所措的大狗狗，沈云瑶是个心软的小姑娘，立刻手忙脚乱地安慰：“你带我去玩我就很开心啦！

我喜欢你带我出去玩……”一边说着一边转身想伸手去摸楚王的头，楚王这个坏心眼的还是垂头丧气不说话，沈云瑶急得不得了，抱着楚王的脖子轻轻地摇，声音小得李福贵都几乎听不见：

“修哥哥，你不要不高兴……”

楚王立刻就开心了，趁机亲了一下小姑娘的嘴角，沈云瑶羞得钻进他怀里不肯出来，楚王揽着她，絮絮叨叨地问她从前在娘家都做什么，还有什么好玩的，沈云瑶说着说着就说了一句：“哎，我家里人对我可好了！我最喜欢他们了！”

正是这句话让楚王彻底发火：“你不喜欢我吗？！”

李福贵和吉祥姑姑瞠目结舌，楚王仿佛喝了五十斤老陈醋，只要王妃答得让他不满意他就要酸倒所有人的牙。然而沈云瑶还试图跟他讲道理：“不一样的，也喜欢的，但是……”

楚王开始胡搅蛮缠：“你是喜欢你家里人多一点还是喜欢我多一点？”

傻乎乎的沈云瑶哭丧着脸，努力向他解释清楚“不一样”的，就是不知道吃醋的男人要用哄的，李福贵一个哑巴急得差点开口说话，到底是吉祥姑姑稳重拉住了他。他们就隐藏在角落里，看着一个醋意越来越浓，另一个手足无措，到最后沈云瑶有些不高兴了：“你这个人怎么不讲道理的！”

楚王：“我怎么就不讲道理了！”

……

两个傻孩子吵了两句嘴，背对背坐着都不说话了，沈云瑶咬着唇，好几次偷偷侧过头瞄楚王一眼又转回来，楚王沉着脸，坐了一会儿，突然笑起来，转身去抱他的小王妃：“娇娇，刚刚是我犯傻气，你不要理我。”

他这么说，沈云瑶也笑起来，小脑袋埋在他肩窝上蹭呀蹭，冲着他傻笑道："你不生我的气啦！"

楚王低下头抵着她的额头："谁能生你的气！"

沈云瑶红着脸，埋在他怀里不肯起来："你不要生气……我喜欢你的，我可喜欢可喜欢你的，我都让你叫我娇娇啦！从前有个表哥叫我娇娇，我不喜欢他，不许他这么叫，还教训他了呢！"

楚王笑得像个傻子，偏偏还嘴硬："可你家里人也叫你娇娇，我也叫你娇娇，我都不是独一无二的！"

沈云瑶好脾气地哄道："那你想叫我什么？"

楚王低头去亲她的眼睛；"娇娇儿，你要最喜欢我，因为我最喜欢你了……"

后面的话李福贵没听到了，因为吉祥姑姑把他拉出去了。这天晚上两个主子到底没出成门，相拥着在檐下看月亮，一个弹琴一个饮酒，赏心悦目得仿佛一幅画。

许多年后，李福贵老得牙都掉光了，还梦见楚王带着楚王妃一起扎风筝。楚王自小苦过来，哪里有闲情、有福气折腾过这些玩意，扎好的风筝好看是好看，就是歪歪斜斜的飞不上天，那只大花蝴蝶一次又一次倒栽下来，还折了一根竹骨，沈云瑶一身青衫青裙，笑得直不起腰："修哥哥，你放过这只蝴蝶吧。"她说着就去拭他额角的汗，楚王喊人去买个好看的风筝，又叫把那只他自己做的花蝴蝶丢了，沈云瑶就急了："这个不能丢，你说了做给我的！折了翅膀也是我的！"楚王笑着故意把风筝高高地举起来，沈云瑶就跳着脚要抢，两个人闹作一团。

真好啊，李福贵咧开嘴想笑，梦就醒了。

想一想，在楚王府，日子确实过得像一场梦，有王妃在，一向少年老成工于心计的楚王，也难得地带上些孩子气，甚至在院里头养了两只兔子，两个人有商有量地亲手喂。后来不知怎的死了一只，王妃当着旁人倒是很镇定得体，只亲自把兔子埋了，等晚上王爷回了府，她就忍不住委屈地缩在楚王怀里掉眼泪，一边掉一边拿手擦还要抽抽搭搭地说："修哥哥，嗝，我没事，我，我本来没想哭的……"王爷拼命忍着笑，替她把散乱的鬓发捋到耳后去："那怎么看见我就哭了？好了，好了，没事，娇娇儿想哭就哭啊，没事没事，我明儿再给你找一只小兔子，不哭了啊……"

沈云瑶到底也不肯接受一只新兔子，她拉着王爷，在埋兔子的树底下，种了一株石榴花。

后来李福贵常常想，那只死去的兔子是不是上天的一个警示，可转念一想，什么警示也没有用，这世上有一种人，下定了决心就没有什么能把他拉回来。

沈云瑶不知道，他们的兔子死了那天，她丈夫是从哪里回来的，李福贵却知道。许太师去世满一年，他的孙女除了服，进宫去见许皇后，楚王偶然遇见了安慰她两句，又有什么可大惊小怪的呢？

可就是这几句安慰，楚王花了多少心思在心里盘算了多久，那是谁也不知道的。自打许太师病重，楚王不用说李福贵也知道，机会终于来了。

本朝自楚王的曾祖、祖父那两代起就治国不善，南边有六诏频频生事，北边有狄人虎视眈眈，楚王的曾祖平帝在位时，南边、北边都没怎么打过胜仗，只得先后派了两个妹妹三个女儿去和亲。楚王的祖父成帝临朝那二十年，更是朝政混乱，成帝一心与他的陈皇后过他们的小日子，朝堂上各方势力斗得你死我活也没人管，末了是老早被排挤出京都的许家收了渔翁之利。算无遗策的许太师借着在北边立下的军功东山再起，慢慢把持住了朝政，废了太子，另扶今上登基。

皇上是靠娶许家女儿上位的，朝堂后宫哪里由得他说了算，在位这些年，过得实在委屈。后宫有个许皇后，前朝有个许太师，朝中的大臣即便未必全都是许太师的人，也可能是护国公、沈丞相、宣平侯的，就是没有皇上自己的。

莫说朝政，连皇子公主的婚事也不由皇上自己决定，皇上的孙子里不少都是许家的亲外孙。十二个皇子，一多半的正妃都姓许，东宫里头不仅太子妃姓许，还有一个姓许的昭训。

可许家最重要的女儿还没嫁人。许皇后的亲侄女许婵芳尚且待字闺中，这女孩子的年纪有些尴尬，皇上十二个儿子里，与她年纪相当的皇子连带楚王有四个，不是母家出身太低就是身有残疾，实在配不上许家长房的嫡长女。许太师原想把她嫁给林大将军的长子，林家也十分有心，频频上门，许皇后却总觉得委屈她了，一来二去，到许太师死她的婚事都没定下来。

但许太师终于死了！许家根深叶茂，可许家再没有许太师这样的人物了！许太师的儿孙里，连一个能及得上他一半能耐的都没有！

楚王在书房里坐了一夜，拂晓的时候很低很低地笑了一声："且看吧。"

婚后小半年，楚王日渐忙碌，沈云瑶是独自也能玩得高高兴兴的，写诗种花，编琴谱编得不亦乐乎，哪里晓得楚王外头都跟人做了几出戏？也不知道楚王跟沈丞相说了什么，沈家也是一点风都没透进来，等宫里两道旨意下来，沈云瑶整个人都有些蒙。

第一道说的是，先太子不忠不孝，贬为庶人，另册楚王为太子，楚王妃沈氏为太子妃。

第二道是许太尉长女贞静娴雅，德行出众，赐婚太子，为太子良娣，择日完婚。

楚王把沈云瑶牵到书房里，李福贵跟吉祥姑姑留在外头面面相觑不敢动，房里静悄悄的一点声音都没有，过了一会儿，楚王却唤他们进去。

沈云瑶坐得端端正正，脸上一点笑意也没有，李福贵头一次看到不笑的沈云瑶，心里竟有些发怵，这才想起，沈老丞相是能与许太师缠斗十余年的人，他的小孙女，可能爱哭，自然是不可能只会哭。

楚王站在边上沉着声说："姑姑，你把，把我母妃的事，讲一讲吧。"

吉祥姑姑就原原本本讲了一遍，刘美人如何得宠生子，许皇后如何屡屡相逼，如何在六岁的楚王面前活活打死他的生母，楚王在宫里那些年，经历了多少惊心动魄的算计，还有李福贵是怎么哑的……待她说完，李福贵抬眼去看沈云瑶，听了这样悲惨的故事，她既没有心疼得泪流满面，也没有哭着闹"可你怎么能娶别人"，平日那么爱哭的一个人，此刻居然冷冷静静的，看了楚王半晌才说："修哥哥，你是想要当皇帝的，对不对？"

她平日娇滴滴的，看楚王的眼神也是缠绵婉转，如今的眼神却清凌凌的像古井的月影，问得这样干脆利落。楚王的声音带着新磨宝剑般势不可当的锐气，也只干脆答了一个字："是。"

沈云瑶又问："我祖父他们知道的，是不是？"

楚王又答了一个"是"，沈云瑶垂眸笑出声来，摇摇头起身整顿衣裳，端端正正朝楚王行了大礼："那，妾拜见太子。"

她不吵不闹，行完礼就要走，楚王那股锐气丢到了爪哇国，吓得脸都白了，抓着她的手语无伦次："娇娇儿别，我不是，我，我之前没告诉你是怕你担心……我，我也怕你生气。我对许婵芳绝没有，没有一点……我心里只有——"

"我知道，"楚王话都没说完，沈云瑶就直截了当地打断他，背过身往外走，"我当然知道你只喜欢我，你眼睛里都写着呢，我只是，"她回过头看着楚王，眉目里全是怅惘，"我只是觉得，人家许姑娘没了亲祖父，不知道该多伤心呢，你就这样骗她，你们就这么，

就这么，你们啊……”

她这样的话，叫人怎么也答不上来，楚王试图辩上一辩：“若不是她祖父、她姑姑——”

“你没的选，你一直都没的选，我知道……所以，她也只能没得选了，对不对？我也……我知道，我不是怪你，”她的声音那样温柔，李福贵却头一次晓得“深明大义”四个字，念起来也叫人觉得冰寒彻骨，她轻轻地说，“修哥哥，只是你不该让我这么叫你，你该让我一直喊你王爷的。”

她就这么出去了，楚王的目光追着她的背影，许久以后才说：“到了东宫，姑姑你就到瑶瑶身边去，她还是个小姑娘呢，姑姑替我看顾她。”

这年年底，吉祥姑姑就在那位“被骗的许姑娘”手下送了命。

那时太子妃怀了孩子，天天吃什么吐什么，瘦得脸上一点血色也没有，吉祥姑姑只好变着花样地做菜，只盼她多少能吃下去一些。朝堂上风起云涌，太子忙起来觉也不睡也是有的，况且还要应付许良娣，能陪着太子妃的时候实在有限。亏得辽西来的周昭训爽朗大气又通透，整天陪着太子妃，给吉祥姑姑打打下手，给太子妃讲讲辽西，一时兴起还要几手拳脚，李福贵还记得她一翻身就上了树的身姿，当真矫健敏捷！不愧是辽西营州周氏的女儿。可惜没生作男子，一身本事不能阵前杀敌立功，只能用来翻身上树给太子妃摘果子。

吉祥姑姑偷偷对李福贵说：“我原先嫌她太跳了，把太子妃都带偏了，上回未央宫罚太子妃禁足抄书，全是这丫头撺掇惹出来的祸事！不过啊，这周昭训虽说没规矩，心倒是好的，这几天还跟我学做菜，说是我辛苦了，等她学会了替我分担一些，哎呀呀怪贴心的。咱们家主子还是有福气的，若是纳进宫里都是刘奉仪那样的，那多糟心哪。你说刘奉仪，那鼻子那眼，跟咱们娘娘多像啊，怎么性子那样古怪，净在无关紧要的事上犯犟，昨天又被那边罚了。哎呀呀，咱们娘娘若看见自家侄女这个样子，不知多伤心呢……”

李福贵自打哑了以后，吉祥姑姑就喜欢找他长篇大论地唠叨，反正他听了也不能说出去，李福贵听得昏昏欲睡，丝毫不知道，这是吉祥姑姑最后一次这么跟他絮叨家常。

起因最初不过周昭训送给太子妃的一把精巧小匕首。据说辽西一位少年侠客曾用它惩戒过许多为害乡里的恶人，尽管太子妃很怀疑那位少年侠客就是周昭训自己，却还是很喜欢每日听周昭训拿这把匕首给她讲故事。这事不知怎的就传到许良娣那里去了，一日去未央宫，趁着大家都在，许良娣对许皇后说：“姑妈，咱们娘儿们整日闲坐怪没趣的，我听说姐姐那儿有好故事听，姑妈，姐姐怀着龙脉实在辛苦，咱们去瞧瞧她，顺道也沾姐姐光，也听一听解闷不好吗？”

她这么说，许皇后哪有不允的，一群人乌泱泱地杀到东宫，正好周昭训拿着那把匕首在讲故事，许皇后笑眯眯地叫太子妃拿过来给她看，还没等人缓过神，许良娣就惊慌失措地挡在皇后身前，质问太子妃是不是意图行刺。

这都不算阴谋，是明晃晃的阳谋，可你能说什么？接凤驾手持利器，往大里说，说沈家意图谋逆也不是不可以。

吉祥姑姑就这么站出来顶了罪，咬紧了牙坚持说，太子妃平日把玩的那把匕首不过是木雕的小玩意儿，今日这把是她偷换的，想趁着皇后来东宫之际行刺。

问她为什么行刺？吉祥姑姑说，她有个一起进宫的同乡姐妹在未央宫当差，被许太后杖责一百送了命。

这番说辞，许皇后能认就有鬼了。可宫正司使了十数种花样，吉祥姑姑还是那几句话。

姐妹是有的，不过都是十年前的事，与吉祥姑姑不过点头之交。

木雕小匕首也是有的，却是从前太子还在单相思时亲手做的，他那时做了许多小玩意儿，全交给吉祥姑姑收起来："姑姑收好了，将来要送给我和瑶瑶的孩儿的。"

吉祥姑姑原与刘美人有八拜之交，太子从生下来就由她亲自照看，吉祥姑姑命丧掖庭那日，太子没事人一样陪着许良娣用晚膳，说政事。第二日上朝前，他沉吟许久才对李福贵说：

"你去瑶瑶那里。

"想法子哄她多笑一笑。

"万事当心。"

周昭训经此一事，从此竟沉稳下来，什么侠客什么传奇，再不听她说，反倒是照着吉祥姑姑的菜谱学做菜，学得还有模有样的。

太子妃受了惊吓，孩子早产，腊月二十七生了一对龙凤胎。

太子抱着孩子，握着太子妃的手簌簌落泪："娇娇儿，咱们有孩子了。你别担心，你别怕，你要养好身体。娇娇儿，咱们的孩子什么都会有，我再不会让他们受这许多委屈。"

太子妃素着一张脸，抬手去擦他的眼泪："修哥哥，我不是受不得委屈。"

她什么都明白，只是不喜欢东宫。

她也像吉祥姑姑一样爱偷偷跟李福贵絮絮叨叨："福贵，我不喜欢这里，我不喜欢，阿柔也不喜欢……他们不累的吗？修哥哥、许良娣、皇后娘娘，他们不累的吗……"

他们累不累的不知道，但从不打算歇一歇。除夕夜，别人家父母儿女团聚，小长平却从周昭训怀里叫许良娣"接"走了。

太子妃抓着太子的袖子问："修哥哥，许良娣会不会好好照看小长平？孩子哭了，她那里会有人抱一抱他吗？"

太子揽着她，凝望着小女儿的睡颜，眉头紧蹙，张了好几次嘴也没说话。

小长平回来的时候已经不会哭了。

太子妃抱着已经冷了的孩子瘫倒在地，生生咳出一口血，两眼空洞洞的，张着嘴半天也没说出一句话，李福贵和周昭训一左一右去搀她，听见她细弱的一声“我的长平……”就抱着孩子昏厥过去了。

太子一直到深夜才来看她，小小的人儿盖着厚厚的锦被，脸颊还是湿的，睫毛微微颤着，到底也没睁开眼。太子守在她床边，哼着从前吉祥姑姑常哼的江南小调：

“月子弯弯照九州，几家欢乐几家愁。几家夫妇同罗帐，几个飘零在外头……”

他反反复复地哼着哼着，太子妃面庞上有两行清泪蜿蜒而下，他又伸手替她拭去了。

他们始终没有开口说过一句话。

小长平的死换来赵王党的倒台。

赵王妃的母家原也是许家的旁支。许太师死后，当家的是许皇后的哥哥许良娣她爹许太尉，此人能耐不大，脾气却大，许家其余各房没几个看他顺眼，私底下早已斗得相当厉害。先太子身边原也有不少许家人，太子妃虽姓许，却只是许皇后隔房的侄女，哪里有亲侄女靠得住？先太子又念着他生母，真真不识抬举。许皇后兄妹不管不顾地除了先太子，多少也有点“清理门户”的意思，只是这一下点燃了许家其他人的怒火，便以赵王妃的父亲为首，集结在赵王身边公开与许皇后打擂台。

赵王妃谋害皇孙，实为大逆不道，太子在朝堂上痛骂赵王妃的父亲有辱许太师清名，跪下来哀哀恸哭，许太尉立时也老泪纵横，表示此事简直家门不幸丧心病狂，一定要“清查到底”，许皇后脱簪披发，跪在皇上面前请皇上不要因为自己宽恕许家那些不肖子孙的罪过。

许家人一向趾高气扬，突然又下跪又痛哭，把皇上吓得够呛，立时下旨彻查，一定要彻查。许太尉的长子当天就亲自将赵王妃的父亲押下狱，如此神速，连沈老丞相都上书为公正无私的许太尉表功。

小长平到底是不是真的是被赵王妃捂死的，重要吗？谁还在乎呢。

稚子之死与朝堂之争，孰轻孰重是显而易见的事。

周昭训将从外头听来的一点一点讲给太子妃听，太子妃斜倚在贵妃榻上，眉目间一片荒凉。

“阿柔，他们这些人真厉害，是不是？你说，我从前怎么没看出来他这么厉害呢？”

李福贵咿咿呜呜地想为太子说两句好话，太子妃却冲他笑一笑：“福贵，我只是在想他伤不伤心。”

她望向窗外那排青青的竹子，面上平静无波：“他大约也是伤心的，只是他没空，他还有更重要的事要做。

“他这样的人，我原是配不上的。”

怀着孩子的许良娣亲自到太子妃跟前陪着掉了一回眼泪：“莫说你，我这心里……那孩子在我跟前好好地养了百来日，怎么就，怎么就……”她真心实意地掉眼泪，眼眶红得恰到好处，每一声抽泣都让李福贵想起小长平刚出生时那阵嘹亮的啼哭。

那时太子说什么？他说：

“福贵，这孩子哭得这么好，将来一定长命百岁，垂拱而治海晏河清！”

许良娣哭得那么伤心，周昭训刚想张口，太子妃就握住她的手，握得紧紧的，人都走了，她俩也没说一句话。

等前朝的纷纷扰扰告一段落，太子妃的病也好了一些，与太子四目相对时，四周只剩下一阵静默。

“瑶瑶，娇娇儿，过些日子，我带你到别院走一走，好吗？或者，你也可以同周昭训一起去，她会骑马，你可以跟她学。

“过些天，我送你回一趟家？祖父今天还在问你，我看阿娘来看你那几天，你比平时多吃了半碗粥，你若想，召阿娘进宫多住些天也可以的。”

他握着那只纤纤小手，说的时候都不敢看她的眼睛，太子妃低头听着听着，突然说：“太子，妾想去看看赵王妃许氏。”

太子看着她的手，她仿佛看着太子，又仿佛什么都没有看：“我想去看看她，她人挺好的，去年宫宴上还夸我的衣服好看呢。

“也许，我能托她到了那边，替我照看一下小长平。”

李福贵扶着太子妃下马车时，身旁有一棵高高的银杏树，树干虬曲，郁郁葱葱，一丝凉风拂过，繁茂枝叶里，有啾啾唧唧的蝉鸣声。

“绿叶成荫子满枝。”

太子妃尖尖的手指磨着粗粝的树皮，把这几个字翻来覆去咀嚼似的，念了好几次。

赵王妃被囚在赵王府一处偏远的院落里，赵王的姬妾儿女已随着他去守皇陵，往日雕梁画栋一派富贵气象的王府此刻静得像茫茫荒野，守卫领着三个人出来，为首那个十二三岁的女孩子哭得抽抽噎噎的，迎面撞见太子妃，不行礼也不问好，咬着唇狠狠地瞪了人一眼骂一句“都是你”，跺了跺脚哭着跑出去了。

“太子妃娘娘这边走。那是护国公家的六姑娘，跟里头那位是姨表姐妹，这几天就来过她一个人。”

太子妃低声叹道：“也难得。”

赵王妃人将赴死，收拾得很体面，拿着梳子在梳头，见了太子妃，面上也毫无波澜：“沈云瑶，你来送我上路？稍等一下，我马上就好了。”

太子妃也不说什么，接过她的梳子，替她绾好了发髻，簪上簪子的时候轻轻地说：

“我知道，不是你。”

赵王妃终于一声悲啼泪如雨下——

“不是我！不是我！！”

她靠在太子妃怀里一声声地喊，一声声地喊，像要喊得上天垂怜降下六月飞雪，然而除了惊走屋外晒太阳的小野猫以外，四周静悄悄的。

太子妃搂着她的肩膀，也哭着喃喃自语：

“我知道不是你！不是你！是——”

她们最终也没有把是谁说出来。

暖熏熏的晚风吹进来，吹得李福贵泪流满面。

从那个时候，太子妃再也没喊过一声“修哥哥”。有一回太子许是喝多了两杯，对着李福贵也絮絮叨叨：

“我宁愿她指着鼻子骂我。我宁可她是觉得我不好，是我用情不专，是我负了她。

“可你看，她什么都明白。不用我说，她什么都知道。

“她不怪我，她只是伤心。

“我宁可她怪我……”

他这么说着，一边咳嗽一边笑。等第二日酒醒，又是若无其事地抱着许良娣的女儿去看花。

东宫岁月，度日如年，生生磨得周昭训做菜做得比当初吉祥姑姑还要好，磨得本来话就不多的刘奉仪，小产两次以后越发沉默。磨得太子妃谱的新琴曲，任是小长乐听了也说：“阿娘，不听这个好不好，长乐听着想哭。”而朝堂上，许家日益衰落，昔日的盟友林大将军也倒了戈，林家的嫡长女进东宫那日，一向笑容款款的许良娣，面上也不免有些焦灼。

终于到了那一日，帝王驾崩，沈老丞相扶着太子坐到了龙椅上，大臣山呼万岁时，李氏江山终于迎来中兴之主。

那天晚上，新皇敲开了他妻子的房门，夫妻两个人相拥哭了半夜，李修握着沈云瑶的双肩，小心翼翼地问："你再信我一次，好不好？以后，再不叫你伤心了。"

一室静默，许久许久，久到他忍不住摇着她的手一声"瑶瑶"一声"娇娇儿"的哀求，李福贵偷偷把小长乐推醒，伶俐的小姑娘都不用人教，抱着沈云瑶的小腿晃一晃："阿娘——"

她终于轻轻笑出声，说："好。"

他把人抱起来转圈子，爽朗的笑声让殿外的李福贵想起楚王迎娶楚王妃那天，雪花飘飘，他有些醉了，偏要去折那枝带雪的蜡梅花，偏头笑得像个孩子，说："我拿去给瑶瑶看！"

周氏阿柔对此气得冒烟，在屋里跺着脚走来走去骂李福贵："别低头！我知道是你！一定是你在搞鬼！你主子有什么脸来求瑶瑶！有什么脸！！！"见沈云瑶抱着小长乐笑，又忍不住拿手指挨个杵这母女俩的脑门，"两个傻子！大傻子和小傻子！两句话就骗走的傻子！！好歹先让我把人打一顿啊啊啊啊！！我不管你们了！不管了！！"

若这是个话本子，故事讲到这也就该到了结局，然而这不是个话本子，新皇登基是个新的开始。

朝政百废待兴，许家百足之虫死而不僵，护国公、宣平侯也蠢蠢欲动，沈老丞相年纪大了，越来越喜欢摆出"为你好听我的"那副架势，南阳侯也开始流露"多亏了你舅舅我"的态度。国库空虚，贪腐盛行，边疆不稳……要做的事情那样多，死了一个仁和太后，后宫还有许德妃。

李福贵无数次想，许德妃若生为男子，不知道皇上还能不能赢。许德妃这个人，当初嫁给皇上，大约不只是为了感情，也是为了效仿她姑妈，做下一个呼风唤雨大权在握的“皇后娘娘”。这个人跟她姑姑一样狠心，却比她姑姑沉得住气。李福贵不知道她是何时发现皇上当初与她诉衷情全是鬼话的，可皇上登基时牵着沈皇后受百官朝拜，她却只封了个德妃，任是个傻子也能看出不对来，许德妃却还能面不改色一口一个“阿修”叫得亲热。

沈皇后有一次对周淑妃说，这人心肠虽恶毒，却着实是有谋略的，结果淑妃嗤笑道：“谋略？她从第一步就走错了，她就不该嫁给皇帝老儿，她要是听她祖父的嫁到林家，皇帝老儿想拿到虎符可没那么快。她想着走她姑姑的老路，帮皇帝老儿夺嫡然后共享江山，须知皇帝不是先帝，她们许家也出不了第二个许太师。”

或许，还是要经历很多事，才能勘破一个“情”字。

许德妃虽然斗不过皇上，在后宫却依旧笑傲江湖，哪怕仁和太后蹊跷暴毙，许家党羽接连被查，她在后宫依旧不动如山。仁和太后在后宫经营多年，人虽死了，养的耳目还在，可她就是能按兵不动。许家人得了她的话，个个不敢轻举妄动。

皇上偶尔空下来，就喜欢抱着长乐举高高，不满五岁的小姑娘扎着两个小辫子，抱着皇上的脖子问：“阿爹，我们一直住在这里，不回去了好不好？”

皇上捏着她小耳朵问：“长乐喜欢这里啊？”

小公主点点头：“嗯，住在这里，长乐每天都能见到阿爹，小时候阿爹都不来看我。”

皇上一时有些愣怔：“你记得那么清楚吗？那阿爹以后多抱抱长乐好不好？”

然而命里的事，哪里由得了人。不久小长乐就被宫人从御花园的湖里捞上来。

怀胎三个月的沈皇后靠在皇上肩头一言不发地流泪，哭得昏过去又哭着醒过来，皇上怕她肚子里的孩子出事，命太医院的人十二个时辰不间断地守着，甚至亲自去求周淑妃："你守着瑶瑶——这件事，朕旁的人都不信。"

长乐公主的事查起来却匪夷所思到了极点，长乐每天那个时候都在未央宫偏殿跟小嘉乐一起睡午觉，她喜欢拍着小嘉乐唱小曲"哄宝宝睡觉觉啦"。那天不知怎的却悄悄跟着两个小宫人去了御花园。那两个小宫人一口咬定是怡乐公主身边的人把小长乐推到湖里，怡乐公主才四岁，缩在许德妃怀里哭着说"不是我！孩儿不知道，孩儿走过去，她就掉进水里了"，正当怡乐公主身边的人坚决不认时，有个侍女当场就咬舌自尽，一时之间死无对证十分混乱。

这件事查来查去没个准话，在有心人的默许下，锅还是扣在许德妃母女身上，奇怪的是皇上只把未央宫的宫人换了一批，许德妃那里不过罚俸让怡乐公主禁足而已。

宫里头人人唏嘘不已，说许德妃真是盛宠。许德妃咬牙切齿，搂着怡乐公主来未央宫向沈皇后谢罪时第一次卸下她一贯笑吟吟的面具：

"沈云瑶，你也不算蠢，听得懂我在说什么，我只说一句，我的怡乐是干净的。"

经此一事，许德妃许家终于沉不住气，为了怡乐公主的清白，许德妃终于动了手。许家一动，就如同鱼儿咬了钩。

"你说，他知不知道那个人是谁？"沈皇后抚着小长乐身前戴的小金锁，声音轻得像一片落叶，"他一定知道，那个人一定是他这边的人……许家人缩在龟壳里，他们想把人引出来……

"我的小长乐就做了鱼饵。我的小长乐……"

"你别急，我知道不是他让人这么做的，他没这么坏。"

"可他现在一定知道是谁了，却什么都不说，还是默认了。"她说到这里，盈盈泪眼里满是凄怆，"就跟，就跟我的小长平一样。他知道了，可他还是有更重要的事要做。"

"我在想，那个人是谁……他们可真聪明啊，我怎么就一点手段也学不会呢……"

不是学不会，千日防贼，总有一日防不住，可要杀贼，贼那么多，又个个身怀绝技。

李福贵到头也不知道那个人是谁，许德妃有没有查出来也不得而知，高手过招从来都在暗地里，而明面上，皇上在护国公的大声呼吁下，决定开始本朝第一次选秀。

选秀前夕，怀孕七月的沈皇后早产生下一个小皇子，沈皇后叫他长安，长安，长安，这样一个好名字。

二十三个女孩子选进了宫，周淑妃彻底跟皇上撕破了脸，沈皇后的寝殿外，周淑妃狠狠啐了皇上一口，把李福贵吓得腿软，她却只顾痛快地往皇上心上扎刀子："……你但凡是个爷们就放过瑶瑶，呸，去你娘的情深义重，你一个要当一代明君的人谈什么恋爱？！你想得美！瑶瑶被你害得还不够惨？求求您老人家做个人，让她安安心心地不喜欢你了不行吗？！你不能好好儿地喜欢她，就放她好好地不喜欢你不行吗？呸！"

她气得胸口一起一伏的，怒目圆睁的样子颇有几分慷慨赴死的意气，皇上却没发火，望着沈皇后的寝殿，半晌才说："你白日照顾瑶瑶辛苦了，回去吧。"

他走进沈皇后的寝殿，沈云瑶正低低地咳着，一心一意拍着怀里瘦弱的男婴，一室黄灯如豆，她们母子的身影落在墙上，莫名让人想起"相依为命"四个字。

皇上在床边坐下，把小长安接过来，低头轻轻亲了一口，很慢很慢地开口问道："娇娇儿，你什么都知道的，是不是？"

沈皇后拿着手指，在他玄色龙袍上的暗纹间画呀画，画呀画，嘴角的笑像他们这七年的时光，刻骨铭心又转瞬即逝："我都知道，我都知道，我知道你只喜欢我，你只是想当个好皇上。"

她的声音轻轻柔柔的，跟她从前给小长乐讲故事一样，"我从来都不怪你，我到今天都不怪你。我只恨我自己，当年不该听你的，不该喊你一声修哥哥。

"修哥哥，我累得很了。

"我们以后，各自都好好的吧。"

皇上捉住她的食指，抚着她浅粉色的指甲，一滴泪打到了她的指尖上，他说："我明白了。"

他低头看着怀里的小长安，先天不足的孩子身体羸弱，夜半醒来，哭声细弱得像小猫儿，叫人听着心都要碎了。

皇上起身轻轻颠着孩子，又说了一句："我明白了。"

他低声哼着："月子高高照九州，几家欢乐几家愁。几家夫妇同罗帐，几个飘零在外头……"

沈皇后垂首坐在灯影里，轻轻地眨了一下眼睛。

护国公的孙女成了皇上的宠妃，沈家送来的两个姑娘却没选上，李福贵得了皇上的吩咐，几次带人把沈老夫人拦在宫门口，老夫人身边那两个小姑娘，也是眉眼精致笑意天真。

未央宫里，小长安总是哭总是哭，沈皇后抱着他，绕着朱红色的盘龙柱一圈一圈地转，"哦哦哦"地哄着哄着，周淑妃带着小嘉乐过来，小嘉乐话说得伶俐了些，也跟从前长乐公主哄她一样，踮着脚尖去够小弟弟："宝宝乖，姐姐唱歌给你听呀。"

沈老丞相一次在早朝跟护国公吵了半天架，到了御书房，不知怎的就开始讲起沈家的五姑娘，如何想念她姐姐，如何想常与她姐姐在一起，最后还有一句神来之笔：

“……说来，与娘娘还很相像呢。”

皇上听了在想什么，是没人知道了，不过第二天，皇上把沈家五姑娘赐婚给了宣平侯。

护国公至此彻底膨胀，连早朝时呼“皇上万岁”时声音都比从前高了三分。陈家正式加入战线，成了对付许家的一把刀，许家孤掌难鸣，垂死挣扎之际也是险象环生。

前朝波诡云谲，后宫就水深火热。许德妃出手越来越阴毒，好几个新选进宫的女孩子还没回过神就成了深宫冤魂，林贤妃、周淑妃好几次堪堪与冷宫擦肩而过，纯妃和三皇子更是险象环生，只有未央宫大门紧闭，小长安在沈皇后没日没夜的照看下一天天康健起来。

皇上终究棋高一着，许氏一族连带皇上那些不安分的兄弟，到底统统叫皇上送去见先皇。

许德妃去冷宫时，曾经看着皇上一字一顿地说：“我看人，原也没看错。时也命也，输给你我也认了，只怪我，看破一个‘情’字看得太迟。”她挺直了腰板看着皇上，不像看着一个曾经生死相许的情人，倒像在看一个惺惺相惜的对手。然而皇上勾起嘴角只是冷冷一笑：“论输赢？你们？”他摇摇头，在怡乐公主的哭声里，让人把她们母女都关进冷宫日夜监守。

怡乐公主的哭声那样大，李福贵一时之间，倒是想起了很多事。

他原是密州诸城县人氏，连年水患人民饥困，朝廷拨下来赈灾的粮米他从来没见着，倒是眼看着父母先是卖了大姐姐换粗米，又卖了小妹妹给哥哥治病。八岁那年，阿爹大手牵着他的小手，将他交到族长手里送他去个“好去处”，阿爹说：“贵哥儿，到了哪儿也要好好儿活……”

他到了刘美人那里，刘美人笑起来眼睛像弯弯的月牙儿，莫名叫他想起不知被卖到何处去的大姐姐。她说：“福贵？倒是个好名字，说话也伶俐，不必改了，还叫福贵。”不过三四岁的九皇子，伸手来拉他：“你来跟阿修玩——”

后来九皇子叫吉祥姑姑护在怀里，六尺长的大杖一下一下地落在刘美人身上，从不高声的女子第一次撕心裂肺地喊：“阿修！不许哭！你不许哭！”许皇后和沈贵妃相对而坐，一个笑脸盈盈，另一个面无表情，九皇子就在吉祥姑姑怀里，一滴眼泪也没掉。

那天晚上，九皇子对李福贵说：“福贵，你看，我没哭。”

昔年落魄的九皇子，那十几年，随便哪个皇子公主都能明目张胆撕掉他的书，泼他一脸墨。随便哪一天下学，吉祥姑姑伺候他洗漱都要问，“爷，这又是哪个黑心肝的下的手，怎的又青了一块”。连着多少年，太子生辰那天都要当众唤，“九弟，帮哥哥擦擦这靴子”。甚至在楚王大婚那天，赵王还要咄咄逼人地灌他酒，而太子爷眉开眼笑地问：“九弟，听闻沈家三姑娘可是难得的美人儿，几时你带她来太子府，哥哥我也开开眼……”如此等等，吉祥姑姑背地里抹了多少眼泪，那个眉目俊朗的少年也只是笑一笑，一句话都没有。

他从前说话很伶俐，如今成了哑巴。他从前想着，等主子出人头地了，他也能捞个人上人当一当，享一把人间清福，过了这许多年才明白，这人间哪，是王侯庶人各有其苦，不过苦的滋味儿不一样罢了。

要是吉祥姑姑还在就好了，她一定能劝劝沈皇后，到底是夫妻，就当想开了看开了也罢，好日子来得不容易，别再这么冷着不见面了。

皇上大约也是这么想的，许德妃前脚刚进冷宫，他就开始满面春风天天去未央宫溜达，要么赶着饭点到未央宫，一句“真巧”就开始给皇后娘娘夹菜，要么打着看小长安的名义连着他娘一起看，看得沈皇后扶额叹息。可小长安含混不清笑眯眯地拍手叫着“父皇”，她又忍不住浮起一丝笑影子。

皇上手里拿着拨浪鼓摇逗着小长安，剑眉微挑：“娇娇儿，你笑了，我瞧见了，你别以为我不知道。”

沈皇后看了他一眼没理他，他也不尴尬，自顾自地对小长安说：“乖乖，你也瞧见了是不是？来，对你阿娘说，阿娘你笑了——”

若不是十月那场大雪，或许帝后之间还有一线生机。

那年也是奇，踏上十月，霜降刚过就下起鹅毛大雪，大雪连着下了十几天，冻死百姓无数，河南、河东、河北，四处都是冻饿交加的灾民绝望的啼哭声。受灾最重的汴州粮仓一开，朝廷派去赈灾的钦差腿软得站都站不住——粮仓空空如也，那些救命的粮食，早就变成白花花的银子，不知飞到了谁家的口袋里。

可巧汴州那位太守，姓沈，正是沈皇后的从叔。

皇上忙得三天睡不了几个时辰，还没忘记去瞧瞧体弱的小长安，见他们母子都捂得严严实实的才放心。这是有人记挂的，没人记挂的许德妃那里，自小娇养的怡乐公主烧了三四天，大雪初霁那天早上，抓着她娘的袖子，嘴里嘟嘟囔囔着什么，就去了。

皇上忙着在前朝就赈灾的事跟沈老丞相拉锯争论，没空理会后边的事，怡乐从看太医到办后事都是沈皇后在操持。小小的小姑娘，就这么在她亲娘怀里咽了气，李福贵本以为很解气，可惜并没有。许德妃一滴泪也没有，抱着那孩子轻轻唤她的名字，一声一声“怡乐——”从日出唤到日落，唤出了李福贵心头上许多不能忘怀的东西。

有刘美人丧命时不能瞑目的眼睛，有吉祥姑姑拜别太子时孤傲单薄的背影，有太子喜得麟儿时抱着两个孩子朗朗的笑声，有沈皇后靠在玉枕上眼角滑落的泪滴，有仁和太后“伤心病逝”的前一夜，皇上从暴室走出来时一身的血腥味，有小长安日夜啼哭时，皇上望着未央宫的叹息……

待许德妃松手把孩子交给宫人，看着沈皇后又露出她初进东宫时那种大方典雅的微笑：

“皇后娘娘，要怨就怨咱们都嫁错人了。”

听在众人的耳朵里，只觉得她是在怨君王薄情。可说来她作恶太多，手上的血，也不全是为了皇上才沾上的。

李福贵只觉得孩子可怜，不觉得她可怜，等到年底小长安莫名其妙染上天花，李福贵才明白过来——许德妃说那句话压根儿不是在怨，更不稀罕他的可怜。她和他姑姑早在先帝刚驾崩时就留了一招后手，不过想着几时出招才能叫皇上最疼。从前留中不发，大约，或许，还念了一点点情分。

她自己在小长安染病的第二天，就着一袭华服三尺白绫悬梁自尽。两岁的小长安，话都没学会两句，就这么生生断送在宫墙里，为这场惊心动魄的权力斗争添上最后一抹血迹。

二皇子一殁，朝堂上，沈家的门生无非觉着皇上总得给个补偿，大事小情的，总要隐隐约约抬出沈皇后来“不看僧面看佛面”。给汴州沈太守说情的折子，也就如雨后春笋般出现在皇上的御书房里。然而皇上是什么人，上元节晚上刚拭去沈皇后脸上的泪水，亲手把小皇子放进棺椁，上巳就下旨请老丞相告老回家颐养天年。沈太守斩首示众，家眷没入内宫为奴。

三个月后，沈老丞相归天，皇上在未央宫外站了一夜，天亮的时候，淑妃走出来，叫人把一个箱子抬到永安宫去，对皇上说了两句话：

“她说，她知道，不是你，不怪你。

“她说，只是累了。

“她说，愿你长命百岁，做个名垂青史的好皇帝。

“她说，以后如无要事，不必再见了。”

那箱子里零零散散许多东西，都被擦拭得干干净净的。有多幅皇上为沈皇后画的小像，有折了骨的风筝，各种木雕的小玩意，箱子最上面，有用素帛小心翼翼包好的——

一截光秃秃的蜡梅枝。

皇上不过把东西收起来，日子也不过就这么过，唯一一回醉了酒，还是那年五月里他召了江太傅的小孙女江美人侍寝。

“瑶瑶当年也像她，笑起来那么乖，不晓得是该说胆大还是胆子小，新婚夜靠在床边打瞌睡，我把梅花拿给她，她还不敢接呢。”

他仰头喝下一杯酒，呵呵笑着对李福贵说：

“十年了。”

一年后，沈皇后病逝未央宫，芳年二十五岁。皇上在永安宫里，把那箱东西一件件拿出来擦拭了一遍，又放回去，天亮的时候对李福贵说：“锁到库房里去吧。”

李福贵从库房里出来，宫里每个人都已经换上了素服，皇上一身白衣白鞋站在永安宫门口，傲岸的背影像远古巍峨的山峦。李福贵却偏偏想起约莫十年前的一个雪夜，已经半醉了的少年举着一枝缀着星星点点花骨朵的梅枝，笑得像个傻子：

“我拿去给瑶瑶看！”

那时，谁都没有在雪花轻飘飘落在梅枝上的声音里，听见一声轻飘飘的叹息。

番外二

叶宝林

叶青青进宫的第四年，宫里又要开始新一轮选秀。

江皇后是个厚道人，怕她们不自在，请安的时候说了许多极贴心的话，各宫都给了厚厚的赏赐，从未央宫出来，朱美人小声地对叶青青说："要是皇上多选几次秀就好了。"

叶青青摇头一笑，阳春四月，宫里莺啼柳绿，她一路走回和明宫，突然想起自己未进宫时闺房外头种的那棵玉兰树，也不晓得今年花开得怎么样了。

叶青青不是长安人，她是从剑南那边来的，剑南到京都路途遥远，阿娘送她出门的时候一直哭，哭得声嘶力竭的，头天晚上她还跟阿爹吵架："怎么就非得送青青去，她知道些什么，这一去这辈子我可还能见着她吗？"

阿爹倒是信心百倍："只要她好好伺候皇上和纯妃娘娘，好日子还在后头呢，妇道人家知道什么，再说了，宫里纯妃娘娘从前多喜欢咱们青青啊，侯爷也说了，必不会亏待她的。"

叶青青觉得她爹脑子不好使，纯妃娘娘进宫那会她才五岁，十一年过去，只怕和娘娘见着了谁也不认得谁，谈什么照看不照看、亏待不亏待的。阿娘也十分不以为然："我不求我儿能有那么大的福分，我就求菩萨保佑我儿能保住一条小命儿，那是个什么地方……"

也不晓得是不是阿娘一片诚心感动上天，叶青青一进宫就住进和明宫，几年下来，日子倒一直过得不错。和明宫的主位正是纯妃娘娘，纯妃娘娘当年未进宫时，好歹还有几分人气，如今是满身只有仙气了，每日忙着写诗参禅，对叶青青这等凡人没有任何兴趣。与她一同住在和明宫的谢梅偷偷跟她说："青青，你说会不会哪天早上咱们醒过来，纯妃娘娘就羽化登仙了？"

谢梅跟她一样，都是从剑南来的，两个人一起进宫，一样侍寝过两三回，皇上待她们既不怎么温柔，也不算严厉。然后就没有然后了，横竖皇上有钱，她们待在和明宫里提前开始养老生活。刚进宫封的宝林，三年了还是宝林，她昨天帮纯妃娘娘梳头，娘娘还说了句大实话："你们这样的，能当个宝林就不错了。"

谢梅气得眼圈都红了，出了门就跟她咬耳朵："什么叫就不错了？当初侯爷怎么跟我爹说来着？都说送咱们进宫是来帮她的，她呢？自己不中用就罢了，还不许咱们出头，但凡她待我们多用点心，帮咱们引荐引荐，哪里就一直只是个宝林了？"

叶青青都不知道该怎么安慰她，纯妃娘娘说话一向不中听，许是修仙修的时间长了，便越发不通人情俗务。想想这宫里，江皇后温和慈爱，林贤妃公正大度，郑德妃明快爽利，周淑妃恭谨谦和，温贵妃虽然偶尔语出惊人，但也是兰心蕙质待人友善，纯妃娘娘跟这些人一起争后位，那妥妥是争不上的。

叶青青和谢梅之所以不远万里进宫来，正是因为纯妃娘娘的后位被"江氏贱人"抢了。

这事说起来就长了，要从她爹的顶头上司南阳侯说起。

在剑南，随便哪个州县，喊出"南阳侯来了"，那家家户户男女老少都得跑上街，争睹剑南第一男神的风采。在剑南，男人说起南阳侯，说他是大丈夫豪迈豁达不拘一格，女人说起南阳侯，说"刘郎”真真丰神俊朗，年纪越大越俊；老人说起南阳侯，说侯爷当年少年英雄，驱逐六诏救民水火；就连小孩子买泥人，也要叫捏一个骑宝马使方天画戟的侯爷。

叶青青的爹十六岁就在南阳侯麾下征战，叶青青的娘全村都是南阳侯从六诏蛮子的刀下救下来的，两口子都是南阳侯的狂热脑残粉，从小给她讲南阳侯沙场征战是如何足智多谋、如何英勇善战，叶青青背诗词歌赋不行，关于南阳侯哪年哪月在哪里打了哪一仗怎么用的兵却张口就来。

她五岁那年，南阳侯到叶家赴宴，她躲在屏风后头露出个脑袋偷看，南阳侯瞧见了，长臂一伸就把她捞起来：“小叶子，你这小闺女长得也忒好看了，胖乎乎的看着就喜庆！”他那样挺拔魁梧的一个人，腥风血雨一路搏杀出来，相貌却斯斯文文的，像个饱读诗书的贵公子，脸比她爹白，眼比她爹大，笑起来连那缕髭须都比她爹俊得多。

后来叶青青但凡跟小姐妹们吵架，总要说一句：“侯爷亲口夸我长得好看呢，你算个什么东西！”

南阳侯俊，南阳侯的闺女也俊，侯府大姑娘小名唤作宝珍，侯爷整日“我家珍珍”挂在嘴边，都说大姑娘又有学问长得又好，跟天上的仙女似的，也不知要怎样的好儿郎才配得上她。

这位宝珍姑娘，叶青青曾经听过许多传闻，据说宝珍姑娘她娘是京城贵女，跟侯爷是私订终身，又有人说，那位贵女原姓许，就是那个祸国殃民许太师、红颜祸水仁和太后他们家的女儿，许家与侯爷有不共戴天之仇，侯爷正是被许家祸害，才不得不远走剑南参军。还有人说，那姑娘给侯爷生了个女儿就自尽了。又传说，侯爷在剑南跟六诏打了一年仗就做了将军，那天刚刚得胜回营，就见个老婆婆抱着个小婴儿交到他手里。

那么多传说里，只有最后一条是叶青青她爹亲眼见着的，剩下的全是捕风捉影。不过侯爷这么多年，身边虽然姬妾无数，儿女成行，却当真没有一个正头娘子，单凭这一条，就够让说书人编出许多故事。剑南人民听说书先生讲“南阳侯单骑杀敌”时个个拍手称快，听到“薄命人抱憾托明珠　南阳侯含泪教幼女”时，又大骂仁和太后不是个东西。

那么多人抢着当南阳侯的女婿，侯爷却个个都看不上，等他进京受封回来，就开始喜气洋洋地给他闺女操办嫁妆，天上的仙女凡间的少年郎哪里配得上，那是要嫁给太子爷，要当娘娘的人。

姑娘起程去京都前，南阳侯大摆宴席，叶青青跟着她爹娘也去了，那位神仙一样的姑娘惜字如金，坐在席上懒懒的，那么多人在奉承她赞美她，她不过噙着骄矜的浅笑微微颔首，一副“你们说啥我都没听见”的气质。

这就是南阳侯家的大姑娘，一个不在乎别人说了什么也不在乎让你知道她的不在乎的神仙姐姐。

神仙姐姐纡尊降贵地叫叶青青坐到她身边：“你姓叶？我知道了，就是你爹替我阿爹挡过一刀。”

她伸手掐了一下叶青青的脸，掐得她好疼，可是被仙女姐姐掐嘛，疼就疼了！她忍着疼问道：“姐姐，你到京城去，要走多久啊？”

她换了一只手去掐叶青青的脸，不以为意地说：“不知道，我没问，很久吧。”

叶青青又问：“姐姐一个人去那么远的地方，怕不怕啊？”

“怕什么？我爹说，京城有我表哥。”

叶青青一时对她十分崇拜，神仙姐姐可真厉害啊，京城都有表哥！不像她，只在剑南有表哥！

回家的时候，叶青青靠在她娘怀里瞌睡，阿娘十指成梳一下一下替她理头发，对阿爹说：“你们男人啊！就是心狠。剑南离京城这样远，侯爷就舍得把姑娘嫁过去，那是多凶险的地儿啊。要我说，剑南多少好儿郎，怎的非得去长安？都说能进东宫是大福气，我看这福气给我我才不要呢。”

阿爹笑阿娘没见识：“妇道人家知道什么，那是太子吗？那是侯爷的亲外甥！还能有比这么亲上更亲更好的事？等太子登基，那皇后娘娘的位子，还能不给自家表妹？以后咱们侯爷不说做个国丈，我看哪，还能做皇帝的外公。再不用受许家的窝囊气！”

五年后，南阳侯的外甥倒确实做了皇上，只是皇后娘娘姓沈不姓刘。叶青青他爹在家关起门来，偷偷骂道：“嗳，咱们侯爷给他出钱出人的，后位竟给了外人，呸，我是真替咱们侯爷不值。”

阿娘这些年成长了，开始做个理智粉，劝她爹说：“沈皇后到底是原配，先来后到嘛。”

就是这个时候，家里忽然请了先生，开始教叶青青琴棋书画礼仪装饰，叶青青本是个爱跟人吵嘴的小姑娘，学了几年，倒也有模有样，一举手一投足，连笑容也是悉心教导出来的规矩文雅，南阳侯见了她一回，笑着说道：“小叶子，你这个闺女，当年我就说她不错。你空了，朝堂上的事也给她讲一讲，当初我就是没给珍珍讲……是我糊涂，我原以为一家人嘛。”

他说着就沉下脸去不言语，阿爹劝道：“侯爷也别急。娘娘到底有三皇子傍身，沈皇后儿子都死了，听说身体也不好，以后日子长着呢……”

南阳侯依旧脸色阴鸷：“我当初把女儿嫁给他，可不是为了受这份委屈的！”

叶青青就开始听她爹讲朝堂上的事，她爹没读过两天书，行伍出身的汉子用词极粗鲁，什么江太傅墙头草两边倒、温尚书没有皇上只能去讨饭、林大将军受许家的恩惠临阵倒戈反咬许家一口比狗还不如……就这么杂七杂八的一大堆，听得她两眼发直，几乎要打瞌睡流口水，阿爹恨铁不成钢地骂道：

“你个不惜福的死丫头！多少家的女儿想得侯爷的赏识侯爷都看不上，难得你有这个福分，侯爷也是念着旧情偏心你，你听爹的，好好学，以后到了宫里，挣上个娘娘，咱们叶家也荣耀啊。”

阿娘烦得不得了：“你就求求侯爷把这福分给别人吧，这不是剜我的心吗？侯爷的亲闺女是什么人品，咱们家青青是什么人品？我只怕进了宫，咱们青青这条小命就没了！”

阿娘天天哭啊哭的，阿爹早都不怎么放心上：“你别犯傻。宫里沈皇后不行了，要不了多久的事，你等着吧，纯妃娘娘登了后位，咱们青青到宫里，还有谁敢欺负她！”

她爹果然消息灵通，过了年，皇后娘娘就薨逝了，叶青青为她穿了三日素服，沈皇后才二十五就没了，叶青青想想都有点伤心。回头一看，她爹正摇头晃脑地哼着乱七八糟的小调，疯狂上扬的嘴角生动形象地阐释了什么是阿娘说的真理——“男人一生中的三大乐事就是升官发财死老婆”，就算死的是别人的老婆也能提前预演一下快乐。

皇上终于可以立新皇后了，叶青青她爹比皇上还激动，天天搓手给她讲最新进展，那积极主动的样子，不知道的还以为皇上会立他当皇后呢！

托他爹的福，叶青青还没出剑南，就已经对宫里几位娘娘和皇子公主都了然于胸。什么皇上很宠婉贵妃生的六皇子，三公主胖得像个球，温尚书的女儿生不出儿子皇上还给了她一个真偏心……剑南距京都这么远，阿爹不知道通过什么门路探听这许多消息？然而阿爹却还要叹一声："皇上这些年盯得也太紧了，这些娘娘都是个什么品行，爱什么不爱什么，跟谁好跟谁不好消息也没个准……"

闹了一年，纯妃娘娘也没当上皇后，新皇后姓江，才十七岁，是"墙头草"江太傅的小孙女。江太傅此人十分滑头，当年许、陈、沈三家在前朝斗得硝烟弥漫，江太傅犹能施施然请他们三家人同时过府赴宴，大家言笑晏晏兴尽而归。

阿爹说，南阳侯气得把镇纸砸到墙上砸出了一个坑："江老贼算什么东西！当初真刀真枪干许家那会儿他在哪儿！这么个老滑头！皇上竟然信任他！"

南阳侯对他外甥算是彻底没了信心，对亲闺女也很无语——他辛辛苦苦递了消息给纯妃，人家不说争取，连宫门都不出去，天天告病，皇上不肯立她的原因就有一条说她身体不好。

"这次选秀就把四个孩子送上京去，珍珍那个性子，一个人在宫里没人帮她是不行的。"南阳侯拍着叶青青她爹的肩膀，"唉，是我这个当爹的没把她教好，她再这么让下去，三皇子就连东宫的门也摸不到了。皇上不替他们母子想，只能我来想。"

叶青青差点把心里话说出口——侯爷，您是替娘娘想，还是替您自己想，您心里没点数吗？

叶青青和谢梅来到宫里，彼此都知道她们就是来帮纯妃娘娘固宠搞宫斗的，然而后宫的形势跟原先讲好的不一样。宫里的娘娘们和和气气的，叶青青一次刁难都没遇见过，就连本应风起云涌的晨昏定省，都充斥着欢声笑语和嗑瓜子的声音。她们没受到苛待，也没遇上眉高眼低的宫人，辛苦学习的知识完全无法变现，两个人都觉得失去了人生的方向。

更可怕的是宫里好像没有人在争宠。宫里圣眷最浓的瑶妃是个妖里妖气极其矫揉造作的女人，经常拖长了调子说话，什么"姐妹们——我来得迟了——”一边说还要把腰扭得跟个麻花一样，再装作不经意地撩一下头发，不知道皇上瞧上她什么。然而娘娘们好像都不怎么在意，从来没有哪个娘娘出手教训这个天天把“皇上说——”挂在嘴边的人，就这么由着她满宫里作。

瑶妃要生的时候，她跟谢梅铆足了劲等着听到什么小产啦、抢孩子啦、难产而死之类的新闻，然而什么都等不到。皇后娘娘赐了许多补品给她，瑶妃居然也没中毒。

后来瑶妃因为打死宫人、辱骂皇后而被打入冷宫，皇上居然再也没去看她，瑶妃居然也没想办法复宠，后续居然也没有出现反转说瑶妃是被陷害的，一代宠妃就这么简简单单地疯了，不是装疯是真疯，直白得一点看头都没有，谢梅靠在叶青青身上叹息道：“好没意思啊！”

皇上除了宠瑶妃，对皇后娘娘也很好，对底下这些人就不过如此，底下的妃子们也没什么上进心，每天相约喂鱼、赏花、投壶、猜拳、打叶子牌，没有人给皇上送补品，没有人在御花园唱小曲，更没有人舍得掏钱去买通永安宫的宫人，大家伙就这么花枝招展地蹉跎岁月。新人要是有点进取心，宫里的老人们还会给你讲恐怖故事：

从前有个小美人，听说皇上喜欢听人弹琴，就“偶然”在皇上去御花园的时候，“不经意”地弹一曲《凤求凰》，皇上果然被吸引了过去，皇上说……

说……

说……

说……

说她弹得太难听，叫人当场折了她的十根手指头。

这么个鬼故事也不知真假，就这么讲了好多年，越讲越离谱，后来居然说皇上把她的指甲一根一根地拔下来，串成手链给她戴着玩，听得叶青青指间都凉飕飕的，有脑子的谁还想去找死？极端一点的像朱美人，身为宫妃，居然能做到三天不洗头，连眉都不画就出门。

叶青青在宫里最惊险的一次经历是，跟着朱美人、周宝林她们组了个局打叶子牌，周宝林连着三天大杀四方，所有人的钱都到了她荷包里，第四天她就不肯来了。大家在朱美人的带领下齐齐杀到周宝林那里逼她掏出来赢的钱，周宝林不肯，两人隔空对骂：

"赢了钱就想跑！你当这是什么地方！出来！"

"不出去，你个输不起的垃圾！"

"不出来你还钱啊！！不还钱活该你成天大把大把掉头发！"

"我全秃了也不还钱！！"

话说到此无话可说，朱美人撸起袖子就上手揪她头发，最终酿成了一次小型后宫斗殴事件。

闹到贤妃娘娘跟前时，一群妃子有的因为秃、有的因为穷、有的因为秃而且穷，围着贤妃娘娘嘤嘤嘤哭唧唧，被罚抄了十遍《女戒》。后来皇后娘娘知道了，不仅不生气，还跑来亲自跟她们玩了一回。六宫之主就是胸怀广阔，赌瘾大牌技差，从白天闹到黑夜，输得一塌糊涂也不恼，腰上的白头富贵羊脂白玉佩都差点摘下来了才被贤妃娘娘哄走。第二天皇后娘娘又赐了财帛金银给她们，叫她们要以姐妹情义为重，赌钱不过是个游戏。

进了这样一个后宫，难怪纯妃什么都不想争取了，叶青青自己也只想混吃等死，一辈子宝林就一辈子宝林，没什么大不了的，有钱真是令人堕落。

叶青青把这话说给纯妃娘娘听，纯妃娘娘倒难得真心实意夸她一句："咦，你居然有点脑子？！"

这句话听起来别扭得很，叶青青只能安慰自己，仙人说话是会有点不一样的，不能跟仙人闹脾气。

仙人不仅跟她们这些凡人处不大来，连教养孩子的方式，叶青青也看不太懂。三皇子不过六岁，行事规矩念书上进，这样的孩子何处去找！偏偏纯妃就不怎么待见，日常不过“回来了”“知道了”“你去吧”这么一套三字经，还要把三皇子揪过来冷冰冰地吓唬一句：“你若想认别人当娘娘，就尽管在你父皇跟前强出头！”

叶青青冷眼瞧着，这宫里的娘娘们，也没见谁对三皇子有兴趣，纯妃每次都要这么吓唬孩子，叫她心里怪不落忍的，待要劝上一劝，纯妃回头就开始吓唬她和谢梅：“你们两个要是想好好住在我宫里，不该做的事就别做。”

她这么说完，就自己翻看起《南华经》，又是一副不食人间烟火的样子。你若是问，“娘娘，不该做的事是什么事啊”或者“娘娘，谁要抢走三皇子啊”，回答你的只会是翻书页的声音。再问一次，她就飞一个眼神告诉你“愚蠢的凡人，滚”，然后接着看书。

进宫几年，叶青青再没跟外头通什么消息，一来纯妃手上又不是没人，她这个有皇子的人不想通，她瞎凑热闹个什么劲呢？二来实在也是没什么消息可以通，外头的人急得热火朝天，殊不知宫里早就是另一番天地，她倒想传个消息叫她爹劝侯爷安分点，想想他们是能听劝的人吗？

宫里生活这么好，还是听阿娘的话，保住一条小命，免得叫她太伤心。

她们这么不中用，南边自然是着急的，临近采选，谢梅心急火燎跟她说：“剑南那边又送了人来，只怕咱们是要废了！”

叶青青想了半天也没明白她们还能怎么废：“咱们如今在这宫里，是有宠爱还是有位份？阿梅，咱们什么都没有，废什么啊？”

“没准，就不让咱们住和明宫了，换别的人住进来。”

“那不是正好吗？你昨天不是还嫌纯妃娘娘说话不好听吗？这宫里住哪儿不能打叶子牌啊！”

谢梅叫她问得一愣一愣的，半晌又说：“可是，这样以后纯妃娘娘出头了也不会提携咱们，侯爷没准，就为难我爹了。”

叶青青想学纯妃娘娘经常飞给她的那个似白眼又非白眼写满“愚蠢的凡人，滚”的眼神，结果翻了半天把脖子都扭了也没翻成，只好揉着脖子给她讲道理：

“上边那么多娘娘呢，你是怎么觉着纯妃娘娘能出头？出什么头？你看纯妃娘娘是想出头的样子吗？她是想出家啊！至于侯爷，他不会为了你不中用就为难你爹的，你要对他的胸怀有信心。”

她说这番话，也不晓得谢梅听进去没有。后面剑南来的秀女都叫刷下去了，谢梅长长舒了一口气，纯妃难得叫她们一起用膳，难得对谢梅多说一句：“喂，那谁，叫他们别做了！”

她这么说着，微微偏头，眼睑一抬，翻的那个小小的白眼真是既优雅又到位，谢梅大约以为她做这些事纯妃不知道，吓得哆哆嗦嗦“娘娘”了半天，才嗫嚅道：“就直接这么说啊？”

纯妃娘娘一个字都没回答，叶青青叹了口气：“你不要再递消息出去，外头有消息来你一概不回就好了。”

纯妃瞧了她一眼，点头对谢梅说：“原以为蠢的人都差不多，不料也是分了三六九等的。”

纯妃娘娘把“蠢”字挂在嘴边，叶青青早就习以为常，在这位娘娘眼里，阖宫怕是没有一个聪明人。周淑妃、林贤妃与她一样都是东宫旧人，算来也有十几年的情分了，纯妃娘娘与她们见面时不过微微颔首，连个微笑也懒得奉上。对着后来居上的江皇后，纯妃娘娘连个头也不会点，行礼时那微微一福身，真的是微到跟没行礼没什么两样，饶是这样，江皇后也跟没看见似的，整天笑眯眯的。

“她倒是聪明人，”江皇后生下七皇子那夜，纯妃娘娘看着《南华经》突然开口，微微斜翘起的嘴角配上标志性的白眼，让叶青青觉得这个“聪明”比蠢还难听，“讨巧卖乖，倒叫她卖出个名堂来了。”

叶青青本在替纯妃研磨，一听这话把墨扔进砚台溅了自己一身墨水，然而被纯妃娘娘难得流露的一分幽怨愤懑点燃了八卦之火的叶青青哪儿还顾得上擦，连滚带爬冲到纯妃榻边抱住她的腿问：“娘娘，江皇后讨谁的好，卖什么乖啊，啊啊啊啊？”

纯妃手里的书往叶青青的脑袋上一砸，难得愿意多说两句话：“你是有多蠢？她讨谁的好能让她生儿子？”

讨皇上的好啊？叶青青瞬间失望，娘娘，这宫里谁不讨皇上的好啊？！你就是不讨皇上的好才混成这样的好不好？！要不是你毫无敬业精神不肯去讨皇上的好，咱叶家大姑娘在剑南也是抢手货，怎至于要进宫沦为皇上的闲置女人天天担心他哪天要断舍离啊！

纯妃娘娘才不管她怎么想的呢，哼的一声冷笑把书又往她头上砸了一下：“学得再像也不是。”

叶青青叫她砸得眼冒金星，抱着她的手臂不死心地追问：“娘娘，学谁啊？江皇后学谁啊？啊啊啊啊？”

纯妃又开始看书了，大约是这几年叶青青一直陪着她，给她陪出了一点点人性，没想让她被好奇心折磨致死，翻了好几页才说：“去看皇上的新宠。”

皇上的新宠是一个不知道从哪冒出来的小宫女，姓沈，不是叶青青看不起人，这小宫女畏畏缩缩的，说话哼唧唧得像只蚊子，莫说不如自己，甚至都不如天天不洗头不上妆的朱美人呢！难怪一起去未央宫请安时朱美人要神神秘秘地对她说：“我觉得皇上可能国事繁忙，忙瞎了一双眼睛。我要是皇上就天天抱着皇后娘娘不撒手，还能看见这么个……”她毕竟是个好姑娘，撇撇嘴没说出难听的话。

叶青青仔细观察了沈昭仪十几天，天天早上去未央宫请安都跟偷窥的变态一样想方设法从各个角度仔细观察，瞪着眼看得眼睛流下酸涩的眼泪，好心的江皇后还传了个太医帮她看眼疾。然而看了太医擦了药，叶青青依旧没看出这位沈昭仪到底有什么特别的，只好顶着纯妃娘娘的白眼厚着脸皮问：“娘娘，妾蠢，妾很蠢，妾真的好蠢，那个沈昭仪，有……有何过人之处啊？”

纯妃连白她一眼都懒，自顾自地诵她的书：“……北方有鸟，其名为鹓鶵，子知之乎？夫鹓鶵发于南海，而飞于北海，非梧桐不栖，非练实不食，非醴泉不饮……”

她诵着诵着，诵出了两行泪，反反复复像在问谁：“其名为鹓鶵，子知之乎？子知之乎？子知之乎？”

叶青青给她的眼泪吓蒙了，正想拔腿就跑，就听见纯妃娘娘头一次没骂她蠢货：“你瞧一瞧，她跟冷宫里那位，是不是都长了一双凤眼？”

沈昭仪总是低头不敢拿眼瞧人，看她的眼睛很有难度，叶青青歪着脖子看了好几天才看见，哎哟，果真是一双凤眼，跟冷宫疯了的瑶妃一样。从前谢梅还跟她说，瑶妃一双眼睛长得好，偏生天天瞎扭脖子飞媚眼儿一股子俗气，好好一双眼睛叫俗气的眼神毁了。

看不出来，纯妃娘娘可以啊！天天眯着眼修仙，居然还能看得这么细！可看得这么细管什么用，重新去长一双凤眼也来不及了啊！回头再看江皇后，人家明明长了一双水汪汪的杏核眼，她学谁学什么了到底！！！

江皇后对着这位天天一张惊恐脸，话都说不明白却在自己生产时勾引皇上的沈昭仪一直很耐心。有一天到未央宫请安，沈昭仪身边的姑姑大约是仗着主子得宠没事找事，哭天抢地说住在金霞宫的宋婕妤对她家主子不敬，给她家主子行礼行得不标准，请皇后娘娘主持公道。江皇后端坐在上头笑语盈盈一言不发，她的最佳后宫代言人林贤妃立刻出手：

“沈昭仪身边的人如此忠心护主，倒很难得，不过在娘娘跟前有些失礼了，沈昭仪要好生约束才是。”

沈昭仪脸上写着蒙，眼里写着害怕，“扑通”一下跪下来，说话就带上了哭腔：“娘娘……娘娘……娘娘饶命……”

她这没头没脑地求饶，后宫众人齐齐翻白眼，朱美人拿手肘捅了一下叶青青的肋骨，捅得她差点内伤，然而朱美人浑然不觉只顾挤眉弄眼：“青青快看！有智障！”

江皇后大约于心不忍，伸手去拉了一下贤妃的袖子，笑眯眯地让身边的人去把沈昭仪扶到身边，拍着她的后背跟哄孩子一样地问：“你别怕，你且说，与宋婕妤莫不是有什么误会？”

沈昭仪赶紧说没有，江皇后笑眯眯地给了她一把瓜子：“那就是这个姑姑胡说啦！我听说她整天在你宫里打鸡骂狗，还天天教训你，咱们把她换了好不好？”

沈昭仪拿着瓜子一脸茫然，林贤妃已经让人把那鬼哭狼嚎的姑姑堵住嘴带出去，并向沈昭仪推荐了尚仪局五个经验丰富履历精彩还极其旺主子的大姑姑给她随便选择。

叶青青再次感慨怪不得人家比自己只大了一岁就能母仪天下，这气度这能耐，纯妃娘娘你好好学一学啊！你别老看着人家的眼睛啊！

然而沈昭仪得宠没两天，刚怀上孩子，新选的秀女就进宫了，有个姓杨的女孩子，活泼爱笑，不过几天就和宫里新人老人打成一片。皇上难得跟大家审美一致地看上了她，先是封作美人，不久又晋作杨妃，算来跟纯妃娘娘是一个级别。一直寄希望于纯妃娘娘得道她好跟着升天的谢梅终于彻底精神崩溃：

“娘娘，您看一看，您看一看啊！您尽职一点啊！人家进宫十几天跟您进宫十几年的平起平坐，您不难受啊娘娘？！您不为自个儿想也想想侯爷，他远在剑南都一心为您筹谋，您配合一点啊！！皇上今晚上要来，咱争口气行吗？您跟皇上好好说话，别老是问他一些莫名其妙的问题行吗？！”

纯妃娘娘的好处到这里终于凸显出来，她没怪谢梅失礼，依旧只是睫毛翻飞一个似有若无的白眼，“呵”的一声吐出一句：“真是个小蠢蠢，就是我，也被你蠢笑了。”

从此纯妃娘娘再也没直呼谢梅的名字，也不许叶青青叫她的名字，只管她叫“蠢蠢”。

纯妃当然没听谢梅歇斯底里的劝告，皇上来和明宫时依旧我行我素，不聊三皇子不聊自己，不问远在剑南的父亲，更不关心皇上的起居，皇上问：“朕听说，你前日又告病，是身上哪里不痛快？可请了太医？”

纯妃娘娘脸上毫无波澜答非所问地来一句：“无以人灭天，无以故灭命，无以得殉名。谨守而勿失，是谓反其真。皇上怎么看？”

很好，这是自己住进和明宫三年来，纯妃给皇上提的“皇上怎么看”系列第二十七个问题。

皇上对这个表妹真宽容，大约是习惯了，也不恼，只品了一口茶笑道：“此隐者之言也！朕非隐者，朕乃一国之君。为君之道，不可忘人主有五壅。”

人主有五壅，是哪五壅，叶青青不太知道，过两天陪三皇子和纯妃一起吃饭，随口问起来，三皇子倒学会抢答了：“叶娘娘不知？五壅之说，出自韩非子。人主有五壅，是说君主有五种受到蒙蔽的情况。臣闭其主，则主失位。臣制财利，则主失德。行令，则主失制。臣得行义，则主失明。臣得树人，则主失党。”

不过六七岁的孩子，说得摇头晃脑一脸得意，叶青青刚想鼓掌，纯妃娘娘却立时翻脸拍桌子骂道：“小畜生！你什么时候读的这种书？！”

三皇子吓得噤声，站起来讷讷道：“先生……先生教的。”

纯妃娘娘一巴掌就甩到孩子脸上，叶青青想拦都拦不住，可怜三皇子挨了打都不敢哭，乖乖低头聆训：“你是个什么东西，你父皇会让人教你为君之道？！你当我是傻子呢！”

纯妃娘娘打了三皇子一顿，让他顶着盘子跪了一宿，要不是叶青青拦着，她能把孩子吊起来打，三皇子不敢哭，叶青青抱着他哭道：“娘娘，三皇子纵然千般不对，他年纪还小呢，娘娘慢慢与他说，他肯定会明白的。”

纯妃娘娘冷笑不止：“年纪小？我看他心大得很，不知死活的东西！”

三皇子经此一顿打，越发沉默寡言了，叶青青觉得纯妃虽总骂人蠢，自己却实在不聪明，教孩子不是这么个教法。回头一想，纯妃打小没娘，侯爷公务繁忙，后院的姬妾只顾着讨好她这个大姑娘，她不知道怎么教导孩子也不足为奇。过几天小心翼翼跟纯妃说，娘娘，我们自然是蠢人，许多事没您看得明白，您能不能跟我们说清楚一些，我们也好知道该怎么做才不惹娘娘生气？

纯妃连白眼都不翻，把她禁足抄了五十遍《南华经》，她书都没抄完，杨妃就出事了。

杨妃出事完全是因为娘家太坑，哥哥坑妹爹坑女儿，仗着她得宠胡作非为，她自己也糊涂，给宫外递了好几次话，杨家贪的银子她也有份。然而叶青青没想到，君王心海底针，皇上翻脸如翻书，居然要把人活活打死。更要命的是，他老人家还派人来传旨让和明宫的人也去观礼！

宫正司围坐了半个宫的妃嫔，四妃只来了贤妃娘娘，江皇后也没在，林贤妃见了纯妃娘娘，居然还能泰然自若让她坐，刚生了八皇子的沈昭仪低着头打着哆嗦，纯妃娘娘青着一张脸看向林贤妃："我听说她肚子里怀着孩子？"

林贤妃声音很冷酷："皇上已有六个皇子和三位公主。"

……所以多一个不多少一个不少吗，娘娘？那是个孩子啊，又不是大白菜！

叶青青突然很想哭。

皇上是个人狠话不多的主，来了也不多话，贤妃娘娘尽职尽责地向大家表示，杨氏与宫外私相授受，纵容家人贪污腐败强抢民女枉伤人命，依宫规杖毙，望六宫要洁身自好引以为戒。

江皇后紧赶慢赶地来救人，她估计也吓得够呛，跪在皇上脚边拉着他袍子的下摆："皇上，杨氏自是罪在不赦，可终是身怀龙裔，稚子无辜……"

皇上见了江皇后，跟见她们、见纯妃娘娘时很不一样，很温柔地把人拉起来圈在怀里，皱眉皱得叶青青胆战心惊："朕特意叫他们莫去扰你，怎么还是来了？不是什么了不得的事，你自打生了长念身子就虚，只管好好休养才是。"不知怎的，叶青青觉得他那鹰隼一样的眸光似乎有一瞬间扫到自己身上，再去看时，皇上已经拿手捂住江皇后的眼睛，"莫说身怀龙嗣，就是育有皇子公主，如此无法无天为所欲为，也是留不得的。"

宠极一时的杨妃就这么没了，叶青青扶着纯妃回和明宫时，只觉得她的手一片冰凉。

当天夜里，纯妃娘娘就发起烧，别人发烧时头昏脑涨，她却越烧眼睛越亮话越多，把人都赶出去，只留下她和谢梅两个："你们知道，皇上今日为何叫这么多人去观礼？"

谢梅白天吃了那一吓，已经讷讷说不出话，叶青青是个傻大胆，颤着声说：“杀，杀鸡儆猴。”

纯妃娘娘气得大骂蠢货：“谁不知道杀鸡儆猴？！我是问你，谁是那只猴？！”

叶青青如遭雷击，顿时不说话了。

纯妃娘娘伏倒在枕上咳得撕心裂肺：“我！我！我就是那只猴！就是那只猴！”她一面咳，一面把这句话反复说了几遍，扯过谢梅的手腕骂道，“瞧见没有？你若敢再跟着南边的人作死，不用皇上，我自己打死你！”

谢梅终于“哇”的一声哭起来。

和明宫一下病倒了两个，又是宣太医又是煲药，叶青青一边要服侍人在病中脾气差了一百倍的纯妃，一边要安慰说不清是被皇上还是被纯妃吓破胆的谢梅，左边一句“你真蠢”右边一句“我好怕”，生生让叶青青第一次发现自己真是个坚强的女人。

谢梅病好以后，什么出头的心都歇了，话也不怎么说，隔三岔五总要问叶青青：“你说，皇上会不会早就知道我干的事了，就等着哪天打死我呢？”

叶青青没敢跟她说，怕的不是皇上哪天要打死她们，她们算什么东西，怕的是皇上哪天忍无可忍连打都不想打她们。

纯妃娘娘心理素质显然更好，病好了又开始读《南华经》，骂人蠢货，在皇上每个月来看她一两次时问“皇上怎么看”系列问题。

叶青青心惊胆战地问她：“娘娘，南边……这可怎生是好？不若给侯爷传句话，叫他……”她还没问完纯妃看就拿看蠢货的眼神看她了，甚至都带上了可怜的意味：“乖，跟蠢蠢能吃吃能玩玩吧，别扰我看书。”

过了好一会儿，叶青青听见她轻叹一声："你虽蠢，但人很好，只是命不好。"

命不好的叶宝林就在宫里跟着朱美人周宝林打叶子牌又蹉跎了三年，又一次采选之日来临时，叶青青惊觉自己已经是个二十二岁眼底有一条细纹的老宝林了，然而转念一想眼底有没有细纹有几条细纹对自己窝在宫里当咸鱼没有任何影响，又心安理得地跟朱美人她们熬夜赌博到天明。

她心安理得地享受生活，南边可就坐立不安了，采选前几日，纯妃娘娘熬夜看《南华经》起不来又一次告病，和明宫又一次只好宣太医，头天来的太医倒没什么，第二天来了个送药的年轻医官，送药的同时还送来南阳侯一封亲笔信。

纯妃本来没病，看了这封信差点真的要病了，当着那位医官的面把信撕得粉碎，压低了声骂道："送人？他还想送人？我看他是想送命！"

她抖得厉害，贴身伺候的大宫女清荷姑姑想去搀她，都叫她反手甩到一边："给本宫滚！若不是看着你自小就伺候本宫，本宫送你去死！"

她真正发起火来有暴风骤雨之势，昔年侯门娇宠贵女的骄纵脾气显暴无遗，清荷姑姑和年轻医官跪在地上一言不发，到底也没说出"娘娘饶命我们再不敢了"这句话。

噫！他们这些人，一家子老小的性命多半在南阳侯手里呢，侯爷和娘娘内讧，不过叫他们两头受气不知如何是好。叶青青想，也不知自己如此不中用，侯爷可会责难阿爹？转念一想，阿爹身为南阳侯头号脑残粉，怕是比侯爷还急，送来候选的秀女里，搞不好就有自己的小妹妹。

只盼着皇上别把她选进来，不然阿娘要伤心死了。

纯妃砸了一副茶盏，对那医官撂了狠话："你与他说，就说本宫说的，告诉他，从前许多腌臜事，本宫清楚得很，本宫清清白白一个人，名声全是叫他害的！他不过不甘心，又贪权势，别口口声声是为了本宫好！如今不是十七年前了，他外甥早就不是他外甥了，他还做梦呢！他若消停点，为着一点旧情，来日还能做个富贵闲人。他若不消停——"

她说到此处，仰头闭上了眼睛，眼角有一滴泪珠子滑过，声音凄凉得像离群的孤雁："他若不消停，本宫不是沈云瑶，保不了一家子平安回乡。"

夜里纯妃真的咳嗽起来，叶青青陪着她，她咳到半夜都睡不着，对叶青青没头没脑地来一句："皇上不会忘记大公主的事。"

叶青青摸不着头脑："……娘娘，大公主都没了多少年了。"

"多少年他也不会忘。他当初放过了，不过是没法子，不得不放过。他圣旨都拟好了，一口血喷出来，还是忍住了。"她咳得微微地喘，两颊有些潮红，眼睛半阖着，昏暗地灯火照在她妩媚动人的侧脸上，叶青青忽然想起，这位年过三十的深宫妃子，当年是剑南万人求娶的美人。

停了很久，她又说："他记性好得很。许氏姑侄捂死大皇子，哭天抹地做那许多戏，他忍下了……后来仁和毒妇连个全尸都没留下。忍人所不能忍，行人所不能行，这才是成大事的人哪！"

叶青青不知道自己有没有看错，她总觉得纯妃病中说起皇上，一张俏脸倒有了几分烟火气，不那么紧绷着拒人千里了。

"阿爹跟我说，若论英雄，再没人能及得上你表哥了。我就进京来看看，一看，果然不错啊。"她靠在迎枕上，似笑似叹，跟没看见叶青青一样自言自语，"天下英雄谁敌手，果然不错啊。"

她又咳起来，仿佛要咳碎一个十七年的幻梦，叶青青替她拍着背，想让她别说了，她却谈兴正浓：“沈云瑶没了三个孩子，我没了两个。她们母子见过面，我连我的孩子是男是女都不知。

“我的孩子嘛，冤有头债有主，该讨的我讨回来了。

“我们是一家人，他也是有仇必报的人哪！大公主的账还没算完呢，皇上从来没有忘记那孩子是怎么没的，他那时候就跟我说，我欠沈云瑶一个孩子。

“他那么伤心，当着我的面咳出了好几口血，我说表哥，此事我无话可说，可那是你亲舅舅，他是急疯了，他不是真的想害小长乐，他是急着帮你除了许家……

“他看着我，就把圣旨收起来了。他一定觉得我很蠢，什么亲舅舅，什么为了帮他除掉许家，我阿爹明明是想当许太师。

“我清清白白一个人，清清白白一个人……”她的唇打着战，眼泪一滴接着一滴地落下，“带大公主去御花园的宫人有一个是借着我的手送进宫的，我没想到……我以为……我没想到……我不喜欢沈云瑶，我不想欠她的，阿爹……”

她没头没脑地想到哪里说到哪里，叶青青听不大明白，见她哭得这么委屈，大着胆子去揽她的肩膀，她捂着脸哀哀地哭：“阿爹，阿爹，我不想欠沈云瑶的，你怎么能……你怎么能……”

她整张脸埋在手心里，连啼哭声都闷闷的听不分明，只听见一声一声含含糊糊的“阿爹”。

叶青青想起当年将离剑南，阿娘也是这样捂着嘴闷声哭：“青青啊，我的青青啊……”

她那时也想跟纯妃一样，喊一声阿爹问，阿爹，女儿这一去，你心疼不心疼？可隔了这许多年，她打叶子牌打着打着倒是比纯妃娘娘参悟得早一些，人还是自己心疼自己，自己珍重自己吧。

纯妃哭了一阵才缓过来，突然发现叶青青在场似的，立刻从她肩上弹开抬头坐好，尴尬地沉默了一百年那么久，她才轻轻说：

“你我是一条船上的人，当年大公主的事，陈家有份，我爹有份，甚至沈云瑶的娘家也伸了手，不过是弄巧成拙悔之晚矣罢了。”她又开始翻她的标志性白眼，“陈家怎么样，你瞧见了。南边还要作死，你也瞧见了。不用心存侥幸，昨日的陈家，就是来日的刘家。陈彩容还能毫发无损去伏龙寺抄经，可沈云瑶已经死了，你我是不会有这种福气了。”

叶青青一颗心直往下坠，几百个问题涌到嘴边，她选了最蠢的那一个：“娘娘……沈皇后没了，咱们有江皇后啊。”

这句蠢话愉悦了纯妃，她再次找回了仙气飘飘的感觉，一翻身就背对着叶青青躺下了：“江映柳，她也配？”

叶青青觉得脾气再好也有极限，她真的想骂人了，但她毕竟接受过南阳侯提供的义务教育，对仙人还是有着应有的敬畏心，只好努努嘴起身想走人，纯妃长长叹了口气，背着她又开始自言自语：

“雪中送炭也得掂掂自己的分量。

“江映柳最多只能让林家那位抱养个小公主，那也是姓林的知情识趣，沈云瑶死后，林家为了后位跳了两回，她给家里赐一幅字就全消停了，皇上自然投桃报李。从前皇上在我跟前夸过她，说她跟姓周的双双生不逢时，若是生作男儿，必揽下于麾下做股肱之臣。

“宫里这么多人，姓江的东施效颦，姓温的不务正业，姓郑的没志气，姓周的没骨气，只有姓林的，还算可以入眼，可又太多事了。

“这些人我一个都不喜欢，她们也都救不了你，你别痴心妄想了。”

叶青青一边不敢相信纯妃娘娘居然开了尊口给自己解释说明，一边开始算按着南边那个作死劲儿自己还能活几天，一边还要担心她爹真的把小妹妹送进宫来，一晚上噩梦连连，第二天也病了。

等叶青青病好了，秀女也进宫了，剑南的秀女又被皇上拒绝了一次。叶青青不知道是喜是愁，想着那夜纯妃娘娘都跟自己论上“你我”了，便忘了仙凡之别想坐下来跟她讨论，被她用《南华经》一把砸在脸上悻悻而归。

竟敢妄想跟仙人当闺密，自己一定是好日子过太好飘了。

同样飘得厉害的还有新进宫的孙婕妤。

这是叶青青见过最嚣张的宠妃，动不动就要给人立规矩论尊卑，在未央宫请安时，大家聊得好好的，她时不时就得来一句：“皇后娘娘，妾以为方才这位妹妹说话说得不妥当，虽说娘娘宽和，也不能不讲规矩啊。”

这个时候就显示出江皇后的涵养来了，面对这么个爱挑衅爱扫兴的事儿精，她也不过笑一笑：“自然，孙婕妤的用心是好的。不过都是一家人，所谓家无常礼，不必太拘束。”

不到半个月，孙婕妤荣登后宫历年最讨厌妃子排行榜榜首，荣获外号“孙欠揍”，由于她多管闲事，朱美人、周宝林组织开展多年的每日一届后宫叶子牌大赛被迫中断，朱美人不敢当面顶撞，拉上叶青青开始背后骂她：

“姐姐我进宫十一年了，见过的宠妃比她见过的人还多，还从来没有当面骂我不洗头的人呢！哼，她等着，天天洗头，早晚把头洗秃了！”

叶青青小心翼翼地摸了摸自己的头发，顿时沮丧得不想说话，朱美人骂了半天才缓过来，开始思考哲学问题：“青青你说，皇上喜欢孙欠揍什么？皇上的口味真的很奇怪，我十几年都看不懂。给你出道题啊，请从皇后娘娘、瑶妃、沈昭仪、杨妃、孙欠揍五个人身上总结共同点。你脸盘子虽大，看久了挺喜庆，可不能不思进取，总结出来好好学习，下一个宠妃就是你，我能不能继续打牌可全靠你了。”

叶青青刚想说没用的皇上只喜欢长着凤眼的女子，转念一想，江皇后、杨妃、孙婕妤都不是凤眼，瞬间陷入沉思，两个人讨论了半天，得出的结论是皇上可能眼神不太好。

晚上跟纯妃一说，不出意外又收获一记白眼，纯妃《南华经》都不读了，倚在窗台上看月亮，半天才咬着唇说："他眼神可好了，谁的眼神也没他好。"

等到月亮都沉下去了，纯妃才转过身，叶青青跟脖子折了一样头一点一点的，打着瞌睡还不忘八卦："娘娘，皇上眼神好是什么意思啊？"

纯妃难得地被她逗笑了："人蠢，知道再多也没用。"

叶青青"哦"了一声，委屈巴巴要回去，背后传来纯妃沉甸甸的声音："你明天好好看看，从姓孙的耳后侧一点看过去，跟冷宫那位是不是有点像。"

想从孙婕妤耳后侧一点看她很难，难就难在那"一点"到底是几点，叶青青每天歪着脖子各种找角度偷看人家，终于被罚在大太阳底下跪两个时辰。叶青青跪下之际抬头看，孙婕妤立在屋檐下微微侧着脸，隔远了瞧着，恍恍惚惚倒真的跟冷宫的瑶妃有两三分相似。

她就心满意足地跪下了，边跪边感叹，娘娘太自谦了！还夸皇上眼神好，她自己才是眼神天下第一好啊！她天天告病不出，统共见过孙婕妤几次啊，就瞧出来了！不愧是侯爷的女儿，这样的眼力应该去当弓箭手！

她跪了没一会儿，抱病不出半个多月的纯妃就亲自出面把她拖回和明宫，一边拖一边骂："你可真是废物！"

叶青青荣获外号"废废"，与谢梅这个"蠢蠢"凑成一对相得益彰。饶是叶青青拼命夸纯妃眼神真好，纯妃还是看都不愿意看她一眼："废废，滚去抄五十遍《南华经》。"

谢梅大约想开口求情，纯妃阖了目不耐烦道："蠢蠢也抄五十遍。这几天不要让我看见你们了。"

叶青青没好意思让谢梅抄书，只好自己抄一百遍，还没开始抄就听说江皇后让孙婕妤抄五遍《金刚经》静静心，数量对比悬殊气得她拗折了一支笔。转头江皇后说她和谢梅这半个月为纯妃娘娘伺疾辛苦，赐了许多东西，她还比谢梅多得了两瓶消肿化瘀的药。叶青青难得鼻头有点酸，谢梅悄悄对她说："要是咱们跟皇后娘娘住在一起就好了。"

叶青青有财万事足，老老实实铺纸抄书，纸还没铺完谢梅就冲进来惊恐万状地跟她说："青青怎么办！皇上昨儿斥了皇后娘娘，孙欠揍晋为昭仪了……"

她摇着叶青青的手带上哭腔："皇上是不是不喜欢皇后娘娘了，要是孙欠揍当了皇后怎么办，怎么办……"

叶青青想江皇后的六皇子、七皇子都很伶俐，皇上很是看重，想来暂时后位还是很稳的，就是不知道那样天天高高兴兴对谁都好的一个人，会不会觉得很委屈。

再去未央宫请安时，江皇后依旧笑眯眯地让大家聊天嗑瓜子，可她自己不大说话，坐在上首频频走神，而孙昭仪连着三日请安时故意姗姗来迟，说了有的没的一车轱辘话，明里暗里说的都是江皇后年老色衰要注意保养。

朱美人说得好，皇上或许是她孙欠揍一个人的，皇后娘娘可是大家的。这么个混账玩意儿蹬鼻子上脸，江皇后懒得恼她，后宫众人又不是死人，多年来慵懒和谐的未央宫晨省彻底沦为辩论赛现场。后宫人才济济，这群女人口舌之伶俐、思维之活跃，令叶青青叹为观止，孙昭仪每日刚起个头，就有人开始堵她：

“娘娘年轻貌美，我等自然不及。不过娘娘如此引以为傲，莫非是有长生不老药可以永葆青春？”

“啧啧啧，妹妹说起规矩，姐姐倒想起个笑话。古时候有户官宦人家，新纳了个小妾，这个小妾每天日上三竿才去向主母请安，偏偏还觍着脸说，自己是最守规矩的，啧啧啧，可笑死我了。”

“怎么不好笑？德妃的笑话明明很好笑，本宫也想起个笑话，从前有只猴子，捡了过路人丢掉的破帽子戴在头上，就以为自己是个人了呢……孙昭仪急什么，本宫说的是猴子，又不是你。”

“贵妃娘娘有所不知，昭仪娘娘母家姓孙，这孙猴子也姓孙，或许祖上有亲也说不定的。”

要不是林贤妃控制着场面，孙昭仪很可能会被活活气死。

叶青青和谢梅看戏看得津津有味，仙人纯妃却不屑于这些凡人的低级趣味，眼见着口水仗越打越激烈，纯妃娘娘告病的次数越来越多，朱美人好几次小心翼翼地问叶青青：

“青青，你们宫里那位娘娘什么病啊？一个月她告五次病一次病病六天，病得挺重啊？她……她还能喘气吗？”

江皇后一直闷恹恹的提不起兴致，皇上连着一个月不见她，也没见她怎么着，眼见江皇后失宠将成定局，后宫各小团体纷纷组织开展安慰江皇后主题活动。朱美人难得洗了头上了妆带着叶子牌，拉上叶青青、周宝林去给江皇后讲打牌技巧，结果后宫赌神周宝林又一次赢走了江皇后全身上下所有首饰，林贤妃笑着骂道：“你们一个个的是越发没规矩了。”

江皇后被自己烂到极致的牌技逗乐了，撸下自己的缠臂金套到周宝林臂上，笑起来像个不谙世事的小姑娘：“没事，咱们关起门来玩，不妨事的。再来再来。”

周淑妃坐到江皇后身边揽着她的肩膀，拿手指点她额头：“还来？娘娘可真是有胆识，回头把未央宫输空了可别哭鼻子。”

江皇后拉着周淑妃撒娇，指着两件首饰要她帮自己赢回来。姓周的可能都是赌中好手，周淑妃打叶子牌摇骰子一条龙赢下来，江皇后的首饰又回到她手里。江皇后笑得直不起腰，指着那堆首饰道：“这个，还有这个，是我最喜欢的，给我留着，这几件分给你们，多谢你们有心，特意来陪我解闷。”

拗不过江皇后坚持，叶青青她们几个一人挑了一件，剩下的可再不好意思拿了，末了江皇后还请她们在未央宫吃了顿饭。朱美人回来后跟叶青青嘀咕道：“你说我怎么就不是个男人呢！我要是个男人就非皇后娘娘不娶！”

叶青青细细抚着新从江皇后那得的鸳鸯海棠白玉簪，想想未央宫里江皇后与别的娘娘们一派和乐，再看看与平时一样寂静的和明宫，硬着头皮想劝纯妃娘娘合群一点，结果纯妃劈头盖脸来一句：“不喜欢我这儿你就搬走。”

怎么就这么不听劝呢！叶青青一边感慨自己脾气太好了一边给纯妃顺毛：“娘娘，妾跟您住在一起，就跟在自己家一样，妾怎么会不喜欢，妾是想让娘娘过得松快一点。”

纯妃板着脸不说话，叶青青大着胆子又劝：“娘娘，宫里的日子怎么过都是过，您何必与自己过不去呢？妾看皇后娘娘人很好，各宫的娘娘也很好相处，您平日多与她们说说话，总强过一个人闷在屋里啊。”

纯妃听着，倒也不像往常那样非要寒碜江皇后两句，只是低着头不吭声，半天才问道：“废废，你话这么多，那五十遍书抄完了？抄完了再抄五十遍。”

孙昭仪最终因为陷害江皇后不成被打入冷宫结束了她在宫里横行霸道的日子，皇上这些年宠谁谁作死，虽说很多男人看女人都会看走眼，可皇上这眼走得实在太远都快走到剑南去了。许是痛定思痛，皇上下旨说，每三年一次采选劳民伤财，宫里已有很多人，以后没什么事就不进人了。

叶青青高兴得发了疯，绕着纯妃跳着转圈："娘娘！宫里不进人啦！南边再没法子送人过来啦！咱们可以安安心心地过日子啦！"

纯妃叫她跳得嘴角直抽搐，把《南华经》砸在她身上让她抄五百遍："废废，人蠢就要多抄书，你当我阿爹跟你一样吗？"

后宫的女人又恢复了一副人畜无害的样子，继续自己给自己找乐子混吃等死的生活，一贯与众不同的纯妃娘娘则独自陷入狂躁癫狂的状态——教导一个即将步入青春期的男孩子真的会把仙女变成泼妇。

尤其是三皇子这种从小受到的教育就很奇怪的孩子。

平心而论，皇上待这个孩子也算不错了，三皇子满六岁后，皇上就在宫中选了一处宫殿做学馆，又命江皇后那位才名动天下的三叔弘文馆江学士亲自教导。后面几位皇子日渐大了，也是兄弟们一般上学，便是中宫嫡出的六皇子也没搞特殊，反倒是三皇子年纪大念的书多些，皇上问得还更细一些。

这些年，莫说皇上得了空便召皇子们去永安宫问功课，就是一个月来和明宫那一两次，也要叫上三皇子父子论上两回书。考虑到皇上爱朝政胜过爱后宫，能这么着已经很不容易了，须知这世道，男人大多心怀天下日理万机，教导儿女这等小事岂可与天下共论。叶青青她爹好几个小妾，她那几个庶弟到了该上学的年纪，她爹还要晕晕乎乎问一句："怎的就这么大了？！"

纯妃长年闭门不出，自己又不爱说话，三皇子叫她拘在身边，见得人不多，自小便是个害羞的男孩儿，叶青青刚进宫时，这孩子抱着柱子悄悄探出个头来又缩回去，探头又缩回去，反复好几次才结巴着小声说："这位……这位娘娘安好。"待叶青青看过去时，他已扭头嗒嗒地跑远了。

待三皇子上了学又不一样了，他肯静心，念书念得很好，皇上来和明宫，三皇子虽还是害羞不敢多说话，皇上一考他他就急急忙忙站直了身子背书，眼睛都比平日亮了几分，叶青青一旁瞧着都很欢喜。皇上也夸他念书用功，跟纯妃说："江卿前日跟朕夸了他好几次，说字练得好，背书也用心，可见你教得很好。"

叶青青觉着吧，皇上再忌惮南阳侯，也没有到连教养孩子都作假的份上，皇上考三皇子时，甚至还记得把他上次背错的哪一句再问一遍，说他装假实在说不过去，他是真心在教导这个孩子。然而纯妃也不知是多心，还是为旧事所困，每次皇上夸完三皇子，圣驾一走她就把孩子打骂一顿，骂来骂去不过那几句：

"你是个什么东西，不过读了两句书，也敢拿出来现眼！

"你给我听明白了，人贵有自知之明，你若有什么远大志向，我劝你赶早歇了这条心思！

"水流静深，智者寡言，你还以为会说嘴就是聪明人了？上一个在你父皇跟前说嘴的蠢人，坟头的草都三尺高了！

"我这辈子对你也没有多大指望，你念书便念书，下回再在你父皇跟前说嘴，就给我滚出去找别人当娘！"

这么没头没脑骂下来，莫说三皇子很困惑，叶青青也一脸蒙，纯妃骂完还得罚孩子，或是打手板或是罚跪，好好的孩子就这么给她吓坏了，在皇上跟前越来越不敢说话，好几次皇上考他书，纯妃娘娘往他那儿轻飘飘看一眼，他就张着嘴说不出来了。

三皇子越来越畏畏缩缩，字写得越来越难看，功课也答不上来了，皇上想不通，好几次试图跟他谈心，问来问去又问不出个所以然来。后来又出了一件事——三皇子十岁这年，四皇子、五皇子都进学了，五皇子顽皮跳脱，一日不知怎么撞到三皇子，从他怀里撞出一册书，上头赫然是“五蠹”两个字。

韩非子的学说自然也是经典，只是大约并不适合三皇子这样年纪的孩子读。他那时《诗经》《论语》半数都背不下来，江学士为他讲课讲得很辛苦。皇子学的都是儒家经典，他自己却在偷偷摸摸读“儒以文乱法，侠以武犯禁，而人主兼礼之，此所以乱也”这样的话。江学士一向小心谨慎，回头还是报给皇上了。

皇上倒也没怎么着，只在和明宫当着他和纯妃的面把这册书烧了，换了他的伴读，打死了他的两个近侍，末了说：“你这两年许多书都背不下来，朕正在烦心，如今看来你还是喜欢读书的，朕很欢喜。只是读书要讲究循序渐进，先生教你的圣人之说尚且学得乱七八糟，再读这样的书，乱了心神失了心智，读书就反倒有害了。你要读这样的书，待你大了，明白何谓忠孝节义，彼时再谈吧。”

叶青青总觉得，皇上把“忠孝节义”四个字咬得格外重。

皇上罚三皇子抄五十遍《论语》，又让他一个月不必到学馆去好好思过。而纯妃娘娘则亲自动手拿鞭子抽了孩子一顿，不给他吃饭，让他抄五十遍《南华经》。

可笑三皇子身为皇长子，父亲要他学儒家经典好明了忠君报国的道理，母亲要他学老庄之道以参悟清净无为之道，偏偏孩子都不喜欢，自己感兴趣的是帝王之道。

这可不是能随便感兴趣的事。

纯妃发起怒来跟发了疯的母狮子一个样，打完儿子打宫人，三皇子身边的人都叫打了一顿换掉了，便是无辜如叶青青、谢梅也得了她在气头上的一顿无差别斥责：“你们为何进宫，我心里清楚，都给我老实着点！若敢带坏我儿，我一样不饶！”谢梅委屈得偷偷哭，从此自动离三皇子五米远，远远打个招呼拔腿就跑。

纯妃开始强行逼三皇子读《南华经》。三皇子不知什么缘故，莫说根本背不下来，念都能念错很多字。纯妃心里急，开口骂孩子就没个轻重，三皇子垂着头坐在那儿，木着脸不言不语。

母子两个几年下来关系剑拔弩张，有天纯妃叹了口气对叶青青说："从前觉得能把他平安生下来，我便此生无憾了，怎晓得后面教起来这样难！"

叶青青替她揉着太阳穴，第一百次劝道："三皇子一天天大了，娘娘与他把话说开了，只怕好办些。"

纯妃阖目不言语，过了许久才叹息道："废废，若是事事都跟你说的一样容易，就好了。"

叶青青在宫里虚度光阴这么多年，有些事也渐渐明了，纯妃教导三皇子的难处，跟她在宫里的难处是一样的。只要南阳侯贼心不死，就不可能放过三皇子这个现成的筹码，三皇子年长几个弟弟好几岁，若是优秀得皇上喜欢，南阳侯就会跟当年拥立皇上一样拥立他——亲外孙可比渐渐离了心的外甥亲多了。三皇子有这么个外祖父撺掇，再多听几句皇上的夸赞，难免会想要更多。

问题是皇上显然不想给他更多了，皇上若想给，当初又何必立江皇后一个小姑娘做皇后。

纯妃的心思一向很简单，她知道这孩子得了皇上喜欢夸赞未必是好事，不若安分守己，自甘清净，南边怎么闹母子两个只不管便罢，或许还有一线生机。可她一来教育手段极其粗暴；二来没想到孩子是个活物，他喜欢什么想要什么可由不得你控制……

"三来，南边也由不得本宫说了算。"

纯妃听叶青青大着胆子进行的这番详细剖析，疲惫地添上一句："那册《五蠹》是从哪来的，总不能是江映柳她三叔给的。

"废废，这几年你有点长进啊。

“他小时候就阳奉阴违，如今大了，还不知道怎么样呢，我能换了他身边的人，可拦不了他自己往外走。”

叶青青觉着她蹙眉的样子，像极了当年阿娘仰头看见自己爬到树上去时的样子，眉间的疙瘩写满了一个女人对生儿育女意义何在的追问。

“娘娘……或许可以跟皇上说一说，求皇上看紧着点三皇子……”

纯妃累得连白眼都翻不动：“刚刚还夸你有长进——这么着，不是明摆着把我阿爹卖给皇上吗？顺带告诉皇上这孩子不安分。”

“一家人哪，这就是一家人哪。”纯妃美目似瞑，自嘲似的笑道，“正是一家子亲骨肉才这么算计呢！

“从前阿爹跟我说，时常梦见我姑姑百般嘱咐他要照顾好皇上，也不知道如今他还做梦不做。”

叶青青劝了几百次“娘娘把话跟三皇子说开吧”，纯妃都摇头不语，整个人沮丧到极点之际方想起三皇子又不是自己的儿子，自己到底在急什么。好在几年下来三皇子除了日渐胆小沉默算是废了以外，倒也一切如常。

宫里六个皇子，沈昭仪的八皇子还是个奶娃娃暂且不论，郑德妃的四皇子老成持重，温贵妃的五皇子活泼机敏，江皇后的六皇子谈吐不俗，七皇子言语伶俐。三皇子年纪最大，在一群弟弟的衬托下显得最鄙陋怯懦，答话时连头都不敢抬，声音细如蚊蚋，就连几位公主都比他有气魄。

纯妃自己也觉得孩子这种“听话”有哪里不太对，奈何当娘这份工作，委实从头到尾都充斥着烟火气世俗味，真的很不适合纯妃这种资深中年仙女。

“废废，你说，都是乖孩子，怎么我儿看上去就跟德妃的四皇子不一样呢？”纯妃认真思考时，歪头问问题的样子倒有几分呆，这么一个灵魂拷问，叶青青听了只想为她鼓掌——纯妃跟德妃比教养孩子，好比自己大字不识一个还要问连中三元的大才子有何过人之处。

别的不说，郑德妃跟四皇子说话永远平心静气，几年前四皇子在御花园捡了只半死不活的黄莺鸟，郑德妃不光不骂，还要夸他：“啧啧啧，阿慎救了它是不是啊？真好真好。”又是教孩子喂小鸟，又是陪他一起做鸟窝，过了几日，母子两个又一起去御花园把鸟放飞了。

若是换成三皇子捡只鸟回来，纯妃多半眼睛都不会抬，一句“丢掉”就能把孩子打发了。

实话说出来太伤人了，叶青青只能避重就轻：“娘娘，您跟三皇子好好说话，少骂他一点吧。”

纯妃倒是破天荒地开始虚心求教：“我……实在是只有他读混账书听混账话见混账人我才骂吧？这几年他老实了，我也没骂他了呀？孩子要作死，哪能不教训呢？”

说到这里她居然还自我感觉良好地点点头：“你看，这前两年盯他盯得紧一点，南边消停多了，再没怎么扰我了，必是因为在我们母子这里都找不到空子。”

找不到空子，然后呢？须知开弓是没有回头箭的。南阳侯早就是未加冕的“剑南王”，剑南百姓只知刘郎不知天子，朝廷派去的官员莫说插手军政要务，连查本账都查不得，阿爹就在她跟前说过：“小皇帝也忒多事，什么小白脸子也敢来问侯爷的事……”

“废废，你不要去想这些事了。”纯妃这两年对她倒也温和了一些，“不要想了，让老天去安排吧。”

叶青青最后的快乐时光终结于宫里一场家宴。三皇子跟他几个弟弟调皮捣蛋捉弄先生，连几位公主都帮着善后遮掩，皇上不仅不恼，还召了几位皇子公主的母亲一起吃饭，连她和谢梅，温贵妃宫里的宋婕妤、王美人都沾光去了，席间皇上饮了两杯酒，对孩子们说：

“朕承继大统一十四年，躬览庶政日日勤勉，于江山社稷不敢有一刻轻忽。你们年岁渐长，要好生学圣人之言，知孝悌忠信，明礼义廉耻，莫要胡思乱想行差踏错，叫为父失望。”他说到此处也有几分感慨，又对娘娘们说，“朕平日囿于国事，对孩子们的教养难免有不周全之处。如今他们兄友弟恭，姊妹和气，都是你们做母亲的辛苦了。”

他让皇子公主们代自己向他们的母亲敬酒，又让他们一起敬江皇后一杯，江皇后笑着摇头说不必，被其他几位娘娘按在座上强让她受了这杯酒。

扶着纯妃娘娘回和明宫时，月色很好。金秋九月，宫里的梧桐树在幽幽风声里落了一地黄叶，纯妃拉着她，踮着脚尖跃着走，小心翼翼地不想踩到它们。

“他跟从前不太一样了。”纯妃浅浅地笑，借着莹白的月色，叶青青看见她眼中有点点泪光，“你看到了吗，他有白头发了。”

叶青青的位子离皇上最远，这些年又整日熬夜打叶子牌打成个半瞎子，皇上在她眼里勉强只有个人形，实在很难接话。等回到和明宫，纯妃难得摸摸三皇子的脸颊：“一下子这么多年了……你倒是与你几个弟弟玩得来？”

三皇子在亲娘跟前说话虽然没那么哆哆嗦嗦，却也很恭敬：“回母妃，只是听圣人之言，兄友弟恭罢了。”

他答得冷漠，“兄友弟恭”四个字说出了逢场作戏的味道，纯妃头一回心平气和与他多说了几句：“你能看明白便好。既在帝王家，论父子兄弟未免可笑。哪有什么一家人，都是君臣。人早日看清自己的位置，不要胡思乱想，不然早晚不被别人骗也被自己骗。”

她这几句话说得平平静静的，叶青青听着，倒像是看到她那些尘封已久不为人知的往事终于开了一道口子。

三皇子沉吟良久才抬头，眼神像最锋利的箭镞："是胡思乱想，还是深谋远虑，倒是很难分别。不过既是父皇喜欢兄友弟恭，扮一个给他看又何妨。"他施施然站起来，十三岁的少年苍白清瘦，站直了身子已差不多与纯妃一样高，恭恭敬敬行礼退出去，纯妃一声"站住"再没拦住他。

自此，纯妃再没有跟三皇子论《南华经》，叶青青看着三皇子在外成天低头垂肩畏畏缩缩，在和明宫时也一副恭敬不敢多话的样子，再想想那天夜里他那个脱胎换骨一样的眼神，开始做噩梦发低烧。

入宫多年，纯妃居然有一天会不放心叶青青，还要亲自照看她。仙人就是仙人，震惊过后犹能若无其事读《南华经》悠闲度日，给叶青青灌下一大口凉水呛得她直咳嗽后，她戳戳叶青青的脑门："废废，你怕成这样也没用，还是快好起来多打两天牌吧。"

她一说叶青青开始哭，抱着纯妃的袖子擦眼泪："娘娘，我害怕……"

我怕你儿子啊，娘娘！亲眼看着长大的孩子仿佛一夜之间有了两副面孔，自己还傻乎乎地心疼这心疼那的，人与人之间的差别怎能这么大啊！

纯妃没把袖子抢回来，只是嗤笑着拿《南华经》敲一下她的脑袋："没见过世面。"

她开始毫无预兆地讲故事："这算什么……也是我想得太美，以为他还小，南边那么久不作妖我就该想到的，我还是太蠢了。

"废废，我从前也不聪明，跟你差不多一样蠢，十五岁，最蠢的年纪，都不用他亲自开口骗我，我见他一面，听他叫一声表妹，我自己就能开始骗自己。

"他很少去看沈云瑶，我很高兴，我不喜欢她。他经常去看许嫜芳，我就很想哭。他说，阿珍，我们是表兄妹，一家人，无论如何，我们都是一家人。

“他说一句一家人，我就可以编出很多话来帮他骗自己了。还觉得自己很聪明，能察青萍之末。沈云瑶算什么，许婵芳算什么，周家的，林家的，都算什么？！我们才是一家人……

“他是太子，事那样多，我帮不上他忙，还给他添乱，他从来都不怪我，你看，你看……沈云瑶就不给他添乱，整个东宫只有我最蠢，要不是他，我是活不到今天的。我总在想，他说我们是一家人，是不是总得有一句是真的。

“沈云瑶的小儿子死了，我一直就佩服许婵芳，恨她也服她，被废了还能把手伸进未央宫，还有人愿意为她卖命，尚服局两个女官咬舌自尽前替她带了句话，她们说：‘李修，女人不是个个那么好招惹的。’

“他说我欠沈云瑶一个孩子，那我之前没了的两个孩子，他怎么不替我讨回来呢？他要抱走我的长川，我说表哥，你说我们是一家人！他看着我，他说，一家人？

“他仰起头来笑，笑了很久，我说表哥，你要抱走这个孩子，我就死给你看。他看着我，就走了。”

她就平平淡淡地讲，不掉眼泪不叹息：“废废，沈云瑶自己多半是不怎么在乎，我却总在想她到底是算赢还是算输？她怎么就能不在乎呢？”

她歪着头，很困惑似的，叶青青不认得沈皇后，不知道该怎么回答她，头晕晕乎乎的，不小心把心里话说出来：“娘娘，原来您还没看开啊？”

纯妃白了她一眼，凑近她耳边，像跟小姐妹说悄悄话一样低声说：“冷宫疯了的那个姓什么，你知道吗？”

叶青青一脸蒙，不明白话题的跳跃性为何要这样大，纯妃得意地笑起来："她姓沈。跟那个小宫女，跟沈云瑶是一个沈。

"她俩的爹曾是汴州太守，沈云瑶的从叔，贪腐无度，在狱中还试图行贿雇人替他死……这样大的罪，不过砍个头把家眷没入宫中为奴。

"沈云瑶一死，我阿爹就把疯了的那个推出来了，皇帝的宠妃是他的眼线，这算盘打得不错吧？就是没想到这人比我还无用……他那么聪明，一定是知道的。不过只一张脸与沈云瑶有五分相似，他就不管不顾了。

"废废，你怎的都不感动啊？啊？你怎么不哭呢？"

那是因为您看不开啊，叶青青心里毫无波动，眼下自己命在旦夕，哪有空八卦皇上的旧情事，再说皇上哪里不管不顾了，他为着一张脸宠着瑶妃不假，立江皇后为继后时那个快准狠可没看出他哪里不清醒。

叶青青努力想把偏离了正题的纯妃拉回来："娘娘，沈皇后死了快十年了您放一放，咱们现在怎么办啊？"

纯妃大概没想到她会直接问"怎么办"这种无聊的问题，拿书敲了一下她的头。"没办法的，"她咳得撕心裂肺，纯妃坐着不动，"那孩子这点挺像我的，心里明白，就不用多说了。"

叶青青终于气得第一次对纯妃翻脸："娘娘！您还挺得意啊！你说你从前早跟他说明白不好吗？从小跟他说明白不好吗？你明白你不说他不明白啊！你！你你你——"

她自小爱跟人吵架，后来跟着南阳侯派来的先生接受争宠高等教育，就再也没大声说过话，难得骂一次人，居然伸出颤抖的手指指着纯妃"你你你"半天再也说不出一句话。

纯妃被她突然吼这一嗓子倒有些蒙了，坐在床边拿手绞着帕子，半天才问："我怎么跟他说啊？

"对我的亲儿子说，他外祖父不是个大英雄，是个利欲熏心、不择手段的卑鄙小人。对我的亲儿子说，他亲爹对亲娘不过是逢场作戏，没准还想着当初得了天花的是他就好了。那孩子讲起他外祖父，见到他父亲，眼睛就亮了，我不是没瞧见……我一见他那样高兴，总忍不住要生气，有什么可高兴的，有什么可高兴的……

"废废，我是没跟他说明白。"纯妃转过头去，把帕子丢到地上，"我开不了口，我看着他，我开不了口。

"一家人哪……"

噫！叶青青不料想，纯妃娘娘整日读《南华经》，读的是超脱物外无为无我，仙气飘飘十几年，居然还没她一个天天打牌的看得破。

她哪是对孩子开不了口，她分明是对自己开不了口，她每次是在骂孩子，还是在骂她自己，怕是很难说清楚了。

这年冬天，北边局势开始不稳，过了年，皇上就遣兵北上与北狄开战，南阳侯奉旨回京"拱卫京都"，皇上特意在宫中摆了宴，还让南阳侯来和明宫与纯妃叙话。

多年不见，南阳侯也老了，人依旧挺拔英武，看着却更冷肃有威仪。他本家境贫寒，靠着姐姐进宫做宫女换了十五两银子方不至于饿死街头。后来投身军中，机缘巧合得了上峰赏识才开始识字学兵法，一向不喜欢文绉绉拿腔拿调的，总是朗声大笑招呼手下将士一起喝酒。如今对着二十年未见的女儿，却坐得端正，一口一个"娘娘"了。

"……此番上京匆忙，女眷未一同前往，未能前来拜见娘娘，娘娘的两位兄弟未得传召，不敢私自进宫……"

他板板正正地说家中境况，说到一半，纯妃径直走到他跟前唤道："阿爹，二十年，你想不想珍珍？"

父女两个相对无言，过了许久，南阳侯伸手想去掐纯妃的脸颊，手伸到她脸边就放下了，看着她轻轻叹道："珍珍，你是不是长高了一点点？"

纯妃想扯一个笑脸，扯到一半泪如泉涌，抓着南阳侯的手轻轻地问："阿爹……阿爹……你这些年，做梦还梦见我阿娘吗？"

此情此景，叶青青眼泪流了一半忽然想笑。她也想当着父亲的面问一句，阿爹，我这些年人胖了头秃了，你看出来了吗？然而阿爹虽跟着南阳侯进了京，却未得传召不能踏进宫门。

此生骨肉再无重聚之日了，这眼泪还是留给自己吧。

南阳侯不知道想起什么，转过身去不看女儿，纯妃也不强求，只是继续问她自己："从前阿爹去打仗，女儿就坐在小院子里香樟树的树丫子上等阿爹，阿爹还记得吗？

"阿爹不打仗就喜欢喝酒，喝醉了，就给女儿讲阿娘讲大姑姑的事，还打拳给女儿看的，阿爹记不记得？

"从前阿爹说，最见不得女儿哭，女儿一哭，阿娘在您梦里就不肯说话，阿爹如今可还梦见阿娘吗？"

南阳侯这种一心干大事的人，要是女儿回忆一点往事就能让他幡然悔悟，未免也太对不起观众了。纯妃饱含感情涕泪并下地说了这么多，侯爷只是重重叹一声："珍珍，三皇子都快能娶媳妇了，你怎么还这么爱哭鼻子？"

他转过身看着纯妃："阿爹当年别了你娘，像狗一样，连夜逃出长安，就是这样的阴雨天，"他已鬓发斑白，说起往事犹压不住阴鸷，"后来你大姑姑罹难，阿爹冒死连夜回京，跟做贼一样见阿修一面，也是下着雨。"

他摇摇头，到底伸手掐了掐女儿的脸颊："阿爹五十五了，大丈夫一世必有所谋，谋事在人，成事在天，既已有所图谋，就要谋算到底，回头路，阿爹是不走的。

“就是你阿娘要怪我，那也是没法子的事了。”

他临要走的时候冷冷瞥了叶青青一眼：“你家里都很好，你在宫里一直尽心服侍娘娘，也辛苦了。”

纯妃跟南阳侯见过这次面以后，依旧每日吟诵她的《南华经》，而叶青青心理素质很差，再也没办法正常去打叶子牌了。朱美人还上门来瞧她：“青青，你怎么最近都不出来玩了？输太狠一分钱都没有了？实在不行我借你啊！多大点的事！”

叶青青没好意思跟她说，姐姐，我不是没钱，我是快没命了啊！

北边的仗打了一年多，王师回朝前夕，皇上下旨，让众皇子并朝中重臣与自己一同出城亲迎三军将士，顺路巡视京郊大营。三皇子遣人告病，说是入夏暑气重，前日贪凉多吃了瓜果冰碗，腹泻不止恐添下痢，总之，就是不能随驾出行了。

三皇子时年十五岁，尚未封王建府，住在和明宫后殿，皇上亲自来看他时，他连唇色都是白的，起不了身，伏在枕上一边抖一边语无伦次地请罪。皇上听着太医说三皇子的病症，面上不急不怒，无悲无喜，听完了只问三皇子一人：“我儿明日，实在是不能随朕出行了？”

三皇子谢了半天罪才说是，皇上看着他，也不说什么，沉吟良久只说一句：“如此，你就在宫中好好将息两日吧。”

回到和明宫前殿，他与纯妃对坐无言，叶青青缩在纯妃下首，听着纯妃问了“皇上怎么看”系列最后一个问题：“礼记有言，父之爱子，乃生而行之乎。皇上怎么看？”

皇上大约不太想看，眼睛都闭上了，沉着声说：“父之爱子，人之常情，然而，”他站起来居高临下地看着纯妃，“子能忠孝，则尽享天伦。若不听教诲，不守礼法，父虽爱之，如之奈何啊。”

他说到最后，竟是轻轻笑起来，转身要走之际，纯妃站起来俯首福身行了个礼：“妾知道了，恭送皇上。”

叶青青做了那么久的心理建设，事到临头还是很紧张，抓着纯妃的袖子哆哆嗦嗦地问：“娘娘，皇上，皇上什么意思啊？”

纯妃难得温柔地拍拍她的手背：“废废，他们要动手了。”

叶青青打着战压不住哭腔：“娘娘，那我们怎么办啊，皇上，皇上是不是知道了？要不要跟侯爷他们说啊……”

“皇上知不知道，他们都只能动手。”纯妃的声音四平八稳，在这个夏夜里带着冰凉的镇静，“此时再不动，就只能如案上鱼肉，等皇上动手了。”

叶青青偷偷哭了一晚上，她才二十五岁，就要死了。

黎明时分，她偷偷把两根簪子、一封信放进一个小木匣，信里大约是说，希望皇后娘娘慈悲，能把两根簪子一根给朱美人，另一根给周宝林，留个念想，也是宫中十年的情分。

她还在想这东西要怎么在自己死之前交给江皇后，纯妃就派人叫她到正殿去。

三皇子哪儿还有半分病容，对着亲娘还是很恭敬：“万事俱有孩儿与外祖父安排，母妃只管在宫中安坐就是了。”一直弄不太清楚状况的谢梅拉着叶青青的手不敢问话，纯妃坐直了正眼看人时也有几分威仪，问的问题还很专业：“江皇后那边，你们怎么打算？”

三皇子微微耸肩：“弱质女流不足为惧，叫人看管起来就是了。事成之后，再作理会。”

他这么一副有恃无恐的样子，纯妃偏头差点又要翻白眼，冷笑连连：“弱质女流？淑妃周氏自小随父兄习武，在辽西时常扮作少年游侠，四处打抱不平。贤妃林氏素有韬略，当初许家人暗中把巫蛊人偶放进她房里，她犹能有惊无险全身而退，你说她们是弱质女流不足为惧？”

三皇子被亲娘这么一呛倒说不出话来了，纯妃看了他半天，脸上神色晴晦不明：“既要谋大事，就要处处周全，不可失之于细。罢了，你终究是我儿子，我帮你在后边看着她们吧，省得节外生枝。”

三皇子心里估计和叶青青一样惊讶，满眼都是“我没听错吧”，过了半晌才站起来行礼：“多谢母妃为孩儿操心，如此，就有劳母妃了。”

第二日就是起事之日，谢梅还在呆呆地问：“要是事成了，是不是我就能见到我阿爹、阿娘了？”叶青青对这个可能性不太期待，叹了一声“蠢蠢啊……”把她的木匣子塞到枕头下。

夜里纯妃特邀叶青青一同饮酒，夏日闷热，纯妃又屏退左右，叶青青只好满头大汗地替她打扇子。一边扇一边小心翼翼地问：“娘娘，既是他们要做，咱们拦不住，由着他们便罢了，您又何必去搅这件事？”

纯妃今晚脾气很好，不翻白眼不冷哼，悠悠地解释：“其一嘛，我阿爹的军纪虽还可以，可没人看着，万一出点什么事，这宫里的人我虽都不喜欢，但我更不喜欢欠她们的。其二嘛……”

纯妃不说话了，一杯一杯替她斟酒，两人喝了半壶竹叶青，她才轻轻问：“废废，当初，我是不是做错了？

“我是不是应该把长川给沈云瑶的？”

她喝了酒，两颊绯红，一双眼睛如深宫枯井，静默无波：“沈云瑶比我会教孩子，长川跟着她，一定会过得很开心。他不是我的儿子，我没有儿子，我阿爹也许不至于到今日。”

叶青青没有说话，伸手去揽她的肩，她倒也不避开，只是又喝了一杯：“我没把他教好，我打小脾气就拗，急起来又什么话都听不进去……我也不晓得娘亲该是个什么样子，是我没把他教好。

“此事不会成的。皇上不会留他，我这个当娘的也不曾为他做过什么，不若陪着他一起去死吧。”

叶青青重重抽泣一声，眼泪就一滴一滴地掉下来，纯妃拍着她的手臂：“不用这样，废废，不用这样……我原也不是什么好人，许婵芳的女儿是我害的。

“我实在怕她，我两个孩子都折在她手里，长川刚生下来，那么小，我总怕拗折他的胳膊。许婵芳在冷宫里，大概是想留着她对付护国公吧……可我害怕呀，她只要不死，没什么是她做不到的。还有我两个孩子，血海深仇，这笔账皇上不帮我找回来，我就自己找回来！我一直在等他帮我，可我等不得了！

“她的孩子病了，我换了太医的药。凭什么我的孩子就要死，她的孩子就能活着呢？她只有那个孩子了，那是她的眼珠子，孩子一死，她活不下来的。

“废废，我这只手，杀过一个四五岁的小姑娘……

“她一定没想到是我，我被她摁在手里欺负了很多年……不过皇上一定知道的，他什么都知道，只是不说。后面的事我没料到，欸，沈云瑶的女儿死了，我安慰自己说，我是不知情的。可她的小儿子却是实实在在因我丧命。

“废废，你怕不怕我？

“你不要怕。我刘宝珍一向恩怨分明。杀了那个孩子我从不后悔，我不想欠人的，可是欠我的，没人替我讨回来，我总得自己讨回来！

“我的手是沾了血，但我不后悔！”

她咬着牙，从喉咙里挤出这几个沙哑的字，仰头又喝了一杯酒，眼角渗出泪来：“可我还是欠了沈云瑶的，我最不喜欢她，偏偏还是欠了她的……”

叶青青拍着她的肩膀，努力咽下哽咽：“娘娘，过去的事了，你不要想了。”

纯妃不答话，仰面阖目长叹许久，又给叶青青倒了杯酒，看着她倒浅浅地笑起来：“青青，我记得你。”

“你小时候很可爱，肉乎乎的，我弟弟妹妹都躲着我，你跟我聊了很久的天，我记得你。”她伸出手重重地掐了一下叶青青的脸颊，“我怀第一个孩子时，我想要是个男孩，一定要像他爹；要是个女孩，我希望……我希望她像你。”

她把酒递到叶青青嘴边要她喝，也许是喝得多了，叶青青只觉得头晕目眩，依稀只能看见纯妃在笑：“我不善交际，我也不在乎……你一直对我很好，我心里很感激，我只有你一个朋友……”

她这么说，自斟自酌，叶青青只觉得头晕晕的，昏睡前只有一个念头：娘娘，原来你知道我对你好啊！真是人将谋反，其言也善。

叶青青醒过来时，天已大亮，她被五花大绑地扔在纯妃寝殿的角落里，旁边是一样被捆成粽子堵着嘴“呜呜呜”的谢梅。

纯妃背对着她们在梳妆，她换了一身白色暗纹广袖流仙裙，梳了飞仙髻，看着不像是要谋反，倒像是要羽化登仙。她描好蛾眉，走到叶青青跟前，叶青青大约知道她要干什么了，不声不响不挣扎只是掉眼泪。纯妃没轻没重地掐她的脸颊，声音很轻很轻：

“青青，你不要哭，不要怕。你记住了，你什么都不知道。我把你们绑起来了，你们就说，你们是不知情的，你们发现了我们母子谋反的事，想去报告江皇后，被我绑起来了。”

谢梅发出了模糊的哭声，叶青青想说很多话，却只能睁着眼睛掉眼泪，纯妃又掐了一下她的脸：“你牢牢记着，你什么都不知道。”

她转过身去，一步一步往外走，快出寝殿的时候又开口：“拖累了你们，我很抱歉。”

叶青青脸贴在地上，一声不吭的，几乎流尽了她一生所有的眼泪。

叶青青见到皇上是两大后。

两日水米未进，加上十分恐惧，谢梅要有两个宫人架着才能勉强跪好。叶青青自己也头晕眼花的，跪在永安宫的大殿里浑身都在打战。

皇上坐在书案后写着什么，叶青青没敢抬眼看，等啊等，等到谢梅支撑不住瘫在地上，皇上才停笔抬头看她们："纯妃说，篡逆谋反之事，与你二人无关，是这样吗？"

谢梅哆哆嗦嗦了半天也说不出一句话，叶青青强迫自己不要去想和明宫与纯妃的诀别，开口却还是带着一点点哭腔："回，回皇上，是……妾什么都不知道。"

皇上走到她们跟前，冷眼看着她们，这人原是她的"丈夫"，嫁给他整整九个年头，说来除了刚进宫那两个月，叶青青好像还没离得这么近跟他说过话。

他看着仿佛比去看望三皇子那夜要瘦，眼里全是红血丝，但锁在她身上的目光依旧利如疾风。叶青青被他看得再也坚持不住："皇，皇上饶命，也不是什么都，都不知道，但，但……但真的与我二人无关啊……"

皇上面上一点波动都没有："游击将军谢中，瞒着朝廷为南阳侯招募训练私兵，谢氏，此事你知道吗？"谢梅趴在地上，连一句"不知道"都忘了说，趴在地上反复哭着求"皇上饶命"。皇上没搭理她，又对叶青青说："定远将军叶大虎，助南阳侯养寇自重，多次奉南阳侯之命与六诏特使暗中来往，六诏各寨给南阳侯进献的银钱无不是他经的手。叶氏，你又知道吗？"

叶青青已经彻底绝望，阿爹这个脑残粉当的，真是丧心病狂。她虽然哆哆嗦嗦，好歹能把话说完："回，回皇上，此事妾真不知道，妾，妾进宫已快十年了，此事妾真的不知道啊……"

她跪在皇上腿边求饶，皇上看都不看她一眼，她仰头看着皇上紧绷的下巴，只觉得全身的血都凉了，过了许久才从头顶上传来皇上的声音："你都知道些什么？"

叶青青就老老实实从她接受争宠高等培训那里说起，一直说到前两日的逼宫，其实真没什么好说的，她连自己每夜打牌打到天亮，这两年头发越掉越多的事都说了。说着说着倒是冷静了下来——皇上必定是什么都查清了才叫她们来问话的，是生是死他老人家早有决断，若是命已该绝，黄泉路上她正好赶着去见爹娘和纯妃娘娘。

等她说完，皇上仍是不为所动："还有呢？"

叶青青想说"真没有了"，边上的谢梅颠三倒四地补充道："四……四次，问，问皇上多久来，来一次和明宫，还有，还有皇上对，对瑶妃怎么样……后来说……说要送人进，进宫。皇上饶命，皇上饶命，后来就没有了，真的就没有了……"

皇上一声不吭坐回到书案前，看着她们"还算老实"，他从脸上到眼睛都不带一点情绪，叶青青却跟浸在万年冰窟似的，浑身僵直，抖都抖不动，只听见皇上悠悠地说："既是纯妃说了，你们不知情，那就是不知情吧。"

他又低头开始写什么东西，一边写一边说："既是不知情，母家协从篡逆，你二人虽与此无涉，亦有罪愆，即日离宫前往伏龙寺，剃度出家，终身为皇家祈福。"

叶青青和谢梅到伏龙寺这天，天很好，鸟鸣山幽，风轻蝉噪，寺里供奉的观音菩萨低眉垂目，慈悲视众生。叶青青跪在她跟前，剃了长发，住持给她起了个好名字，叫净真。

从此红尘绝，六根净，世上再无叶青青。

新晋净真师太在心里对自己道一声贺：“恭喜你叶青青，在头发越掉越多时一举告别脱发的烦恼，可喜可贺。”

谢梅在前往伏龙寺的路上就开始生病，等到了寺里已经病得起不来，连头发都是在床上剃的。叶青青守在她床边，听着她问：“青青，你说咱们家里怎么样了？”

“皇上会砍他们的头吗？我阿娘可怕疼了，针扎一下也要我和我爹哄的。

“我的小侄女才十岁，我进宫的时候她还不会说话呢，皇上会放过她吗？

“青青，我好像听见我娘在哭……”

她醒着的时候问，睡过去梦里也问，叶青青在她榻边念《金刚经》，念得七零八落的，手里的念珠不知怎的就断了，珠子骨碌碌散了一地。

谢梅死在寺里第一片雪花落地那天，叶青青为她念了三天经，把她埋在后山的老梅树下。初雪微晴，梅枝盘曲嶙峋，枝头新绽血色红梅第一瓣，疾风一吹，就落了。

叶青青自己病了一个冬天，照看她的是一位名叫净心的师太。净心师太来这伏龙寺十年有余，慈眉善目，言语温和，照看叶青青十分周到，见叶青青心病难除，就对她说：

“净真，我知道你心里想什么，你要是实在放不下家人，可以在菩萨跟前为他们点一盏长明灯。

“人死之后魂魄飞散，若没有人为他们好好办身后事，只恐就要变成孤魂野鬼四处飘荡，无处投胎。你为他们点一盏长明灯，日日为他们诵经，他们的魂魄就能顺着灯找到此处来，不至于无处栖身……

“我家在剑南，山高路远，又已经过了半年，还有用吗？”

净心师太眯眼笑起来，说：“自然有用啊，心诚则灵，菩萨慈悲，会帮你的。离得远也不怕，你只管点了灯好好儿多念几本经，替他们消减罪孽。等这灯点满三年，就功德圆满，你就把灯提到后山上，把它放在山石上，念上一天一夜的经，风把灯吹灭了，你家里人的魂魄，就会跟着风一路到阴间转世投胎去了。”

她说得信誓旦旦的，叶青青不由得就很相信。病好了以后，就在菩萨跟前点了三盏灯，一盏为了叶氏满门，另一盏为了谢梅她家里人，还有一盏，是为了剑南小仙女刘宝珍。

叶青青从前熬夜打牌，如今熬夜念经，佛法精进得很快，住持师太天天夸她有悟性，可见出家使人进步。她读了好多经书，就是没找到关于长明灯的说法，找着找着，忽然大彻大悟，就再也不找了。

净心师太在菩萨跟前也供着两盏灯，一盏灯写着赵王妃李许氏，另一盏写着清昭仪杨氏，她每日跟叶青青一起念经，念着念着也就熟悉了。有一日为灯里添油，净心师太讲起这两盏灯：

“一盏是为我表姐点的，她走得冤枉，如今也大约没人记得了。阿弥陀佛，她是个很好的人哪！我们是两姨姐妹，她大我六岁，我脾气不好，她总让着我，给我讲故事。我后来才闹明白，她是折在自己人手里。她堂姑宣她进宫她就进，她堂妹让她抱孩子她就抱，那孩子一抱，捂死太子嫡子的罪就脱不了了。

“她是个很好的人哪，为了一家子老小硬把罪名扛下来，丈夫、儿女才留了一条命去守皇陵。我偷偷去看她，她跟我说，容容，没有人害我，你回去吧……”

这是当年很有名的皇孙长平之死，算来已经过去整整二十年了，事如流水人如草木，竟还有人念着她。

“她是枉死的。我听说，枉死之人都要被关在枉死城里，要待到她原有命数注定的寿命终结为止。她那么好的人，本来一定可以活一百岁的，这么久，也不知道她等得该多难过。我想给她点个灯，她在地下见了这盏灯，就没那么难过了。”

夜已深了，灯影憧憧，她们两个跪在蒲团上，菩萨手托净瓶，慈祥宁静，世上有这样多的伤心事，她一定听得很多了。净心师太也瞧不出伤心，说起往事倒像在讲别人的故事：“那一盏是为宫里五皇子的生母清婕好点的。”

“我人很坏，在宫里人憎狗厌的，没有孩子，想抱养她的孩子。我对她很不好，她总是很害怕。后来我家里出事了，托皇后娘娘的福，皇上恕了我的罪过，我到了这里，我问起宫里来的人，他们说，清婕好生了孩子就去了。

“我要是当时不那么坏就好了。”

她摇摇头，又指着纯妃那盏灯说：“她从前可讨厌我了，她站在那里都不用说话，我就知道她看不上我，骂都懒得骂我，次次气得砸东西发脾气。”

叶青青想起纯妃那副白眼微翻浑身写满“愚蠢的凡人，滚”的样子，不由得抱着膝盖笑了。

世事是很好笑啊，叶青青听过关于陈贵妃嚣张跋扈四处挑事的传说，未料到见到本尊时已是个平和淡然的尼姑了。

伏龙寺的日常所需是宫里拨过来的，江皇后却会特意给她们多送些衣物、药材，宫人得了吩咐，每次都要问一问，两位师太近来身体可好？可有什么缺的？娘娘一切都好，二位师太多保重。

叶青青就每天多为江皇后抄一份经，求菩萨保佑她开开心心平平安安到老。

寺里的日子过起来其实跟宫里差别不大，叶青青好好吃好好睡，有一日捡了一只白肚皮小橘猫，就把它养在屋里，叫它阿喵。寺里长年茹素，阿喵自己会去捞小鱼抓小鸟吃，养了半年就胖得抱不太动，天天窝在叶青青怀里抱着她的手臂睡觉，压得她手都麻了。

三盏长明灯点满了三年，她便挑了个日子，清净三业，黎明时分提着灯到后山，把三盏灯放在一块平坦的大青石上，诚心诚意跪下来，拨着念珠念起《往生咒》。

她原知道一朝人逝万事空，也知道这所谓长明灯不过是陈贵妃自己想出来自我安慰的仪式而已，可她还是愿意诚心一试。山上风悠悠，草木葱茏，她敛眉低首一遍一遍地念“南无阿弥多婆夜哆他伽多夜……”念着念着，三盏灯就在风里慢慢都熄了。

她在山上念了一天一夜，日出之时方停下来，将灯就地打碎，将碎片埋在地下。有一阵风挟着沙石卷过，吹得她的缁衣猎猎作响，倒像是故人在跟她道一声别。

净心师太抱着阿喵来找她，阿喵一整天没见到她很不高兴，冲着她高声喵喵叫地骂她，等她张开手，小胖子就砸进她怀里，砸得她都有些站不稳了。

净心师太跟她一起下山，指着远处一间竹屋跟她说：“你看，那就是当年成皇帝亲手为昭懿皇后搭的屋子。”

成皇帝是皇上的祖父了，他和昭懿皇后的爱情故事可以虐死古往今来所有单身狗，当今流行的许多妆容、发髻样式，都是成皇帝为他心爱的妻子设计的。传说当年昭懿皇后初见成皇帝时鬓边簪了一朵紫牡丹，成皇帝说，从前只知牡丹真国色，不知花向美人头上开时最风流，从此紫牡丹一跃成了牡丹中最上品。

“算起来，昭懿皇后是我姑祖母，是祖父的大姐姐。”净心师太说起陈家往事时，笑得倒像个十六七岁的少女，“世人皆知北海许氏，须知我们广平陈氏起家可比他们早多了。当年谁不羡慕陈家女啊，天子后宫独她一人，满朝文武多少陈家人啊。

“昭懿皇后不喜宫中生活，觉得又闷又没意思，有一次跟成皇帝拌嘴，她就跑到伏龙寺要出家。成皇帝为了哄她开心，就亲手为她搭了这座竹屋子。昭懿皇后很喜欢，起名‘陋室’，帝后每年秋、夏两季都住在这里。

“我们陈家的姑娘都是听着她的传奇长大的呢。我那时候就想，总要来这里看一看……”

叶青青看了看，成皇帝亲手搭的竹屋，也只是竹屋，衬着山中清晨的朦胧雾气，确实有几分脱尘绝世的味道，可这几分味道看在净心师太眼里，是她早已颠覆的家族当年最高的荣耀，看在叶青青眼里，却让她也想起家里的一些往事。

成皇帝临朝时，叶青青的祖母还是个小姑娘，六诏在剑南烧杀抢掠数年，生灵涂炭也没什么人管。祖母一家或死或逃，只剩她一个做了远房亲戚叶家的童养媳。叶青青的祖父自小跛足，后来跟祖母生了叶青青的父亲，六诏蛮人又杀过来，祖母就做了寡妇。抱着儿子一路乞讨四处流亡，后来父亲跟着南阳侯驱逐了六诏，祖母还带他们去找当年老叶家的三间瓦房，找啊找，只找到了一片青青的荒草。

成皇帝搭这间竹屋，是昭懿皇后之福，当今皇上决不会为谁搭什么竹屋，是黎民苍生之福。

这年冬天，江皇后亲自来了一趟伏龙寺。

她看着比从前更沉稳，见了净心师太就微微地笑，净心师太喊一声“小柳儿”，她们就像亲姐妹一样抱在一起，净心师太又是笑又是哭，江皇后只是轻轻地拍着她：“你怎么这样瘦了？净真师太的猫比你胖多了，你要多保重才是。”

她是来为周淑妃亲自诵一天经的，周淑妃已经死了一年了。跟着来的三公主已嫁了人生了孩子，怀里的男孩子见了净心师太，伸手叫她：“抱——”净心师太和三公主都没回过神，他又喊一声：“抱嘛——”

三公主看着净心师太笑着摇头：“他见了人都要喊抱的，您抱一抱吧？”净心师太小心翼翼地接过去，咧着两颗小白牙的小白团子“啊呜”一口亲在她脸上，又冲她娘伸手要回去。

山中不知岁月，又过了不知道几年，有一日大雪纷飞，住持把她们都叫去大殿诵经：“宫里来了人，圣上昨夜驾崩了。”

她们连着几日为大行皇帝诵经，许是累了，净心师太一日滑倒在雪地里，便再也没起来。

宫里此时必是忙得人仰马翻的，净心师太让住持不必声张，莫要去扰江皇后，叶青青像当年她照看自己一样照看她，净心师太却连草药也不喝，对着叶青青絮絮叨叨地讲起一段陈年往事：

“我初入宫时才十六岁，性子很霸道，我祖父是不大放心的。不过皇上待我很好，一直很宠我，许德妃又是我小时候常见的，从前我们两家还交好时，我一直很崇拜她。那才是真真的大家气度呢，说话做事总是不疾不徐的，你若有什么难处，不用说她也能体谅，极妥帖地就帮你悄悄地圆过去，你若要谢她她还不肯的。

“我祖父让我千万离她远一点，我心里不服啊，凭什么家里大人交恶了，我们姐妹就不能往来了呢？哪里想得到她能给我下绝子药呢？真是，真是，真是——诶！人怎么能这样啊！”

窗外北风呼啸，一向温和的净心师太脸色蜡黄，侧卧在床上咬牙切齿的，又变回了陈彩容。

“我祖父谋反就是个笑话，我祖父一心想让我当皇后，我连个儿子都没有，谋什么反，我急坏了，跑到永安宫那里跪着，我想跟皇上说，他一定弄错了。跪了一天，那么大的雨，他都没理我！我心里急啊！他怎么就不理我啊！

“后来皇后娘娘来了，我一直以为，皇后娘娘是个病秧子没用鬼，皇上一点都不喜欢她。哪承想，她才走到我身边皇上就出来了，冲过去给她披衣裳，那副低三下四的样儿，说什么‘瑶瑶，你有什么事叫我去就可以了，这么大的雨你冷不冷’，我真是，我真是，我——”

她拉着叶青青的手，说得气呼呼的，仿佛想跳起来指着皇上骂他怎么能骗人。

“皇后娘娘说，你放了她吧，她什么都弄不明白呢。说完她就要走，皇上追过去，还溅了我一身水。我听见他急得话都说得不利索了，他说啊，你让我别去扰你，我不敢去，可你不能说来就来，说走就走吧？你先把衣服披上啊——

“我是怎么瞎了眼，才能觉着他喜欢我而不喜欢皇后娘娘，我，我要是早知道，我祖父打死我，我也不进宫啊！我陈彩容有的是好男子愿意为我搭竹屋啊！”

她气得抓着叶青青的手直捶床，阿喵吓得跳到柜子上躲起来，叶青青顾不上手疼，抚着她的背说：“师太，娘娘，你别气了，生病了生这么大的气可不好，你歇一歇吧。”

陈彩容才不管这个呢：“皇后娘娘是个好人，还安慰我说，事已至此要好好对自己，唉，我真是好坏不分白长一双眼睛。后来皇后娘娘越病越重，我帮着守夜，她总是睡到半夜就惊醒过来，一咳咳到天明。有一天她梦里魇着了，醒不过来，一直惊叫一直咳，太医也没法子，我们很着急，皇上就进来了，坐在皇后娘娘床边给她唱小曲，他一唱，皇后娘娘就慢慢缓过来了，枕在他手上睡着了。

“唉！他居然会唱小曲，你说谁能想到呢？啊？你说谁能想得到！哎呀我真是，我以为他给我盖一下被子就是对我情根深种，我真是，我真是，我真是没见过世面啊！

“那年过年，我陪着皇后娘娘，宫人得了吩咐，在屋里点起火炉子，打开一扇窗，我们听着噼里啪啦一声响，透着窗子往外看，就看见满天的烟火。

“唉，你不知道，可好看了，我这辈子也没见过这么好看的烟火，可皇后娘娘看了一眼就让人把窗户关上。窗户一关，就有人连门都不敢进，在外面说，瑶瑶，是这个烟花不好看吗？我让他们换一个放好不好？皇后娘娘说，很好看，可我累得很。他说，那我走了。

“唉，要是有人能这么跟我说话，我死了也甘愿哪。”

她靠在枕头上，眼睛睁得大大的，满目的遗憾不知是为了帝后还是为了自己，叶青青替她掖了掖被子，她喘着气，轻轻地对叶青青说：“你记得帮我把那两盏灯送走。”

过了一会儿，她又调皮地笑起来：“你记得跟菩萨说，我诚心改过，下辈子会做个好姑娘，不欺负人，求她保佑我，许我一个给我搭竹屋的美少年。”她顿了顿，让了一步说，“不是美少年也可以，但亲手搭竹屋是要有的。”

净心师太临终前还在想什么美少年，真是一点都不静心，不过菩萨慈悲，一定不会生她的气。

过完年，新帝登基，先皇的妃嫔就要到伏龙寺来修行，江太后遣人先来把屋子修缮了，床褥都换了新的，她身边的大姑姑亲自来看一遍，处处妥当了才点头，对叶青青说：“师太的猫要有伴了。”

果然十二位太妃不是抱着小狗就是抱着猫，宫里说了，养这些小猫、小狗一应所需都由宫里管，住持对叶青青说：“阿弥陀佛，也是娘娘心慈。”

叶青青在寺门口一个一个与阔别已久的故人互相问候，她们一个两个都有了白发，只有叶青青光着个头，完全不显老，颇令人嫉妒。走在最后的是一代赌神周宝林，抱着一只鸳鸯眼儿的小白猫，叶青青往她身后望，周宝林轻轻地说：“别看了。”

朱美人已殁了两年了。

“戴着你托皇后娘娘交给我们的簪子走的，一直念叨你，她运道好，跟着贤妃娘娘后头走的，赶上晋了修仪，也算走得很体面了。”

阿喵伸爪要打周宝林的小白猫，叶青青拦住了，被它的指甲在手上划了一道口子，疼得落了泪。

周宝林拉拉她的袖子：“咱们进去吧，你这伤得上点药。”

她们就并肩走回寺里，桐油大门缓缓关了，落日余晖洒在门上，晚风拂过，有归林的飞鸟喳喳叫着掠过树梢，林间一阵沙沙作响。

番外三——恭王妃

明皇帝的丧礼上，恭王妃姚文秋可能是除了新平公主李长忆以外哭得最惨的人了。

她哭得嗓子都哑掉了还在掉眼泪，跪在地上宫人搀都搀不起来，和长忆姑嫂两个人手拉着手头碰头一起“呜呜呜”，好不容易停下来喝口水，一听到“大行皇上”几个字，两个人又抱头哭得天崩地裂。

温贵妃叹为观止，对着姚文秋的亲婆婆德妃咬耳朵：“小四媳妇儿这么实诚，好神奇啊，她认识皇帝老……认识大行皇上才几天啊，竟然是真哭啊。”姚文秋听到后气鼓鼓地扭过头去，江皇后赶紧摸摸她的头说：“小四媳妇儿是个孝顺的好孩子，姚大人教女有方。”

姚文秋之所以哭得这么惨，实在是因为她受的是忠君爱国的正统教育，自小就是听着明皇帝的光辉事迹长大。

姚文秋的祖父回家养老前官至大理寺卿，明皇帝交给他最要紧的一件事，就是重核愍帝一朝许氏当权时那三十一年遗留的大小两百余宗冤案。明皇帝公正严明，数十位被冤枉、无辜流放的官员重返朝堂，本人已死子孙犹在的赐金安抚，便是那年代久远全家都死绝了的，明皇帝也要下旨昭告天下，为他们平反昭雪。

姚老大人经手昭雪的冤案不知几何，但姚家满门其实差一点点也成了冤死鬼。昔年明皇帝还是太子时，姚文秋的祖父任凤翔郡长史，凤翔郡太守姓许，是许太后的侄子，亲妹子还是赵王妃。他本人不太识字，二十出头就做了一郡的太守。

“了不得吧？官没法做！”天气热的时候，祖父摇着葵扇在院子里纳凉，就爱跟他们讲当年的事，“他连第十二房小妾的外甥的好友要抢人家祖上传下来的院子都能让祖父去帮忙料理一下，祖父怎么办吗！”

这位许太守强掳了一位年轻举子的妻子到府里做妾，那女子一头碰死了，举子去讨说法，竟被许太守一声令下活活打死。好好的一对佳偶，双双做了枉死鬼，两家人也算当地富户，哪肯罢休，联名写了状子到京兆府告状，可巧得很，京兆尹恰好也姓许。两家人白花了那么多银子，到头来还落了个“诬告朝廷命官”的罪名，举子的父亲被一顿毒打，在回来的路上就死了，岳父被关进大牢，生死不知。

许太守本以为此事就此了结，乐呵呵地又纳了两房小妾。却未料到文人也有真义气，这举子的一帮同窗旧友洋洋洒洒一篇长赋递到沈丞相门下去，立刻就有人下来查了。

姚文秋的祖父一向憎恶许太守的做派，朝廷的人一来，他乐得像深闺怨妇见了离家许久的郎君，恨不得扑上去抱着人家的胳膊咬一口骂一声“死鬼你怎的才来”，主动配合积极合作，提供了大量许太守鱼肉百姓的铁证，然后……然后这强抢民妇，草菅人命的罪名，连带着凤翔郡五十万两银子的亏空，最终居然落到他老人家自己头上。

“祖父枷都戴上了，秋秋知道枷吗？二十斤重的大木板子，套着祖父的脑袋和两个拳头，祖父就跟后厨准备切了做菜的大冬瓜一样，被塞进囚车里送到大理寺问罪。”

姚文秋每次听到这里都觉得很恐惧，祖母还要把细节告诉她：“祖母和你阿爹、大伯父一起被锁在囚车里，祖母走得慢一点，天杀的衙役就抡起水火棍掼在祖母的后腰上……秋秋没见过吧，十月的天下着雨，我们都只穿着一件单衣啊，你姑姑姑父抱着你表哥，跟在后面哭啊哭，我说妞妞你回家去，她喊着阿娘，喏喏喏，祖母的心都碎了啊。”

祖母讲故事时绘声绘色，表情扭曲，肢体动作极其夸张，姚文秋每次听到这儿就“哇”的一下哭出来。

进了京，审案的大人还没问就先把祖父一阵毒打，一家子收在监狱里，以为不是砍头就是流放，结果过完年太子就亲自问此案，仗义执言据理力争，把他们救了出来。

“十九岁，他过完年才十九岁，长得好，想得又周到，去牢里问话还给我们带了伤药和夹袄。有的人啊，生下来就是要做大事的。”祖母夸起明皇帝时总不忘损自己儿子一嘴，“你伯父跟他同岁，吓得发高烧做噩梦，全靠我和你爹照看他，哎呀，真是一点用都没有，跟你祖父一样的。”

明皇帝帮姚家人翻了案，罢了草包许太守的官，又力陈祖父在凤翔郡七年谨小慎微为官清廉，请旨给祖父补了青州别驾。这一年姚文秋她爹才十岁，明皇帝送了他一方端砚，跟祖父说：“此子聪明伶俐，目光端正，来日必成大器。”

十年后，新科探花郎正是姚家的小郎君，琼林宴上，明皇帝对新任大理寺卿半年的姚大人开玩笑道：“姚卿，昔年朕说此子可成大器，今日果然，朕可算得上铁口直断？”

那方端砚如今还在姚文秋她爹的书案上，姚文秋每次去书房都绕着它走，生怕自己笨手笨脚的，一个不小心把它磕着碰着了，一家子都能捶地痛哭。

除了听祖父讲姚家旧事，频频上她家串门的温丞相也能在三杯两盏淡酒下肚两眼发直之际，开始哭天抹地忆苦思甜。姚文秋长得乖巧，很得长辈喜欢，温丞相一来，祖父就让她偷偷背着祖母给他们拿酒。借着送酒的机会，姚文秋跟听说书似的，把那些陈芝麻烂谷子的事听了一遍又一遍。

温丞相中进士时不过二十五岁，沈老丞相看他人品端方，有心抬举他做自家的东床快婿，奈何这位新科进士不识抬举，舍不下糟糠之妻。从此不说飞黄腾达，根本就是哪里穷、哪里远、哪里乱，就让他去哪里。每每他花了大力气将辖地治理得有些起色，就有后来人来“乘凉”，他这个前人自然又被挪个地方继续“种树”。

“贵妃娘娘刚生下来时，狄人已经攻下了天水安昌，”温丞相喝到半醉时，说起自家女儿都不忘用尊称，“我夫人生个孩子的工夫，西平郡守郡丞长史拖家带口的已经都不见了。我与我夫人说，食君之禄忠君之事，我是只有殉城一条路了，让她赶紧带着孩子们回陈留投奔我兄长去……

“我夫人说她不走，西平到陈留路途遥远，若路上有个好歹，我没死他们母子就先死了，到时我娶个年轻貌美的把她忘了岂不是血亏。不如留在西平，狄人来了她先杀了孩子再自尽，一家人死在一起。我怎么劝也不听，女人有时候真是不讲道理……”他这么嘀嘀咕咕地，在姚老大人“你也就在我这里过嘴瘾”的嘲笑里故作镇静地傻笑着，“万幸国运昌隆，狄人的几位王子自己打了起来，他们就退兵了……”

经此一事，温丞相心有余悸，赶紧把妻儿送回陈留老家，此后他一人辗转于穷山恶水间，郁郁不得志。直到明皇帝当了太子，天知道他是生了怎样的一双慧眼，竟将这颗蒙尘明珠挖了出来并委以重任。温丞相苦尽甘来，与明皇帝君臣相得二十年，一贯是忠心耿耿两袖清风，曾有同僚问他为何连房妾室都没有，温丞相答曰：“一则家里穷，养不起；二则家有贤妻，妾纳来做甚？”那位同僚多喝了两杯酒，还要问温夫人如何贤惠，温丞相便抹着眼泪从当年自己俸禄微薄，靠夫人接绣活儿养活全家说起，当场把许多官员说得痛哭流涕。

他这么明晃晃地往满朝文武的嘴里塞狗粮，明皇帝听了很是欣慰，亲自组织朝廷百官向他学习：“若尔等能人人似温卿，为官忠谨，齐家有方，朕何愁天下不治！”

姚文秋是听着这些事长大的，对明皇帝天然有一股好感，她每次陪祖母去上香时，都不忘认认真真给菩萨磕三个头“求菩萨保佑皇上无病无灾长命百岁”。明皇帝将她指给皇四子恭王做王妃，她接了旨说的第一句话是：“皇上怎么知道我聪敏娴静的！皇上真的好英明啊！”

姚文秋她娘被她傻得直叹气，回自己房里直冲着姚文秋她爹发火：“你平日里莫不是跟皇上说过秋秋？怎的就挑了秋秋做王妃？她傻成这样怎么做王妃！”

姚侍郎捂着耳朵躲到女儿身后委屈巴巴地说：“我几时跟皇上说过秋秋？皇上是问过我家里孩子都多大了，亲事定了没有，我总不能欺君吧？皇上前天刚夸过恭王，我看挺好的。”

姚夫人拿着帕子开始哭：“皇上自然是好皇上，可恭王什么样谁说得准，万一他对秋秋不好，我想替秋秋出头都出不得……”

姚侍郎一向怕她哭，一见她哭就赶紧蹭过去，转来转去转了两圈也不晓得该说什么，憋了半天才说：“恭王饱览群书，为人谦谨，不会欺负秋秋的。”

他话才说完就被姚夫人瞪了，瞪得他很是委屈：“你瞪我做什么？难道要我说恭王一定会对秋秋不好？哪有你这样不讲道理的……”

姚夫人气得要把他赶出房门，还是姚文秋拼命拦了下来。姚侍郎缓了半天才想明白自家夫人在担心什么：“恭王口碑一直很好，都说他少年老成为人勤谨，品貌才学都是第一等的，不是我不向着自家孩子，说起来倒是咱们秋秋不大能配得上他。他跟太子也处得很好，咱们关起门小心说一句，想来不会有什么夺嫡祸事。”

姚夫人的心才放下一半，又开始担心宫里的娘娘们会嫌姚文秋傻气，整天紧张兮兮地念叨，本来满怀自信的姚文秋被她念叨得有些发怵，仔细想想她其实啥也不会，只在养花上有些心得，后院小花房里几十株牡丹就是她亲手照料的，年年都开得很好，可惜皇上不是要她去当花匠的。

万一被皇上嫌弃了可怎么办，想想都很难过。

姚夫人开始零零碎碎地给她科普宫里的事："江皇后一向慈悲贤德不会为难秋秋的，恭王的亲娘德妃，温老夫人说了也不是刻薄人。林贤妃呢，她跟阿娘有旧交，秋秋见着她记得帮阿娘给她问声好。温贵妃……

"秋秋记住了，千万别在贵妃娘娘的跟前说谁绣花绣得好，明白吗？你只管夸贵妃娘娘绣花是绣得最好看的就完事了。”

这个小道消息是温贵妃她亲娘温老夫人亲自透露的，温贵妃自小随着母兄住在陈留郡伯父家。温老夫人因着丈夫长年不在身边，三个儿子的读书全靠她亲自督促，对小女儿就管得不大严，见她喜欢刺绣还很欣慰，把自己的好手艺都教给了她。万万没料到，所谓“德容言功”，温贵妃把前面三项丢得干干净净，三句话离不开一个“绣”字。

“到了十二三岁，绣得就比我好多了，开始隔三岔五地缠着我要到城南绣庄去，我原不想太拘着她，想去就让她去，谁知她在那拜了好几个师父呢，”温老夫人痛心疾首地道，“脾气犟，她两个哥哥都没她犟。她堂姐跟她合不来，说有哪家的姑娘绣得比她好，她就非要去看看人家姑娘怎么绣的！”

温老夫人以为她是年纪小争强好胜，等温丞相把一家子接到京城后，才发现女儿是哪里不太对——京城繁华她半点没放在眼里，整天就忙着批评府里的绣娘并提供业务指导："这绣的都是什么？这配色也太难看了，这鲤鱼的眼睛一点活气都没有。这里的针要这么下才对……”

温老夫人试着鼓励女儿参加社交，譬如护国公家的六姑娘十五岁生辰也给温家下了帖了，不如备份礼物去交个朋友，然而温贵妃只顾埋头绣鲤鱼：“阿娘，你别闹我，眼睛这里不太好绣——去哪儿？陈家六姑娘？不去。上回她来咱们家，我见她身上的荷包还没有我绣得好，问她家可还有别的绣娘，她说我怎的没学好规矩。嘁，学个鬼的规矩！”

温贵妃沉迷绣花，就算收了她的绣架罚她抄书，她抄完后看见温老夫人只会说：“阿娘，你襟上这朵兰花绣得怪呆的，把衣服换下来，我改一下好不好？”这样如何嫁得出去！温老夫人愁得直掉头发，温贵妃还雪上加霜地安慰她：“阿娘放心，我不会嫁人的，我把我绣的活计拿去绣坊卖，一样能养活我自己。活到老绣到老，等哪天绣不动了，我不活了就是了。”

“这说的是什么话，哪有姑娘老死不嫁人的，一大家子的名声还要不要了呢……后来她参加选秀进了宫也好，就是我整天提心吊胆的，生怕她哪天张口说皇上的龙衮花纹配色不好，要改一改。”温老夫人拍着姚夫人的手臂说，“你放心吧，我看秋秋比媛媛靠谱，喀，我是说秋秋很招人喜欢的，你只管放心好了。”

姚夫人听得瞠目结舌，瞬间觉得自己的担心全是多余的，等她见着姚文秋蹲在花房里一边修剪牡丹花的枝条，一边跟那株花说悄悄话“我很快就能见到皇上啦！我好紧张怎么办？”时，姚夫人觉得万事还是要防患于未然：“秋秋，你到时进王府先别带着花去，跟恭王商量后，他同意了再来家拿——你可千万别跟花说话了！人家听了还以为你是傻子呢！”

姚夫人显然对自己的女儿认识不足，姚文秋没带着牡丹花出嫁，也差点被恭王当成傻子。

新婚之夜，恭王把姐夫弟弟都喝趴下了，自己也被顺王泼了一整壶酒在身上，回房跟姚文秋打了声招呼就先去洗漱了。原本候在姚文秋身边的下人得了王爷的眼色，恭恭敬敬地全退下去了，徒留姚文秋一个人沉浸在"皇上的儿子也太好看了"的惊诧里。

恭王是真的很好看，唇红齿白，形貌昳丽，早先念却扇诗时声音朗如清泉，只是他板着一张脸，让姚文秋觉得有些怕，行撒帐合卺礼时也没多看他两眼，她一整天都后悔得直挠头。现在他喝了酒回来，脸色微有些潮红，看上去好像也没那么严肃了。

"哎呀，他好好看呀，"姚文秋对着摆在小几上的橘子小声说，"太好看啦，穿裙子一定比我漂亮多了。嗯，他要是不那么高，我就可以把我的新裙子送给他啦。"

那四个橘子摆在房里，原取的是大吉大利的好意头，被她用嫩生生的手指头挨个儿杵了杵，迫不得已听了她一箩筐悄悄话："我本来可担心了，阿爹说王爷跟他一样都是美男子，我都要吓死了，阿爹那么胖，除了我阿娘谁要啊。还好王爷不像他。"

"你们说以后我们熟了，我给他穿裙子他会不会答应呀！他也太好看啦！他的嘴唇不涂胭脂太可惜了……"

她叽叽喳喳说得高兴时，背后突然传来一个没有感情的声音："你在说什么？你在跟谁说话？"

姚文秋被吓得身子一软，往旁边一翻，最后直接滚到地上，她挣扎着想站起来，又被层层叠叠的嫁衣绊倒，摔了一跤，偏偏头上的花冠太重，她的脑门直接磕到紫檀床的腿上。几个橘子也被她打翻在地，骨碌碌地滚了几滚，滚进了床底下。

这一切发生得迅雷不及掩耳，恭王被她吓得眼睛都直了，冲上来扶住她的脑袋，一只手想去揽她又不敢，说：“你你你，你没事吧，疼不疼？”

姚文秋疼得眼泪都出来了，湿着眼眶赔着笑点着头：“没事没事，不疼不疼。”

恭王大约担心她磕傻了，把人拉到床上坐好，捧着她的额头研究：“坐着别动，我看一下……到底是疼还是不疼？对不起对不起，是我不好，我吓到你了是不是？”

别人的洞房之夜是怎么过的姚文秋不知道，反正她的洞房之夜是恭王忙着拿冰帕子给她捂头。德妃娘娘派来伺候的大姑姑以为恭王新婚夜打妻子，看他的眼神明晃晃地写着“你居然是这样一个禽兽”。恭王惭愧得仿佛自己真的动手了一样，垂头丧气地跟姚文秋赔礼道歉：“娘子，对不起，我不知道在你背后说话会吓到你，只此一次，以后不会有了。”

姚文秋见他全然不计较自己想给他穿裙子涂唇脂的事，心想着莫非此事有戏？遂大着胆子问：“那王爷，我明天帮你点个唇脂好吗？那个颜色你点上一定会很好看的。”

恭王的耳朵尖不知是不是喝了酒有些红，俯下身子直视她的眼睛，放轻声音跟她讲道理：“第一，古人云，礼仪之始，在于正衣冠，所以此事不许再提；第二，你我已经完婚了，你应该叫我夫君。”

他一本正经讲道理的样子也好好看哦！好看得姚文秋丧失理智想打个滚，一抬头她的脑门不小心磕到恭王的额头上，夫妻两个一起捂着脑袋龇牙咧嘴。恭王拿冰帕子按着她的额头，把她摁在枕头上：“娘子消停点吧，本就不甚聪明，再多磕几次就更不甚聪明了。”

他们闹了一晚上，第二天进宫觐见自然就晚了。去永安宫见皇上时，恭王收获了来自亲爹的调侃：“长慎，朕听说长怀昨夜喝了太多酒，回去吐了三回，半夜还去了你三皇姐那里，要跟阿瑾比武，被你三皇姐捆在柴房里，太子下了朝才去把他救回府——怎的你这个新郎官没醉倒？”

这么好笑的事，姚文秋拼命咬着唇不敢笑出声，恭王却回话回得很平静：“父皇，新郎官另有要事，万万不能醉倒。”他说这话时回头看了姚文秋一眼，看得姚文秋一头雾水，皇上却笑了，骂了一句：“浑小子，娶了媳妇什么话都敢说了。”

他招手叫姚文秋上前去，姚文秋激动得几欲落泪，瞪大眼睛冲他笑，也忘了行礼，傻乎乎地冲他摇胖爪子：“皇上，我祖母常说您长得特别好看，今日一见，她果然没骗我啊。”

恭王急得扯了一下她的袖子，皇上却摆手不以为意：“你祖父祖母身体可还康健？你祖父祖母俱有风骨，身陷囹圄受了重刑，犹不肯攀诬旁人，朕一向很钦佩的。”

姚文秋则拼命点头“是啊是啊，我也很钦佩的”，傻得惨不忍睹，恭王摇着头，拼命抿紧的嘴角却抖得厉害，分明就是在憋笑。皇上也笑着说：“既做了我李家妇，就不必拘谨，若长慎欺负你，你只管来告诉朕。”说着他转过头去拍拍恭王的肩膀：“你媳妇儿年纪还小，性子天真，你少拿子曰诗云那套拘着她。”

恭王沉声应了，随后带着姚文秋行礼告退，姚文秋依依不舍地回头去看，看见皇上背对着他们仰头望天，极轻极轻地叹了一口气。

后来宫里赐下来一幅皇上亲手写的字，写的是“琴瑟和鸣，笙磬同音”八个字，笔势凌厉，纵肆奇险，姚文秋觉得应该把它挂在床头，自己和恭王醒后睡前看一看，不要辜负皇上的期望。对此恭王只吐出两个字：

不，行。

为什么不行呀？

因为自己的房间应该挂自己写的字。

恭王这么说着，就把御赐的墨宝收起来，“请娘子磨墨铺纸”，他端坐在书案后，凝神静气一笔一画地写，姚文秋伸头看，见他写的是“宜言饮酒，与子偕老。琴瑟在御，莫不静好”。他的楷书法度严峻，端庄雄浑，真真字如其人，但偏偏写的是这样缠绵悱恻的诗句，写完还波澜不惊地对姚文秋说：“这个才应该挂在床头。”

姚文秋看着他的脸，不死心地又问了一次：“王爷，夫君，既然要与我偕老，我送你条裙子当谢礼好不好？”

恭王睨了她一眼，后面的事就是闺房之乐，不足为外人道了。

恭王整天叮嘱姚文秋“娘子，嘴巴合上别傻笑”，宫里的娘娘们却没人嫌姚文秋傻，江皇后看她的眼神就跟看四公主小长忆一样，每次见了她都要往她怀里塞一碟糕点、一盏牛乳：“秋秋来了，乖，拿去吃，别不好意思，你还小呢，多吃一点能长高。”她就跟小松鼠一样，跟长忆、康乐两位公主一起坐在一边，你吃一口我的我吃一口你的，听娘娘们聊天取乐。

说来姚文秋一直担心自己早晚要面对恶婆婆寻衅滋事这种千古无解的难题，尤其她的婆婆还有点多：江皇后是恭王嫡母，德妃是恭王生母，贤妃又一直跟德妃共同教养恭王，几乎可以算得上是恭王养母，恭王对“贤母妃”也一直很上心，特意吩咐姚文秋也要多去给贤妃请安。姚文秋本以为自己单是在三个宫之间行走周旋就能累成狗，万万没想到娘娘们大多数时候都是聚在未央宫一起玩。

姚文秋的亲婆婆德妃仿佛不敢相信自己居然真的有了儿媳妇似的，每次姚文秋去给她请安时，她都要拉着姚文秋的手左瞧瞧右瞧瞧：“啧啧啧，我家秋秋真好看，是不是啊；啧啧啧，这么好看的小姑娘是我儿媳妇，是不是啊；啧啧啧，还这么乖天天来看阿娘，是不是啊。啧啧啧啧啧啧，你们看看，我家阿慎真有福气，是不是啊……”

德妃娘娘年近四十犹带着妩媚妖娆的风流，天生是当妖妃魅惑君王的好苗子，然而满口的“啧啧啧”让她的气质瞬间变为街头巷尾与人闲谈的村妇，根本魅惑不起来，简直是口头禅改变人生的经典案例。

宋婕好会偷偷把话本子先给姚文秋看：“秋秋偷偷看呀，不许跟你母妃讲，她前日说我女儿太作，不道歉休想看新章。”她写的每个话本子的女主角都是她女儿，男主角都是她儿子。姚文秋实在不知道哪个做娘的会这样绞尽脑汁机关算尽，既要撮合自己的儿子女儿，又要给他们制造各种误会、争吵，虐得人肝痛。

“咱们就从来不吵架，对不对？”姚文秋捧着话本问恭王，“你书房里有没有一个楚楚可怜的丫鬟呀？她是不是救了你，被你收留在府里的呀？”

恭王自从娶了她，叹气的次数就越来越多，他把话本从姚文秋手里“拔”起来，两手把姚文秋的脑袋扳过来，正对着他的眼睛：“你说你要写一幅字送给我，写了没有呢？”

姚文秋的大字一向写得不大好，被他这么一问瞬间泄气，只好老老实实地去摹恭王的字。

王美人对姚文秋尤其好，总是拉着她的手问她在王府过得好不好，跟恭王好不好，家里好不好，祖父祖母阿爹阿娘哥哥弟弟都好不好，隔不了几天都要问一次的。王美人的厨艺精湛，知道姚文秋喜欢吃螃蟹，还费心给她做过蟹酿橙，金灿灿的橙子顶盖一掀开，蟹肉咸鲜，橙肉香甜。姚文秋跟长忆姑嫂两个吃得高兴了，还要来一壶桂花酒，唯一一个理智尚存的小康乐左边劝一句“嫂嫂别贪多”，右边劝一句“阿姐你不能再喝了”，末了只好叫人去备醒酒汤。

王美人连责备姚文秋一句都没有的，看着姚文秋满眼都是笑意。在姚文秋跟她道谢时，摸摸姚文秋的头，声音轻轻地：“秋秋还有什么想吃的，尽管跟我说就好啦。”她这么说着，把姚文秋按下来坐好，“刚刚跟长忆闹得两鬓都松了吧？坐好，我替你抿一抿啊。”

她这样细致入微，姚文秋有句话就脱口而出："娘娘，您跟我娘似的，我在家也这样，追着我弟弟打，头发松了总是我娘第一个瞧见。"

王美人替她抿头发的手一顿，轻轻笑道："我哪有你阿娘那样的好福气啊。"

贤妃娘娘也喜欢姚文秋，姚夫人跟姚文秋说过，贤妃从前在闺中时，与姚文秋的姨母是手帕之交，常到姚文秋外祖家玩的。贤妃一向有威仪，姚文秋有些怵她，见她没说自己也不敢问，想着她多半是忘了。有一日姚文秋跟温贵妃吵架时，贤妃却突然笑出声来："你倒跟你娘一个性子，从前我跟你姨母聊天顾不上理她时，她就要骂我做甚要抢她阿姐。"

姚文秋跟温贵妃吵架简直是家常便饭，温贵妃哪儿都好，还给姚文秋做了好几条裙子，然而她人再好，骂皇上也是不能忍的。姚文秋每次都要因为温贵妃的一句"皇帝老儿"气得瞪眼睛："娘娘，是皇上，要叫皇上，皇上一点都不老！"

温贵妃活了大半辈子，脾气就没改过："不管，就是皇帝老儿！"

"皇上公正严明，雄才大略，你不可以说他老！"

"我说他老怎么了？我还要说他坏呢！皇帝老儿长着一张骗人的嘴，负心薄情！"

"不可以，皇上善用人才，严肃法纪，是好皇上！"

"他负心薄情！"

"皇上抚定内外，节俭为民，是很好很好的好皇上！"

"他负心薄情！"

……

她们两个都吵得气呼呼时，德妃指着温贵妃笑得合不拢嘴："啧啧啧，你说你，多大的人了，是不是啊；啧啧啧，干什么啦，我家秋秋真厉害啊，是不是啊；啧啧啧，你还瞪我？你自己吵不过怪我啦，是不是啊。秋秋来阿娘这里，不跟她吵架。”

温贵妃差点被她们婆媳气哭，江皇后赶紧安慰她：“好了好了，不气不气，咱们不说他了，不说他了，当着孩子的面不说他了……诶，你绣的这只鸳鸯的脑门上怎么有个白点……”

温贵妃赶忙去看她的鸳鸯，贤妃悄无声息地凑到姚文秋近旁，一字一顿轻声说：“好孩子，不是怪你，以后休再跟你温母妃吵这个了，没用的。”

姚文秋看向贤妃，她却不多解释了，只是说：“你们都没错，你们说的不是一个皇上。”

这话听起来怪瘆人。

姚文秋还想再问，正好有宫人来问贤妃冬至的章程，她便跟江皇后一起去前殿了。贤妃轻轻咳了好几声，江皇后说叫太医来看看，贤妃说议完事再看也使得……姚文秋看着她们一红一蓝的两道背影喁喁私语着走远了，忽然就想起阿娘跟她说的贤妃的一些事。

林贤妃出身大将军府，她的父亲林大将军原是世家子弟，祖上也显赫过，但到他这一辈早就没落了，不过林大将军少年勤勉，精通兵法，武艺高超，很得许太师赏识。许太师领兵打仗原是天才，曾九战九捷大胜北狄，奈何他的儿孙本事平平，唯一一个可担大任的次子又英年早逝，因此他便格外提携林大将军。林大将军也不负许太师所望，领兵出征少有败绩，奈何他这人有个毛病——贪花好色贪到没谱，后院的姬妾数量之多，来路之丰富简直世所罕见。

林贤妃她亲娘的出身不显，与林大将军相识于微时，两人也曾恩爱过。家中的美人越来越多，林夫人的病也越来越重，终于撒下娇儿稚女归天去了。后来林大将军再娶，新夫人是许太师夫人的娘家外甥女。这位新夫人性子暴躁又少智谋，大将军府后院乱得全京城都在看笑话，林贤妃彼时不过七岁，两个哥哥有父亲和师父带着习武识字，她却没有什么人管，长成后来这样是谁也想不到的。

“阿娘比她小了六岁，跟她也不大熟，你姨妈倒是跟她很好的，你外祖母跟她娘算是表亲，所以她常上我们家来玩，”姚夫人说起贤妃时总是很感慨，“她跟你姨妈一样，说话喜欢说一半留一半，她们自己明白了，我听不懂她们也不管。她厉害得很哪，不到十三岁吧，将军府上下就由她当家了。

“谁也别想着糊弄她——她见得多了！林家上下，她的继母弟妹，还有别房的什么伯母婶子哪个不听她的。全家上下都要按着她的章程来，好便相安无事，但凡敢作妖闹事的，她爹的姬妾她也说罚就罚！我记得有一回她家宴客，大将军新纳的歌姬跟人吵了两句，差点闹到前面来，她当着众人的面娘子长娘子短地哄两句，叫人扶她下去，结果回头宴刚散，就把人卖了。”

林贤妃小小年纪就管着一大家子，也只有来找姚文秋她姨母时才能松快一些。

“我记得她下棋下得很好，你姨母整天在家看这个棋谱摆那个残局，次次跟我说，这回肯定能赢。等她来了随便落两子，你姨母就输了。

“她一到我家来，就爱卸了钗环歪着身子跟你姨母聊天，还要哄我喂她吃糕点，我笑她懒，她说，她一到我们家骨头就软了……后来有风声说她们家跟许家要结亲，她一说起这个事就发愁。”

那会儿许太师的病明显是好不了了，林、许两家联姻势在必行，怎么联却大有说头。许太师想的是将长房嫡长女许婵芳嫁给林贤妃她哥哥，许皇后却觉着不如让许家三公子把林贤妃娶进门，到底谁娶谁嫁，大家各怀心思，而林贤妃满腹心事，却连个可以商量的人都没有。

“我爹自然是想着让我哥哥娶许家姑娘进门的，前天我在书房听见他说，太师年纪大了。我估摸着，他更想把我塞给太子做妾。”

姚文秋她娘彼时不过六七岁，林贤妃喜欢把她团在怀里，当揉面一样揉着解压，姚文秋她姨母脾气温和，听了这话忍不住叹气：“那你怎么想的？太子的儿女都好几个了，要我说，还是许家好一些，好歹是做正头娘子。”

林贤妃给姚文秋她娘编了辫子又解开，编了又解开，小姑娘给她烦得不得了要跳下来，又被她一把捞回来：“也就当个正头娘子强一些了，许三那一屋子的妾室通房不少还是我爹送他的呢。但凡他们家有个上进的子弟，老太师也用不着这么瞻前顾后的。”

后面她开始嘟嘟囔囔地论证起来，姚文秋她娘年纪太小，听得不大明白，只记得她后来说：“我的事由不得我，我爹说了也未必作数。我只担心我哥哥，我们家这样，没个有手段的少奶奶是撑不起来的。许家姐姐我是挑不出她一点不好，你看满京城哪个不夸她？可就是太好了，我见她总有些怕。”

既然太好了，她又怕什么呢？她也说不出为什么，后面的事也出人意料，林贤妃的准嫂子转眼就成了新太子的良娣，她自己的亲事依然没有半分着落。林大将军送了个庶女到许家去，说起嫡长女的婚事却只是打着哈哈：

“我家阿宁年纪还小呢，她娘去得早，我一向心疼她，实在还想多留她两年。唉，生女儿就这点不好，捧在手心上，疼个十几年就到别人家去了。唉，我一想起来就舍不得。”

大将军说到此处还要抹抹眼泪，姚文秋她姨母听说了很感动：“阿宁，你爹对你还真不错啊。”

林贤妃歪在榻上都快睡着了，闻言感叹道：“你听我一句，你也在议亲了，选个门第简单，自己上进的嫁了就是了，你这个脑子，要是换到我家，都活不过三个……半个月。”

姚文秋她姨母闻言要去挠她，两个女孩子笑着倒在了一起，笑累了林贤妃才说：“我爹是看眼前局势不明，才搁下我的亲事，连我的两个哥哥他都说再看看。但凡他确定赵王明日要登基，今夜亥时都能把我塞进赵王的后院里……”

她自嘲地摇头：“我原是最烦妾室通房的，我爹后院的那些，我几时拿正眼瞧过她们？只愿我娘在天有灵，别叫我也落个与人做妾的下场。

“我记得第二年春天你姨母就出阁了，当时议亲的除了你姨父，还有宣平侯赵家的庶长子。你姨父家跟我家是世交，却已无人在朝中为官，离京城也远。宣平侯府世代簪缨，宣平侯世子又是沈丞相的得意门生，你外祖母自然觉着宣平侯家好。你姨母便请娘娘拿个主意，娘娘说，离得近有什么用，无辜送命时家里人连哭都不敢哭。离得远怕什么，平平安安的比什么都强。

“得亏听了她的。后来赵家可不就险些出事了吗？你姨母如今在淮阴好好地当她的太守夫人，虽不容易见面，总归是安安稳稳的。你姨母出阁后，她来我家的次数就少了，进东宫前来过最后一回，我那时十岁，她比你姨母小一岁，是十七岁。她坐在我的房里，问了很多关于你姨母的事。我问她，妙姐姐，我怎么觉得你不高兴？她说，有什么高兴不高兴的，皇家的妾再尊贵也是妾。没奈何，不能做个贤妻，就只能做个不生事的好妾。”

她私下是这么想的，但又有传言说，她进东宫前强压着把她爹几个最不安分的姬妾送到庄子上，其中有一个刚生下儿子，林大将军有些不忍心，她却只管把那孩子交到她继母的手上。她的继母只生了两个女儿，跟林大将军又近乎反目，得了这个孩子顿时眼泪汪汪的，宫里来接人时哭肿了双眼。

姚文秋在家听贤妃娘娘的故事，就觉得这个娘娘真厉害、真吓人，最初进宫时在她跟前连腰都要挺直一点，话也不敢乱说。不料当年杀伐决断的一个人，如今再没人比她周全守礼和善的了。

姚文秋把这番感叹跟她娘一说，她娘也难免唏嘘，从此但凡淮阴有姨母的家书送来，姚文秋就按着她娘吩咐的，把姨母的近况讲给贤妃听。

“难为你这样有心，”康乐公主坐在贤妃娘娘脚边的小杌上，贤妃娘娘一下一下地替她梳着头，“你姨母棋下得不好，还不肯让人说，总叫我等着，说总有一日要赢我的。”

说完她摇摇头，拿帕子捂着嘴咳了好一阵才笑着继续说：“许氏自戕以后，我已许久不与人对弈了。不知如今与她下一盘，她能不能多走十个子。”

姚文秋的小日子过得有滋有味，自然忘不了跟她的宝贝牡丹花有福同享，回家想把几十盆花一起搬到王府，结果遭到姚夫人的强烈反对：“秋秋，这花不是你一个人种的，你小时候还是阿娘亲自教你怎么分株的，你个贪心不知足的，你怎么好意思全部拿走哇！！！”

姚侍郎一贯不大识相，居然试图给她们讲道理：“一人一半不就完事了吗？你们怎么这样多事！”

他无所谓的语气激怒了姚夫人，遭到“嫌弃我们就找别人去，你个糟老头”这样一通抢白后摇头叹息，到底还是陪着女儿去后院花圃里一盆盆地挑。姚文秋每一盆都喜欢，非常难以取舍，对着两个食指一盆盆问过去：“你们谁想跟我走呀？”姚侍郎和姚夫人倒也由着她，整个花圃转下来，姚侍郎似有感叹：“最初那两株若还在，比秋秋还要大好几岁呢。”

姚夫人听到这个就撇嘴嘲笑他：“谁叫你当初浇那么多水？亏得

我早早给分株了，你才年年有牡丹可赏。当初有人还不领情咧。”

姚侍郎忆及往事，立即赔笑作揖：“是是是，夫人英明，多谢夫人。”

姚文秋把花搬到王府后，恭王忍着笑听她喃喃了一整天“不知道别的花会不会想我，会不会怪我偏心”，把她抱起来坐到书案上，姚文秋个子小，坐在上面两只脚晃晃悠悠的够不着地，恭王两手撑在她的两侧：“它们自己不能聊天吗？为何一定要有你陪着？”

姚文秋答得很骄傲：“因为会跟花说话的花有很多，会跟花说话的人只有我一个！”

恭王给她逗笑了，额头抵着她的额头轻轻说：“你这样说，我倒想起一个，嗯，一个志怪故事。”

难得他想起的不是古人说的某句话，姚文秋眼睛亮晶晶的，听他讲故事。讲的是从前青州有位姑娘，种了一院子牡丹花，每日悉心浇灌，视之如命。其中有一株花和别的不同，格外有灵气。姑娘浇水时，那株花会晃晃叶子以示感谢；姑娘赏花时，那株花会故意伸出枝条钩住她的衣裙不让她走。

原来那株花是被上古花神附身了，那花神受了仇家重创，不得已附身在这株花上慢慢休养。花神得知姑娘每夜都会梦见她自己被恶鬼追杀，就释放元神入她梦里，化作一个锦衣少年为她劈妖邪斩恶鬼，慢慢地，两人就在梦里生出情愫来。

“这个花神竟是个男的！”姚文秋听得眼睛溜圆，“他一定一开始就不怀好意！”

恭王一本正经地反驳：“古人说，窈窕淑女，君子好逑，怎么能说不怀好意呢？”

他亲亲姚文秋的额头，继续给她讲：后来那姑娘被她父亲送给了一位亲王做妾，离家千里之遥，她再也见不到自己亲手种的满院牡丹花了。花神伤重未愈，没法子离开那个院子，二十年间，那姑娘始终噩梦缠身，却再也见不到她的锦衣少年。她在深宅后院里蹉跎岁月，终于病得要死了，临终之际混混沌沌，又看见那个锦衣少年向她伸出手来……

姚文秋哭得快要断气，闹着要从书案上跳下来，恭王不慌不忙地把她摁在怀里继续讲："后来，花神就带着她的魂魄回到了天上的百花洲，把她也养在一株牡丹上。过了一百年，那株牡丹结出一个硕大的十二色花苞，风一吹，花开了，第一缕月光照到它的身上时，它就不见了，当年那个种花的小姑娘从枝头上走了下来。上天封她做牡丹仙子，她从此就跟花神永远厮守在一起。"

姚文秋靠在恭王肩上扯他的头发，想了半天才看着恭王认认真真地说："夫君，什么一百年，天长地久，都没什么意思，倒不如我们一辈子几十年的守在一起，对不对？"

恭王点点头："我想说的不只这个……我想说，"他说到这儿，再也绷不住一脸板正，把她抱起来往卧房走，"我想说，娘子已经嫁了我，有话要对我说，不必跟花说。不然不小心惹上桃花债，有花精、花神找上门来，我就只好把你的花拔掉了。"

这个人好凶残！姚文秋给他气得难得变聪明了："你读圣贤书，不是说子不语怪力乱神的吗？"

恭王依旧不动声色："子不语，不是我不语。一介凡人，怎敢事事跟圣人比较。"

四月里，贤妃娘娘已经卧病在床，姚文秋种的粉牡丹开了，虽不是什么名贵品种，却修剪得很好看，花也开得很好，姚文秋便带上两盆到宫里，请娘娘们赏花。娘娘们放着御花园里的"洛阳锦""醉酒杨妃""青龙卧墨池"等名品不看，围着姚文秋送来的两盆花夸个不停。王美人尤其喜欢，拉着姚文秋绕着两盆花转过来转过去，青葱食指在叶子上小心翼翼地点一点，说："想不到，我还能见到咱们秋秋种的牡丹花啊。"

姚文秋可骄傲了："嗯，我从小跟着我阿娘一起种的！娘娘莫看这花不名贵，我阿娘说，这花还是从前我祖父在青州任满回京时，一位故人送我阿爹的呢！可惜原株叫我阿爹浇太多水浇没了，不然娘娘就可以看到比秋秋年纪还大的牡丹花啦！现在这些都是从前我阿娘给分株种下来的。"

王美人听了又细细去端详那两盆花："你阿娘真好啊。"

"嗯，养花很费心思的，您看这一朵，"姚文秋抱着王美人的胳膊，指着一朵花跟她说，"老早就打花苞了，我等了它好久都不开，急得我一天去看它三四回。所以种花要一心一意，像我阿爹，嘴上说着喜欢喜欢，一天到晚事那么多，根本顾不上，这些花还不是要靠我和我阿娘来照顾。"

王美人伸手想摸摸那朵花的花瓣，手伸到一半却放下了，拈起一块云片糕塞到姚文秋嘴里："咱们秋秋真好，你阿娘人好，把你教得也好。"

她这一开口夸姚文秋，连靠在榻上咳着的林贤妃都跟着夸："正是说呢，秋秋连花开了都不忘带进宫里给咱们看。花是易得的，孝心却难得，咱们小四有福气。"江皇后和德妃一左一右坐在榻边，也是笑脸盈盈的，姚文秋顿时不好意思起来，一时脑子抽了，就把恭王讲给她听的故事讲给娘娘们听。

她讲得声情并茂，最动情处险些掉眼泪，娘娘们听着听着却都瞅向宋婕妤，姚文秋故事讲完后，宋婕妤一脸茫然："这个故事，不是我写的吗？"她转向德妃，"你儿子不是只读圣贤书的吗？我当初讲这个故事，他不是说子不语怪力乱神的吗？如今居然拿它去哄媳妇儿？”

温贵妃表示理解：“他都有媳妇儿了还要脸做什么？”

不要脸的恭王事务繁多，无暇常去看沉疴日重的贤妃娘娘，姚文秋就三日两头往她宫里凑趣儿。贤妃娘娘一只手支着头，一边咳一边指点她和康乐公主看账本，姚文秋原也学过，管恭王府也算管得凑合，可经贤妃娘娘指点起来，又觉得她自己都不配提一个“管”字。

腊月里，林贤妃咳都咳不动了，整日伏在枕上微微喘着，姚文秋替她顺着胸口，康乐公主坐在一旁念阖宫上下月俸该发多少，念完了贤妃眼皮子都没抬一下：“尚寝局的错了。”

康乐公主手忙脚乱去翻账本，贤妃娘娘就笑她：“这也要翻，尚寝局九月里，一位典设得了恩典出宫去了，一位司苑调去了未央宫，都没选人补上去。尚寝女官上月不是还在未央宫说，她那里还空了两个女史，要等开春了一并补上。怎的发下的月钱还跟去年一样？”

康乐公主面有愧色，趴在榻边垂头丧气：“孩儿还是不够仔细。”

贤妃伸手拍拍康乐公主的头：“你既主动在皇后娘娘跟前领了这个差事，就要做好——这不仅仅是银钱的事。皇后娘娘待宫人不薄，年年腊月、正月给的都是两倍月俸，还不算除夕夜的红封，这点钱不算什么——只是不能任由她开这个头，银子，主子赏多少都使得，自己使手段欺瞒主子从宫中昧下来却万万使不得。”

她拉过姚文秋和康乐公主的手，轻轻拍了拍：“你们自己当家，心里一定要万事有数。你若心里没谱，她瞒你一次瞒过了，以后就会瞒得更多，旁的人有样学样的，早晚要惹出祸事。”

康乐公主大约越想越气，鼓着嘴说：“嫂嫂且陪着阿娘。阿娘，孩儿这就去尚寝局问她！”

林贤妃叫姚文秋把她扶起身来坐着：“说了多少次要沉住气，气呼呼地做什么？叫人传个话，让她们重新算就是了——你去问她什么？不是什么大事，不用亲自去问。”

“御下之术，讲的是张弛有道。太松了不好，太紧了也不好。譬如她们私下收底下人孝敬的事，你当阿娘和皇后娘娘不知道？水至清则无鱼，你总得让人有点利可图。尚寝女官进宫多年，诸事妥帖，在宫里有些体面，若是敲打敲打就能让她消停，给她留着体面又如何？此事原也不大，你若亲自去问，反把它闹大了。你记着，凡是能一句话就解决的，一定不要多说第二句。”

姚文秋听得津津有味，见娘娘停下来赶紧举手发言：“娘娘，那要是这个女官非说她没算错怎么办？”

这道题康乐公主会：“过完年就可以把她换了！随便找个什么由头换！”

姚文秋感受到了学渣的自卑，低头嘟囔道：“我过完年就把府里的事再好好理一遍，他们不会一直在骗我吧。”

贤妃娘娘就笑了：“想来不会，恭王府里几位管事都是我亲手挑的——不过你和小四若用着不好，该换就换了。”

姚文秋眼里全是星星，重复了好几次“娘娘真厉害啊”，康乐公主看着她直乐，贤妃娘娘招手让姚文秋和康乐公主坐近一些，她靠在枕头上轻轻咳了一阵才说：“秋秋，你是不用我担心的。但康乐要记住，我死了以后，你若有什么事拿不定主意，就去问一个人。”

“皇后娘娘。

“世上聪明的人多了，当年许德妃在闺中时无人不敬服，清华端丽气度翩翩，任你是多刁钻任性的人，到她跟前都能心甘情愿听她的。她是谋大事的人，被困在闺阁里，犹能不择手段与你父皇隔空过招，你父皇如今想起她来估计也是怕的，可有什么用？

“敏慧皇后的心比比干多一窍，事事瞧得明白，想得通透。当初在东宫，许婵芳日日来找我下棋意图离间，敏慧皇后却能全心全意信得过我。她是拣尽寒枝不肯栖的，腌臜的事她学不来，偏偏她身边尽是这样的事，偏偏她又看得清清楚楚，骗也骗不过，只能是芳年早逝了。

“她们的聪明，一个伤人，一个伤己。皇后娘娘的聪明跟她们不一样，皇后娘娘是干脆把这份聪明丢得干净，乐得自在，做个傻子，论守愚藏拙，我就没见过能比得过她的。

“康乐记着阿娘的话，阿娘死了，你要听皇后娘娘的。”

贤妃娘娘故去后，康乐连着大半年都病恹恹的，江皇后忙于操持太子和长忆的婚事，德妃就把康乐接到自己宫里住着。姚文秋去看她时，见她烧得昏昏沉沉的，有些糊涂了，嘴里翻来覆去念念有词的，仔细听来她说的是：

“独处险境，莫多说一句话，莫多走一步路，莫有好胜心，阿娘我记住了……”

德妃轻手轻脚地探一下她的额头，替她搭上一条凉帕子，掖一下本就捂得紧紧的棉被，摸摸她的脸又掖一下被子，轻声对姚文秋说：“秋秋，没娘的孩子就是好可怜的，是不是啊？”

姚文秋摸摸自己的肚子，看着德妃由衷地点头，德妃把她揽到身边第一百遍地嘱咐：“所以你要对自己好一点是不是啊，甜的凉的就不要吃了，不开心该骂小四就骂是不是啊。啧啧啧，女人啊，有了孩子最重要的就是开心，不开心伤身体是不是啊……”

其实是她有些多虑了，恭王把德妃总结的“照看孕妇心得一百零八点”学习得很透彻，为了哄姚文秋开心，还把德妃强行向皇上传授从给孩子换尿布到陪孩子做游戏等育儿知识的事，当睡前故事讲给她听：

“阿娘还教我跳索，说是强身健体，有次父皇来了顺嘴夸我跳得好，阿娘整顿饭的时间都在追着问‘皇上真的不想跟小四学跳索吗，父子一同跳索能传为佳话的’，父皇最后都笑了，对阿娘说‘朕不想被传为佳话，朕只想好好地把饭吃了’。”

姚文秋抱着肚子笑得在床上打滚，听个睡前故事听得精神奕奕，彻底睡不着：“那父皇后来学会了吗？”恭王把她按在怀里，轻拍着她，要她快睡觉：“自然是没有，阿娘后来也不跟父皇提这些了。父皇日理万机，小时候莫说是我，就是太子也不能时时见他的。”

“当皇上真是好辛苦，”姚文秋摸摸肚子，抓住恭王的手，“夫君，等宝宝生下来，你跟我陪他跳索好不好？”

恭王明明是笑了一声，嘴上却淡淡的：“看他乖不乖吧。”

大约是想到他阿爹能多陪孩子玩，这孩子就乖得很，姚文秋很轻松，什么孕吐啦、水肿啦通通没有，六七个月了还照常给牡丹花修剪枝叶，进宫去找娘娘们聊天，跟太子妃婉婉偷偷讨论皇上的八卦。被第三胎折磨得胆汁儿都吐干净了的三姐姐嘉乐嫉妒得眼都红了，对恭王说：

“小四，我生那两个秃小子时也跟秋秋一样安逸，可见秋秋怀的也是个秃小子。嗯，阿姐我如今这样辛苦，一定会生一个顶好看的小姑娘，你羡慕吗？你说两句好听的，我就把小闺女借你抱一抱。”

她明艳张扬的眉目里写满了得意扬扬，姚文秋瞬间被她带偏了，低头还真有些沮丧，恭王对这个姐姐嘴上就没客气过，闻言连眼睑都不抬：“阿姐，古人云生男生女看缘分，横竖秋秋生的我都喜欢。再说我家秋秋鬓发如云，就是生个小子也不会秃的。”

三姐姐气得抱着盂盆又吐了一回，非要三姐夫打恭王一顿，姚文秋见势不好捂着嘴装吐，把恭王唬得要叫太医，三姐夫替三姐姐拭着额角的汗，看向恭王的眼神全是揶揄：“我倒是头一回见恭王慌成这样，甚是难得——没有人要吐了是捂着嘴嗷嗷叫的，王爷还是给王妃拿杯水润润喉吧。”

姚文秋和恭王的长子出生时，院子里的牡丹花开得甚是热闹，恭王很专业地把孩子横抱在怀里，虎口小心翼翼地托着孩子的脖颈，对姚文秋说："我昨夜梦见牡丹花丛中跑出一只青色幼麋，不如乳名就叫青麋好不好？"

这个名字遭到恭王他五弟顺王的无情嘲笑："哈哈，四哥，你还不如管你儿子叫四不像算了，麋不就是四不像吗？哈哈哈……"

皇上虽卧病已久，听到顺王管他的长孙叫四不像，还是撑着一口气，当着恭王和姚文秋的面骂他一顿，让他给青麋赔礼道歉，青麋在姚文秋怀里咯咯笑，顺王一副吊儿郎当的模样："大侄子，五叔跟你打个商量，你要是喜欢叫四不像就笑一笑？哎！笑就对了！咱们就叫四不像！多好听啊！"

皇上素来拿这个儿子半点办法都没有，只得冷哼一声："混账东西！独你最不让朕省心！来日你儿子若跟你一个德行，朕看你还笑不笑得出来！"

然而皇上终没能看见顺王娶妻生子，他都没等到青麋学会喊"祖父"，姚文秋每次想到这里就很伤心。

婉婉怀了孩子，姚文秋跟她聊到先帝随口说了一嘴，婉婉一边把梨片咬得咔嚓响一边说："秋秋，（咔嚓咔嚓），你怎么就这么喜欢先帝啊，（咔嚓咔嚓），我姨母要不是倒了'血霉'嫁给先帝，（咔嚓咔嚓），如今必定也是儿孙满堂了。

"所以我阿娘说啊，男神是用来仰视的，不是用来仰慕的。"平阳郡新贡上来的梨甘甜香脆，婉婉自己吃着还要塞一片给姚文秋，姚文秋的吃相比婉婉好多了，并没有发出那么大的咔嚓声，"先皇是天子，不是人啊，嫁人嫁人，嫁的当然得是个人才好。"

婉婉心悦诚服："你阿娘说得有道理，（咔嚓咔嚓），我阿娘就很不讲理，非说，（咔嚓咔嚓），”她拿帕子拭了一下嘴角的汁水，又拈了一片梨，“非说也是我姨母不争气，（咔嚓咔嚓），不过我阿娘很厉害，把我阿爹弄瘸了，（咔嚓咔嚓）……”

姚文秋一听到这等高门秘事眼睛立刻亮了，把那盘梨片推到一边：“别吃了，先说你阿爹阿娘的事！”

婉婉说起这事也觉得很好玩：“等一下，（咔嚓咔嚓咔嚓咔嚓），嗯，就好多年前，我阿娘怀着我大哥呢，我阿爹是我太外公的得意弟子。沈家有人犯了事，就是，就是那个汴州粮仓贪腐案，我阿娘的不知道哪门子叔叔，跟大老鼠一样，把汴州粮仓都贪空了，当时还下了好大的雪呢，百姓没吃没穿的，先皇就把他抓起来了。我阿爹还要帮忙给这个坏蛋说情，你说我阿娘气不气。”

气！好气！根正苗红的姚文秋愤愤不平：“应该把他关进大理寺狱！他一定有同伙！我祖父一定可以全部问出来！！！”

婉婉笑得像只小狐狸：“不用劳烦你祖父啦，他的同伙就是我阿娘的亲伯父、亲叔叔哦，他贪的钱有一半都送到沈家了——”

难怪一听人说沈老丞相高风亮节，祖父总似笑非笑的。

“我阿娘让我阿爹别管了，我阿爹说她是妇人之见，我阿娘就恼了，一簪子扎在马臀上，那马受惊后把我阿爹掀翻在地。最后我阿爹瘸了一条腿，在床上躺了三个月，等他上朝时，那只大老鼠已经叫先皇砍了脑袋啦！”

“先皇英明！！！”姚文秋叫到破音，婉婉不高兴了：“你怎的不夸我阿娘！”

姚文秋赶紧夸宣平侯夫人大义灭亲，真是当世女子之典范，婉婉这才满意：“我阿爹后来也是这么说的，他说多亏我阿娘当机立断，不然就不是瘸一条腿的事了。”

“要是我姨母有一点点像我阿娘就好了，我姨母被我外祖父宠坏了——也不能怪我外祖父，他身体不好，成婚好几年才得了我姨母一个，一家子本来都很疼我姨母的，但是人变了脸真是丧心病狂。外祖父不肯将我姨母嫁给先皇，可他不是没有入仕吗？说话也没有人听。不过听我阿娘说，姨母要是不嫁给先皇，搞不好死得更早。”

“为什么啊？”姚文秋听故事一向很配合。

“这事可长了，我姑祖母，就是我娘的姑姑，就是愍皇帝的沈贵妃，哎呀，就是我外祖家本来有女儿在宫里的，后来没了，连她当时养的四皇子也没了。听我阿娘说，是因为二皇子弄死了许太师最出色的儿子，许太师没了这个儿子，一夜之间头发全白了。我二姨，就是我伯祖父女儿，是四皇子的良娣，你猜后来怎么了？”

她在姚文秋耳边问得神神秘秘的，姚文秋毫无波澜：“肯定是没了啊。”

“秋秋，你还挺聪明啊！”婉婉的夸赞跟侮辱人似的，姚文秋就忍不住自证聪明：“这算什么，我以前……听我祖父说过一嘴，不过我听说的是，许家子弟抢了一位校尉的军功，还把人打死了。那位校尉人很好，手下的几个生死兄弟给他报仇，不知道为什么正好杀了许家二爷。”

她也学着婉婉鬼鬼祟祟的样子在她耳边问：“你知道吗，听说，杀了许家二爷的人里，有一个是南阳侯。”

“就是就是啊，”婉婉拼命点头，“就是这个！反正许家查了好几年，后来查到四皇子头上了，我外祖父也是伤筋动骨的。听我娘说，许太师死前那几年，大房三房每天都很紧张，外祖父还跟我阿娘说，以后可能不在长安住了，要回江南老家去呢。”

“那怎么没回去啊？”姚文秋听得也好紧张。婉婉这个死丫头却又去“咔嚓咔嚓”地啃梨，啃完才继续说：

“嗯，许太师恰到好处地死了呀！他死了，办着丧事呢，许家人就开始吵架。许家的女儿要守孝，不能嫁人，就有好几位亲王到我家，要娶我姨母。他们的王妃都是许家人，我外祖父哪里舍得！死都不肯的，可是大房三房的人说，家里的女孩子就我姨母最大，不能让大家白疼了我姨母吧。后来先皇也来了，他还没娶妻呢！而且他小时候在沈贵妃那里养过两天，我姨母见过他的，再后来我姨母就嫁给先皇啦。”

“听起来好感动啊！”姚文秋开始抹眼泪，“先皇去提亲的样子，一定很帅！”

“一开始挺好的，我阿娘说，他陪姨母回娘家，我阿娘才十岁的样子，头上戴着两个银铃铛，先皇就对我姨母说‘娇娇儿，你小时候也戴过这个你记得吗’，姨母说她不记得，先皇说，‘那回家我给你戴，你跟小妹都戴着，我给你们画幅画’。把我阿娘高兴坏了，每天都坐在台阶上等姐姐姐夫上门。

“后来就惨了，先皇娶了许婵芳许大妖怪！不过我阿娘说许德妃是女中豪杰，男人都比不过她，姨母遇见她挺倒霉的。”

姚文秋浑身上下每根汗毛都激动得嗷嗷叫：“你阿娘见过许德妃啊！我知道她！温娘娘说过的！她害死了好多人！诶，你先别吃了行不行！！！”

行是不可能行的，又一阵“咔嚓咔嚓”，婉婉接着说：“我娘见过她两次。第一次是因为我姨母的长子，就是长平大哥，糊里糊涂死了。我阿爹那会儿还跟着先皇呢，他说，长平大哥被养在许大妖怪那里，她装模作样地问先皇要不要抱孩子，先皇也要装模作样地说抱孙不抱子什么的。有一次先皇难过得在京郊纵马，我爹为了追他都累坏了。后来长平大哥没了，我阿娘跟着外祖母去陪姨母，就遇到许大妖怪……你等一下，我再吃一片。”

“你莫不是学过说书呢！一到关键地方就停！”姚文秋自己气呼呼地也去吃，吃完婉婉开始一人分饰两角：

“许大妖怪知道我外祖母和阿娘去看我姨母，怀着孩子还过来拜会，我外祖母见了她又害怕又生气，把我娘和姨母挡在身后，骂她‘你怎么还敢来，你杀了我的小外孙——’。

“许大妖怪就截住她的话头，‘沈夫人一定是太伤心了，害死小皇孙的是我那鬼迷心窍的从姐，业已伏诛。说来也是我们许家的罪过，妾在这里，给夫人赔罪。夫人万万要养好身体，太子妃娘娘刚经历丧子之痛，不能有别的伤心事了’。

“我娘气不过，就说，‘你不认你害死小长平，可把他从我姐姐身边带走，你要认吧？你就是妒忌我姐姐’。你知道她说什么？她说，‘我从来都没有想害你姐姐的心思，从来不害人。我只是想做一些事，正好遇见你姐姐罢了。妒忌？一个孩子有什么好妒忌？沈五姑娘，我劝你，女孩子，别老盯着争宠生子那点破事，站高一点，很有趣的’。

“听起来好厉害啊……好想当面听她说啊！”姚文秋一时竟对这个人很神往，婉婉往她身上一拍：“你听我说完呀！

“第二次是长安哥哥过生日，阿娘进宫去贺喜——也是最后一次，那时我阿娘已经很厉害啦，大房三房觉得我姨母又不听话又不好用，一直想送人进宫，我外祖父被气病了，我们这一房一直是我阿娘当家。太外公就派我阿娘和另外两个女孩子去看我姨母，但是她们两个进不去哈哈。姨母跟阿娘说以后不许再来看她……后来她们真的没再见——我娘说，我姨母是怕她真的也被困在宫里了。反正就是这次，我阿娘刚出未央宫就遇到许大妖怪了。

“许大妖怪那会儿已经很惨了，许家好多人都被查了，先帝的兄弟们不是都娶了许家的女儿吗？当时有两个亲王就说他们的王妃和嫡子女暴毙了。吓不吓人？娘家出事，丈夫先把你和孩子弄死——过不了两个月，许大妖怪就要进冷宫了。但是许大妖怪的心态很好，还跟我娘打招呼，说她长大了。

“我阿娘就问她时至今日后不后悔，她说，‘后悔？沈五姑娘，这有什么好后悔的？’

“我娘说，‘当初你要是不嫁给我姐夫，嫁给别人，你，我姐姐，都不会是今天这个样子。’

“许大妖怪就嘲笑我娘，‘你姐姐今天这样，已经是最好了。我不嫁给皇上，他也会娶别人，你姐姐照样伤心。她要是嫁给别的王爷，在我那些堂姐、从姐手下讨生活，可能早就已经死了。她们才是专门对女人下手的。’

“我阿娘反驳她也没少害人，许大妖怪说我阿娘说得对，‘我手上是不干净，可我不下贱。我动手是为了跟男人斗，不是为了为难女人。沈五姑娘，你姐姐有几分傲骨，我很喜欢她，这不是没法子吗？’

“我阿娘就说，‘你说你只是跟男人斗，不为难女人，那你嫁给我姐夫干什么？他跟我姐姐情投意合，偏你插进来。’

“许大妖怪说，‘我嫁给李修，跟他是不是你姐夫没关系。是，我是被他骗了，不过这不丢人，输给他没什么丢人的。假如是你，有个男人——’

“‘他隔三岔五在你姑母的宫门口偶遇你，只打招呼不多说话就走，你派人去查，发现他怀里揣着你三年前丢了的旧手帕，怕帕子丢进炭炉里，还烧伤了手掌，你不觉得有趣吗？你发现他能力超群只是时运不济，明明对你情，根，深，种！却始终克制守礼。有人在背后说你家不行了，你早晚是个落魄贱人，他为了你跟人打了一架，明日见到你还是只问一句好。这时，你家里人在想，把你嫁给谁才能保住他们的利益，那个男人是废物也无所谓，最好你一生儿子，你丈夫就死了……你说，换作你，你会不会想着不若嫁给那个

心里有你又有韬略的男人呢？'

"'我许婵芳不喜欢当棋子，要下棋，我自己下，输了也认了。'

"我阿娘说，她当时什么都说不出来，她总觉得有哪里不太对，可她被绕进去了，居然觉得她挺厉害挺不容易的。"

姚文秋张着嘴听得目瞪口呆，嘴角直流涎水，这个时候回过神来："不对啊，她是很厉害很不容易，可她害人也不对啊？"

婉婉点头："我也是这么跟我娘说的。我娘说可见我不会被她绕进去，天生就不会当坏人。遇见她，我姨母可真倒霉，我姨母只会琴棋书画诗词歌赋，只想跟心上人双宿双飞，做个讨饭婆子也可以……嗯，我阿娘说我姨母傻乎乎的。"

姚文秋不同意："怎能说是傻，要是我夫君时运不济，不幸沦落到去讨饭，我也愿意跟着他！"

婉婉也点头："我也愿意跟着长思哥哥去讨饭，不过他得只喜欢我，他要是喜欢别人，我就砸碎他的讨饭碗！拗折他的讨饭棍！打断他的狗腿！"

谁能想到温婉明媚、娇羞可人的皇后娘娘内心这么残暴呢，真是远看一朵牡丹花，近看一只母老虎。

她们这里聊得热火朝天，就听见皇上爽朗的笑声："小婉婉要打断谁的腿？"

皇上比恭王还要高一些，是他们几个兄弟中最像先皇的，却比先皇多了几分风流倜傥的超逸，含笑时如日光灼灼，不笑时又如朔风凛冽。恭王跟他比略显古板，顺王跟他比则失于轻浮，眼看他们三兄弟一起进来，姚文秋在心里高声呐喊：先皇的儿子都！好！好！看！

皇上毫不避讳凑到婉婉身边，抓起她的小手亲一下："小姑娘做什么不好要打断人家的腿，就不能喊我帮你打吗？”婉婉除了单独跟姚文秋相处外，还是很讲仪态很要脸的，红着耳朵尖瞪了他一眼，叫宫人奉茶：“两位哥哥快坐。”

恭王一板一眼地给婉婉行礼：“多谢娘娘，臣还要与内子到母后那里接青麋，就不多叨扰了。再说，”他拉过姚文秋的手，“想来眼下未央宫不宜有旁人。”

他们兄弟姐妹都很爱打嘴仗，皇上剑眉轻挑，以牙还牙：“皇兄这话说的，像是不想带嫂嫂回府？也罢，不若嫂嫂和青麋且在德母妃处小住几日，皇兄去礼部把本次制科的相关事宜安排妥当了，再来接人？”

恭王正想说什么，顺王瘫在座上一阵哀号：“差不多就行了！你们有没有把我当兄弟，我是真的没招了，你们都是怎么娶上媳妇的，怎么到我这儿就这么难呢？！”

皇上瞥向他的眼神中满是幸灾乐祸：“五哥，我说下旨给你们赐婚，你又不肯，现在还待怎样？”

顺王一甩他鬓边的一缕呆毛：“拒绝盲婚哑嫁，拒绝包办婚姻，从我做起好不好！赐婚，娶个媳妇还要靠赐婚，我李五爷丢不起那人好不好！”

他靠着两句话就能同时羞辱皇上和恭王，真是十分有才，恭王一言不发地拎起他的后领，要把他丢出去，万万没料到顺王的莲花落张口就来：“一面后生一面老，能有百岁作弟兄。凡事兄弟须要和，莫做英雄起干戈……”

他捏着嗓子忽高忽低地号，每唱一个字都要在喉咙里转出九曲十八弯来，曲不成曲调不成调，说是鬼喊鬼叫都侮辱了鬼，恭王吓得手一抖就把他扔到地上。

婉婉捂着耳朵缩在皇上怀里笑得直抽抽，皇上帮婉婉盖住耳朵：

“五哥，你再唱一句，我就算你弑君！”

恭王忍无可忍地拉着姚文秋逃出未央宫，到了江太后那里还心有余悸，抱着三岁的青麋仔细叮嘱：“为父不求你有甚作为，只求你万万不要像你五叔！”

温贵太妃和宋太妃击掌哈哈大笑，王太妃都要急哭了，拉着姚文秋的袖子跟她打商量：“秋秋，小四，你们看，你们看，小五是个傻孩子，他是真喜欢张御史家的姑娘，你们看这可怎么办？”

姚文秋身心俱疲：“娘娘，真的尽力了，三姐姐昨日都气疯了。好容易办个品茶会请张家姑娘过府，五弟生怕吓不死人家一样，非要给我们舞剑助兴，把张姑娘的头发削下来好大一缕……要不是两个妹妹拦着，三姐姐真的就打他了！”

温贵太妃笑得更厉害了：“打吧打吧，拦着干什么，我家小五真是没用得清新脱俗，不落窠臼。”

王太妃愁眉紧蹙：“可他要是真的娶不到张家姑娘，会很伤心的。”

她垂眸叹息，像是强忍着哭意，姚文秋看着就很难过：“太妃别担心，我们再想想办法就是了。”

办法很难想，三姐姐只想打顺王一顿，康乐一个月来已经请张姑娘过府三次了，实在想不出其他名目了。而姚文秋还没有忘记七天前，她请张姑娘来恭王府观赏早就过了花期的牡丹那青翠欲滴的叶子时，顺王一见心上人就激动得语无伦次，张口就说：“来福，你最近好像胖了些，还有点黑了！”

你要是问他为何给人家姑娘起个小猫小狗一样的外号，他还很无辜：“贱名好养活呀，她身体不大好，老是生病，她嫂子又老说她没福气，会克死未婚夫。我想着叫她来福，来福来福，这个名字一叫什么福气都会来的，好不好！”

三姐姐恶狠狠地一指头杵到他额头上：“你比羊肠子还能绕！这

会子会说话了！当着你心上人的面怎么不说呢？！”

“阿姐，嫂嫂，我说句不中听的话，张家姑娘没准以为咱们是为了张御史弹劾五哥的事，故意羞辱她呢，”康乐摇头叹气的，“五哥也怪痴的，绕这么大弯子就是要等人点头说一句愿意，再把人娶进门。”

三姐姐骂道：“他就是太fq，比我差远了！当年我对你姐夫就是直说，江怀瑾，我看上你了，你可看得上我？看上看不上给句痛快话。他说，不光看得上，还看上很久了。你们看，这不就完事了吗？哪有他这么畏手畏脚，磨磨叽叽的。不就是怕人家不答应吗！他也不想想，他那张脸，但凡举止正常一些，早就把人娶回家了！”

长忆进了一次宫，出来后主动请缨，并拍胸脯表示这次肯定能解决。

姚文秋发自内心地怀疑她只是想再炫耀一回她那张虎皮。韩少将军英武勇猛，随皇上围猎时三箭射杀了一只大老虎，长忆把虎皮铺在花厅的琉璃榻上，一国长公主往上一坐，颇有几分山大王的气息。

“今日请阿菱姐姐来，没有旁的事，”长忆大大的眼睛像璀璨的星星，说起瞎话来连睫毛都不动一下的，“就是好久没见阿菱姐姐了，甚是想念啊，甚是想念。”

张大姑娘单名一个“菱”字，坐在长忆身边像只受惊的兔子，笑得非常勉强：“长公主说笑了。”

真的是说笑了，阿菱其实比长忆小四岁，这次“小聚”是她们本月的第五次小聚，三天前她在姚文秋和其他三位公主那儿刚被削下来一大缕头发。

大家都已经知道了阿菱喜欢樱草色、爱画画、不太喜欢吃甜食、喜欢荷花和芭蕉、家里小侄女很可爱……姚文秋搜肠刮肚，真的不知道该和她聊什么了。经过削发一事，阿菱又高度紧张，不自觉就伸出手抱一下头，眼珠子老往门外瞟。三姐姐还在生气，一句话也不肯说，康乐问了三次“阿菱几时带令侄女一起来玩”后沮丧闭嘴，全屋里只剩下天才小长忆面不改色地尬聊：

“阿菱姐姐可知道近来新出什么话本子没有？啊，你平日不出门不看话本子的？张大人真是家风严谨。怪不得我皇兄如此敬仰……其实新话本不看也罢，还是从前的话本子经典，打虎英雄武二郎，就是经典中的经典……你知道这个故事吗？我给你讲一遍啊。”

康乐偷偷拍胸口，长吁一口气，三姐姐偷偷拽着姚文秋：“那傻子什么时候过来？快晌午了，再不来我们还得留人家吃饭！”姚文秋肩一耸，手一摊，嘴角一抿表示自己啥也不知道，三姐姐撸起袖子就出去了。

长忆讲完故事开始讲她的虎皮毯子：“阿菱姐姐过来我这边坐，坐下呀，你看，这是我家韩大郎送给我的，要不是他当初答应我会给我打个大老虎，我才不嫁他呢！你摸一摸，摸一摸……诶，阿菱姐姐，要为你做什么才能娶你呀？打个老虎可以吗？”

姚文秋萎靡的精神为之一振，跟康乐同时坐直了身子齐齐扭头看向阿菱，长忆笑得一脸天真无邪，仿佛她只是随口问了一个很可爱的问题，阿菱笑得很警惕：“长公主，嫁娶之事，全凭家里人裁度，我没想嫁给什么人。”

长忆伸手去摸她的额头：“别这么紧张嘛，嗯，我问你，你是喜欢老实稳重的，还是喜欢潇洒不羁的？是喜欢相貌普通的，还是风流俊美的？是沉默寡言的，还是欢蹦乱跳的？是勤于上进的，还是好逸恶……我是说，享受生活的？唱歌唱得不太好听的话，你介意吗？”

原来还可以直接让她做选择题来确定匹配对象的吗？这种事不应该让本人亲自来问的吗？

康乐凑到姚文秋耳边：“一定是宋母妃教的！”

阿菱被这一串问题问得目瞪口呆，长忆龇着小白牙，脸上满是无辜："我们本想慢慢来的，但听说有官媒上你家去了。我觉着她们给你说的人家都不好，不是太老就是身体不好，配不上你。不如你告诉我你喜欢什么样的，我帮你找？"

缓过神的康乐加了一剂猛药："我们也知道，因着你从前定过亲的事，连你家里人也看轻你，那些话原是胡扯，你从前的那个未婚夫一生下来就病恹恹的，大夫早就说过他活不久，逝者已矣，那些原与你无关。"

姚文秋："对对对！你快说吧，活蹦乱跳的美男子在等着你！"

她们一个比一个真诚，阿菱在这样暖心的气氛中终于红了眼圈，张口才要说话就泪如泉涌，离席许久的三姐姐去而复返，把顺王往阿菱跟前一推："喏，快哄！"

顺王愣了半天，居然……居然眼圈也红了："你，你不要哭，你喜欢什么样的，跟我说，我去帮你找就是了，你别哭了。"

"夫君，咱们去看一看嘛！"姚文秋抱着恭王的手臂摇，"不知道他们说得怎么样了。三姐姐和三姐夫在屋顶看，长忆和韩少将军在窗外听，我们在这里晃悠多吃亏啊！"

恭王不为所动："你怎么不说康乐和温二公子已经回家了呢？古人云，非礼勿视非礼勿听，这种事有什么好看的？"姚文秋还朝着花厅那边伸脖子，恭王一只手按住她的头顶，另一只手把她的肩膀扳过来："好看的你不看，看那些没用的做甚？傻。"

他们两个在这儿闹，长忆拉着韩少将军跑过来："四哥，嫂嫂，五哥开窍了！他见了阿菱姐姐吞吞吐吐说不出话，居然拿了封情书当面交给人家！那情书比一本《论语》还厚！"

恭王斜眼看了韩少将军一眼："哦？这么天才的办法是谁教他的？"

韩少将军长得黑，尬笑着龇出一口大白牙："四哥，我是看五哥实在痴情嘛……嘿嘿嘿，他就是太紧张了，死活说不出话，我想着那让人家姑娘当面看信也是一样的嘛。"

长忆不高兴地噘嘴："你都没告诉我！我好想看看他写了什么啊！"

韩少将军回忆了一下，打了个冷战："没什么好看的，就，就什么阿菱卿卿，什么你是人间明月光，什么今日是遇见你的第四百六十五天……长怀那个人说话你还不知道啊，他就是吃亏在当面说不出来话而已……"

长忆伸手去挠他痒痒："你还知道什么？快告诉我！"

韩少将军魁梧英武，却不捉住长忆，被她追着跑："你抓住我再说……真的没什么别的了，好了，我说我说……长怀自打认识了张家姑娘，每日都要为她画一张小像，再题上一首诗，画册还没拿给人家看呢。"

长忆和恭王双双愣住："他还会写诗？！"

一语未了，三姐夫扶着三姐姐踉踉跄跄走过来，活像一对中了箭的大雁，三姐姐嘴里骂骂咧咧："小五脑子是不是不好使，人家阿菱看了他写的情书不好意思，他居然问她脸这么红是不是生气了？！生气了……还要让人家看他画的画像……我要是他，我逮上去就亲了啊！！！这种时候亲一下比什么都好使！阿瑾你说对不对！"

三姐夫红着脸故作镇静："当着你弟弟妹妹呢，收敛一点……长怀画像画得好好的，为何非要题一首诗？什么卿是蒹葭我是霜，卿是雎鸠我是江，我听了这两句直觉着他这亲是娶不成了……"

三姐姐耸耸肩骂"活该"，长忆摇头："我听见阿菱姐姐说，多谢五哥喜欢她，她得回去想一想。我看阿菱姐姐应该有几分动心的，不然直接说不，不是更省事吗？"

长忆果然是对的，此后顺王的追妻路就正常了许多，两人以画传情，第二年开春顺王就成功迎娶张氏阿菱为顺王妃。王太妃高兴得直抹眼泪，抱着宋太妃的肩膀语无伦次：

“我好高兴啊……”

阿菱脾气温和又羞涩，笑的时候多，说的时候少，擅画青山绿水。顺王府的日常就是阿菱在画画，顺王在画阿菱，画好了一起挂在书房里，彼此都觉得对方画得更好看。

三月，江太后过四十岁生辰，正值新婚的顺王夫妻送上两幅画，一幅画的是千里锦绣江山，另一幅画的是江太后托腮含笑。江太后连连夸他们画得好，顺王就飘了：“母后，这么多寿礼是不是我家来福，呸，我家阿菱，画的这幅画最好？是不是，是不是？”

江太后对稀奇珍宝不感兴趣，送寿礼就成了一年一度的才艺展示大赛。姚文秋和恭王每年都送两盆牡丹花一幅字；皇上和婉婉亲手刻了两枚和田玉印章；三姐姐亲自下厨，三姐夫亲自烧火，做了一碗带着烧焦味还坨了的寿面；长忆送了一对鹦鹉，夫妻两个调教了三个月，鹦鹉只学会了一句“恭喜发财”；康乐夫妻手抄了一本佛经；远在边关的福王长念叫人送来了手写百寿图。江太后看着每样都很喜欢，一时选择困难症发作陷入沉思。

婉婉刻印章伤了手指头，皇上全程都握着那只食指，眼看顺王要挑事，笑得阴恻恻的：“不如五哥来详细点评一下这些寿礼？”

三姐姐开始有条不紊地撸袖子，恭王不动声色把姚文秋和青麋往怀里塞了塞，康乐已经忍不住开始笑，长忆兴致勃勃地添柴：“五哥快说一说，今年谁送的最出彩？”

顺王一对多面无惧色，气势汹汹，说书一样一拍桌案：“那就听爷给你们说道说道！”

“五爷是不是有些醉了？”阿菱轻声细气，伸手去拉顺王的袖子，顺王歪着脑袋瞧她，她也歪着脑袋瞧顺王，瞧了半天，顺王把人往怀里一带，手捂额头闷声说："对！爷醉了！不说了！"

满堂人人撑不住，太后、太妃们搂着笑成一团；恭王侧过头去佯咳了好几声；三姐姐笑得把桌案都推倒了，三姐夫眼手疾快，伸手捞住她闪到一旁了；康乐伏倒在温二公子怀里，温二公子一边笑一边拍着她的背；长忆拉着韩少将军跑到顺王跟前伸出一根手指，在他跟前晃："五哥你真的醉了？这是几？快说这是几？"

顺王自己也不好意思，死活不肯说，皇上忍着笑问阿菱："五嫂，你说我五哥醉了，他就醉了，这算不算惧内？"

"皇上明察秋毫，定知道我们夫妻不是欺君。"阿菱说完跟顺王对视一眼，彼此从脸到脖子都是红的，倒跟真的喝了许多酒一样。

人人都拿他们新婚夫妻打趣，德太妃讲起了顺王小时候的事。姚文秋不知是不是有些累了，看见王太妃拿帕子压了压眼角，定睛去看时，却见宋太妃跟她干了一杯，两人拍着彼此的肩膀，笑得有些傻乎乎的。

皇上和婉婉的长子比恭王和姚文秋的次子大两个月，皇上为了给皇长子起名字，翻遍了整座弘文馆所有的藏书，最后不知道在想什么，给孩子起了个小名叫狸奴。

江太后抱着小孙子，"狸奴乖乖"地哄着哄着就变成了："狸奴喵喵，喵喵喵——"皇上敢怒不敢言，背地里抱怨恭王不提醒他给孩子起个好名字。恭王负手一笑深藏功与名，他给自家老二起的小名叫金麟，不仅寓意好还不会有被嘲笑的烦恼，姚文秋跟青麋一致觉得这个名字胜过狸奴十倍，一家子关起门来偷着乐。

王太妃很喜欢金麟，每次抱他都小心翼翼地先把手搓暖和，任凭这小捣蛋鬼怎么哭，怎么蹬着脚丫子闹，甚至尿了她一身，她都很开心："这孩子真乖！以后一定很有出息！"

四岁的青麋都很不高兴，拉着德太妃告状："祖母，太妃娘娘偏心！"

德太妃忍不住啧啧啧："怎么偏心啦？啊，只抱弟弟啊。可是弟弟还不会走路是不是啊，青麋已经会走路了对不对啊，青麋小时候不会走路，太妃娘娘也是这么抱着你的是不是啊，真的啊，你看，抱了你那么多次你都不记得了，你还说太妃娘娘偏心，太妃娘娘好伤心的是不是啊……"

德太妃这么一说，青麋就跟王太妃和好了，吃完王太妃做的鸡蛋羹，开始跟她炫耀弟弟："他这么小就能听懂他的名字啦，您看，金麟——小金麟——您看他笑了，我弟弟好聪明，对不对！"

金麟确实比一般孩子要聪明一些，九个月大就开始咿咿呀呀学说话，姚文秋头一次听见他清清楚楚地喊"娘——"，吓了好大一跳。婉婉哄着哇哇大哭的小狸奴，偷偷对姚文秋说：

"你跟四哥说，别刺激长思哥哥了，长思哥哥天天抱着狸奴教他说话，自己说得口干舌燥的，这孩子也不开口。母后都说了，他自己就开口晚，狸奴是随了他，再过一阵子就好了，他还不信，天天抱着他啊啊啊的。"

德太妃说恭王开口也晚，小时候他因为这个跟顺王一起玩时很吃亏，姚夫人说她开口更晚，两岁大了才学说话。姚文秋一时就不知道这孩子是随了谁，跟王太妃闲聊说起这个，王太妃就笑了，脱口而出："随你阿爹啊。"

姚文秋还没回过神，就见王太妃不小心打翻了桌上的茶杯，"不是，我是说，"她不自觉地舔了一下嘴唇，"我是说，你阿爹年经轻轻就是两榜探花，金麟这么聪明，一定是随了他。"

她把金麟抱在怀里，小心翼翼地亲了一下，金麟笑呵呵地拍巴掌，她看向姚文秋，笑了一下：

“他多聪明啊。”

金麟慢慢长大了一些，眉目倒真的越来越像年轻的姚尚书——虽然姚尚书如今胖得跟路边卖炊饼的一个样，还留了一大把长胡子，但你若仔细去看，依稀还是可以看出他眉目间仅存的几分清隽俊秀。

“你爹当年中举跨马游曲江，那是差点淹死在姑娘丢过来的帕子里，好不好！”姚侍郎已经升作姚尚书，人是越来越胖，脸也不太要了，“小金麟别听你阿娘瞎说，外祖父当年可是青州头一号美男子！”

姚夫人忙着给牡丹花换土，闻言嗤笑一声不搭话，姚尚书抱着小外孙犹如向天借了胆，居然敢跟姚夫人呛声：“你这声笑是什么意思？你嫁给我是运气好，当年不知多少人在羡慕你呢！”

“那又怎样？如今胖得还能看吗？除了我还会有谁要你呢？”姚夫人懒得跟他计较，笑着摇头，“老胖子不提当年俊。”

姚尚书不服气：“胖怎么了？这事也怪你吧？不是你让我想吃就多吃点的吗！”

“怪我？秋秋我跟你说，”姚夫人啐了一口，“有人早上一睁眼就说想吃葱烧蹄筋，我说让厨房明天做他就不高兴，哼哼唧唧一整天……你爹就这副德行！”

“恶婆娘！脾气这么坏！懒得跟你说！”

“你脾气最好！你不想想你当初那副烂脾气谁受得了！你是不是忘了你从前关在书房里饭都不吃，还要我给你送过去？我给你送过去你还要冲我发火，我跟你计较了吗？还给我蹬鼻子上脸的！”

姚尚书摸着鼻子，灰溜溜坐到姚夫人身边替她打下手：“夫人大人大量，多少年前的事就别翻出来说了。我是冲你发过几次火……但二十几年还不是你欺负我的时候多……”

他嘟嘟囔囔说得委屈，姚文秋和她娘都笑了，青麇和姚家表兄弟们跑过来，吵吵嚷嚷要玩蹴鞠，让祖父去给他们当裁判。

姚夫人和姚文秋手上全是土，母女两个头碰着头笑：“你阿爹这两年是越发孩子气了。”

“孩子气是好事，人啊，就怕越老越迂腐，倚老卖老最叫人讨厌了。尤其当官当久了，说话拿腔拿调的，我可受不了。”阿娘小心翼翼地把一盆花抱到花架上，回头又小声跟姚文秋说，“他从前脾气可坏了！总是一个人喝酒，天晚了我去帮他点个灯，他还要冲我发脾气，什么探花郎，就是臭狗屎！”

姚文秋倒不知道阿爹阿娘有这么一段：“阿娘是不是骗我的，我明明记得小时候你就一直欺负我阿爹！我还没见过阿爹发火呢！”

“谁欺负他了！我犯得着骗你！大不了叫他来对口供！”姚夫人自己也跟小孩子一样，急着解释，“我脾气是急。我们刚成亲那会儿总吵架，他嫌我不温柔，一整天待在书房里，抱着他的宝贝花说心事，我小时候跟你姨母也很喜欢花花草草的，就想看一眼嘛！他就骂我！

“后来我趁他不在给那两株牡丹分株，他回来骂我是无知蠢妇，还打了我一巴掌！我就给他扇回去了，我说姓姚的我忍你很久了，你笨而且横的样子真好看，知不知道这花长太大，不分株的话，这点土就养不活它了，说谁无知呢！”

“阿娘，阿爹也太坏了，夫妻哪有这样的！他还打你！”

“那是你爹，小孩子不可以说你爹坏。”姚夫人板起脸瞪姚文秋，姚文秋委屈兮兮地哼唧：“我是为你不平好吗？那你们又是怎么和好的？”

姚夫人一下子就得意起来：“他经我教导大彻大悟了呗。我给花分株，他就在旁边喝酒，抱着我的腿哭，说什么他只剩下这两盆花了。我说做人要讲道理，我知道你放不下你的王家妹妹，有本事别另娶啊！你娶妻是听父母亲的话做个孝子，那你天天跟我闹岂不是不孝？又不是我送你的王家妹妹去选秀，你迁怒于我是不是懦夫所为？你好好想一想，是谁无知？他听我一席话，胜读十年书，我们就不怎么吵架了。”

“王家妹妹？什么妹妹？还选秀？”姚文秋趴到姚夫人的膝盖上撒娇，“阿娘——什么王家妹妹，你告诉我嘛——”

姚夫人露出一个意味深长的眼神，任凭姚文秋怎么晃，她都只是说：“二三十年前的事了，你别歪缠啊，跟你有什么关系。”

姚文秋抱着她使劲蹭：“阿娘——你就告诉我啦——”

“哎呀，你多大了。”姚夫人受不了要逃走，内心的挣扎让她变得表情扭曲，步伐凌乱，姚文秋追上她，抱着她的肩膀下死力气地眨眼睛“阿娘阿娘”地撒娇，姚夫人闭着眼睛拼命摇头：

“什么也没有啦——快带着孩子们回去吧。”

姚文秋回到家里还跟恭王嘀嘀咕咕的：“你以前有没有过姓王姓李的什么妹妹？你会为了她天天待在书房里不理我吗？你会为了她打我吗？你会为了她喝酒痛哭吗？你说我爹跟那个什么王家妹妹是怎么回事啊？”

一向持身清正的恭王表示这些问题超纲了。“我的姐妹都姓李，她们都已为人妻为人母，不用我操心。长辈自然有长辈的私事，你揣摩这些做什么？”他俯身在她耳朵边吹气，“你要是闲得慌，我帮你找点事做吧。”

找点事做的结果就是姚文秋生了个小女儿——小白鹿。

姚文秋为这孩子吃尽了苦头，昏睡了两天，恍惚间听到恭王握着她的手哭得稀里哗啦的，说了许多她从未想过的，此生能听到恭王对她说的情话。

等姚文秋好些了，想起他说过的话，就开始要他兑现当日许下的承诺："夫君，你那天说了，只要我醒过来，你做什么都可以的，是不是？"

恭王正在给小白鹿换尿布，闻言满脸的悔不当初："你想怎样？"

姚文秋多年前被恭王摁下去的邪念又开始蠢蠢欲动："那什么，我的裙子……"

"换一个，此事免提，再说一次，我就留一把大胡子！"

就算是三个孩子的爹，他恼羞成怒的样子依旧很可爱，姚文秋仰面躺回床上："我是说我的裙子旧了，想多做几条，跟你留胡子有什么关系？"

恭王给小白鹿换完尿布，净了手坐到姚文秋身边，亲亲她的额头："话怎么这么多，快睡！"

小白鹿是他们这一辈的第一个女孩，刚满月就被封了郡主，皇上对江太后说这是双喜临门，另一喜则是皇上的亲弟弟福王李长念回京了。

福王一去辽西三年，荡平了辽西五山十二寨的悍匪，屡陷险境，负伤无数，皇上跟恭王既骄傲又心疼，一起喝酒到半夜。恭王微有醉意时话就多了一些，抓着姚文秋的手说："真是祖宗有灵，七弟可比五弟中用多了。"

福王进城那日，万人空巷。他是谦谦君子，温润如玉，身姿如萧萧青竹，眉眼如皓月当空。他身边手持红缨枪的红衣少年，眉目疏朗，英气逼人，与福王并辔而行，身上也自带一股豪迈气质。沿街的姑娘们喊得声嘶力竭，个个把手里的帕子、腰上的彩绦往他们身上抛。

"别叫我阿姐，你有阿姐吗？有？受了那么重的伤你瞒着我们！写来报平安的信全是假的！这只手，伸过来，就是这只手，差点叫人剁下来！"

三姐姐一见福王就骂，姚文秋想去劝，恭王把她拉住了，康乐偷偷对她说："也该骂，看着乖乖的，胆子可大了，仗着有几分本事就逞英雄，不骂不长记性！"

剑南有些不大安定，韩少将军带着长忆去那边镇守，顺王带着他家阿菱不知道去哪里游玩画画了，没人给福王求情，三姐姐骂得酣畅淋漓："我知道你少年气盛，可一连三次单枪匹马去挑人家山寨，你学什么孤胆英雄呢？你身边是没人可带吗？"

福王八尺男儿顶天立地，对着他姐姐只能猫着腰赔笑："阿姐我错了，你别生气，我怕你担心嘛——伤都好了，真的不重，阿姐看我的手，你看，一点事都没有了。"

三姐姐抓着他的手要打又舍不得，皇上冷着脸给了他一个白眼："君子不立危墙之下，剿匪要紧，你的命也要紧。阿娘总说你最省心，你就这么给她省心的？"

他恶狠狠地瞪了这个弟弟一眼，才状似不经意地拍了一下他的肩："你受伤的事我没跟母后说。"

"六哥英明，多谢六哥，"福王朝皇上作揖，笑起来跟江太后一样，仿佛三月和风，"我下次一定小心——没有下次！阿姐别打，没有下次！"

"哈哈李长念，你在家里原来是个小宝宝啊，"一旁的红衣少年两手抱臂，站没站相，"你哥哥姐姐不会把你当成什么天真可爱的小娃娃了吧，哈哈哈！"

她这样失礼，皇上负着手不说话，恭王斥道："放肆！你虽救福王有功，也莫太过狂妄！"

"你哥哥吓死人了！"她跳着躲到福王身后去，福王扯一下她的袖子，还是替她说话："六哥，她一向口无遮拦，不是有意失礼不敬，我回头好好教她，六哥别生气。"

“这位‘周小公子’，我瞧着不太好，太跳脱了，别把小长念带坏了。”福王一走三姐姐就开始嘀咕，皇上很无奈地安慰她：“阿姐，长念不小了。不是什么大事且由着他吧。”

两个时辰后，皇上目睹了这红衣少年在慈安宫调戏婉婉的全过程，顿时恨不得把人弄死个几百回。

“你怎么能长得这么好看？”红衣少年说着伸手就要去勾婉婉的下巴，“大家都是人，你长得也太好看了！你这么好看，我带你回辽西玩好不好？”

皇上把婉婉拽到怀里，看着福王的眼神好似三天没吃的猛虎盯着一盆肉：“有的人，连身边的人都管不好！”

三姐姐已经临阵倒戈，一口一个小缓缓叫得亲热：“怎么了吗，小缓缓闹着玩的，是不是？九五至尊可不能跟小姑娘较真儿。”

红衣少年名叫周缓缓，是三姐姐的亲表妹。她尚在襁褓时父亲就战死沙场，母亲又染病早逝，伯父不舍得太约束她，把她养成个风风火火无遮无拦的性子，整日哈哈大笑的，时刻想把她觉得好看的人打包带回辽西。

“啧啧啧，这爽快性子跟当年的淑妃是一模一样，”德太妃抱着小白鹿叹气，“你母后要是对小缓缓更好一些你可万万别不平，这原也是应该的。”

江太后确实有些偏爱缓缓，身边的人再多，等缓缓一来，江太后就看不到别人了，只听她讲辽西的事。皇上受不了缓缓整天想拐带婉婉，背地里威胁福王：“赶紧把她娶了，听到没有？再不娶我让别人来娶！”

福王对婚姻大事比他四哥要大方直接多了，当着所有人的面问江太后：“阿娘，这么喜欢缓缓，不如把她留在您身边，做小儿媳妇好不好？”

缓缓也转过头："太后娘娘，你看我做您小儿媳妇好不好？长念说您一定会喜欢我，我想着这种事，要当面问您才算数的。"

江太后不知想起了什么，一瞬间就带上了哭腔，一个好字说了很久，只能不停地点头。

福王娶了缓缓，夫妻两个是把后院当演武场了，早晚各打一架，兴致来了会乔装打扮得跟兄弟一样，到平康坊看看舞听听曲，得空进宫就把各种传闻讲给太后、太妃们听。

兄弟姊妹再好，到底都成了家，有了儿女，各有各的事。顺王带着他的阿菱到处走，到处画，一家子过一阵儿就要消失一段时间。长忆跟着韩少将军远在剑南驻守。三姐姐不说有江家许多事，皇上有些事也是要跟她商议的。康乐的小儿子天生多病，夫妻两个为他寻医问药操碎了心。福王替皇上操练十万禁军，缓缓扮作他的长随与他整日待在军营里——好像独独姚文秋是个闲人，除了种牡丹也没旁的事。

姚文秋脸皮厚并不以为耻：闲人有闲人的好，一大家子人人能干，不就得有个闲人！不然谁去陪太后、太妃们解闷呢！

恭王公务繁忙，青麋进学了，姚文秋就带着金麟和小白鹿常去宫里。两个孩子跟婉婉的三个皇子在一起跑来跑去地玩闹，金麟跟狸奴差不多大，也是冤家，次次见了面都吵得面红耳赤的。

"还是咱们秋秋最好，对不对，"江太后对德太妃说，"第一次进宫还摔了呢，现在长大了周全了，是个当长嫂的样子了。"

德太妃得意扬扬："啧啧啧，我的儿媳妇那是没的挑的，是不是啊！"王太妃也笑，与有荣焉似的："也是她爹娘教得好啊。"

王太妃每次见了金麟都要小心翼翼地扶着他仔细看一看，换牙了没有，长高了没有，有没有胖一点。金麟和小白鹿抓着宋太妃讲故事时，她就去下厨做一大桌子吃的。

孩子们一天天长，娘娘们也就日渐老去，德太妃跟小白鹿说“祖母醒来跟你过家家”后，就没再醒过来了。

“惊闻噩耗哭了三天，路途遥远不能回去，烦嫂嫂替长忆劝慰四哥……长忆在此一切都好，起先水土不服整日生病，现已无事了，请嫂嫂与阿娘说莫挂念我。近日在益州置两处济病坊，用以收养患者，以显国家矜孤悯穷……”

“她这样很好，”江太后把女儿的信一封一封收在小匣子里，把钥匙挂在脖子上，“你看，这还有小五和他媳妇送回来的画——能多去外头走走是福气。秋秋，几时有机会，你也跟着小四去外头转一转，不必记挂我们。”

埋头绣花的温贵太妃笑起来：“就是，我们有我们自己的乐子，可不是那种离不开儿女的老太婆！”

金麟越长越像姚尚书，进学后是真的很聪明，比他别的堂表兄弟都要聪明。他是个很活泼的性子，不像恭王，字写得好，背书背得比青麋还快，先生每次考校都对答如流。王太妃特别喜欢听他背书，每次听孩子背着背着，她也轻声跟着背两句。

姚文秋对姚夫人说：“谁能想得到，真应了王母妃的话，金麟真的有些随了阿爹。”

姚尚书不知怎的，这随口的一句话倒记下了，特意叫姚文秋去书房：“秋秋，王太妃怎么会跟你说起阿爹呢？”

姚文秋一头雾水：“王母妃没跟我说起阿爹啊……是小时候夸金麟聪明，随口一提罢了。”

“哦。”他捻着胡子点头又摇头，“也没什么事。去找你娘吧。”姚文秋抬脚刚要走他又追了一句，“秋秋，家事不必予人做谈资，以后无事莫跟太后、太妃们说太多咱们家的事。”

这是怎么了？姚文秋仔细想想，自己一直也没说过什么不该说的。“他心里不太痛快，”姚夫人揉揉姚文秋的脑袋，“少说些也好，听了不过徒增伤感罢了。”

这事姚文秋还一头雾水呢，偏偏小白鹿又是个爱卖弄的小姑娘，听过牡丹仙子与花神的故事，就一定要讲给外公外婆听。她只听过一遍就全记住了，摇头晃脑讲得清清楚楚的：

“上天就封她做牡丹仙子，她从此就跟花神永远厮守在一起。”

她讲完就仰面看大家，满脸写着“快夸我快夸我”，姚夫人却忘了鼓掌只是看着姚尚书。

“讲得挺好。”姚尚书夸得很敷衍，头一次没有往死里吹捧他外孙女，“不过，以后不要讲这样的故事了。

“世上是没有神仙的，一生也没有百年千年。”

他沉着脸说话的样子不要说小白鹿，姚文秋自己都有些吓到了，小白鹿愣了一会儿，人生第一次哭得这么惊天动地，怎么哄都停不下来。

“哎呀，你外公，你外公这个，”姚夫人没骂姚尚书，围着小白鹿手忙脚乱地哄，“外公这两天心绪不好，我们小白鹿是好孩子，不要跟他计较好不好……”

“言者无意，听者有心，”姚文秋烦得睡不着觉，恭王替她打扇子，“许是旧事终难释怀吧。”

姚文秋拿手撑着脖子：“什么旧事啊，阿娘以前说过的那什么王家妹妹？三十几年前的事了，阿爹还惦记着？那阿娘多可怜啊。”

“不想睡了是吗？躺好了，”恭王把她按好，继续给她打扇子，“也未必就是惦记，人嘛，年纪大了偶忆少年事也不是没有。你不能连这点小事都要计较啊。”

姚文秋背对着恭王，突然很委屈，一句话咀嚼了好几次才问出口：“你以前是不是也有过很喜欢的小宫女？”

恭王很轻地笑了，把她整个人翻过来看着她的眼睛：“你在想什么蠢问题……有道是男女授受不亲，阿娘也曾说生活琐事要学会自理，我七岁身边就没有宫女服侍了。”

“我一想到你可能有个很喜欢很喜欢的小姑娘，就觉得好难过哦。”姚文秋抓着他的手和自己的扣在一起，心里还是委屈巴巴的。

“世上像我们一样的夫妻是很少的，”恭王闭着眼睛像是要睡着了，“不过搭伴过日子，太计较会过不下去的。”

小白鹿从没有受过这样的委屈，好久好久都忘不了这件事，从此每次听完宋太妃讲故事，她把故事重新给太后、太妃复述之前都要说：“小白鹿要开始讲啦！皇祖母今天心情好不好？太妃娘娘心情好不好？要心情好白鹿才讲故事！”

“这孩子古灵精怪的，”王太妃喂了小白鹿吃一点点蜜渍桂花，“只可以吃一点点，吃多了蛀牙的。啊，不可以吃了，我收起来了……这么爱吃甜的莫不是随了你娘？”

姚文秋觉得自己人生中最聪明的一次可能就在这里了，她抱着小白鹿装作若无其事：“不不不，爱吃甜是随了我爹。”

王太妃一时有些愣怔，喃喃说了一句：“他连口味也变了吗？”小白鹿喊了她一声，她就把孩子接过来抱在怀里，冲着姚文秋笑，“我是说，爱吃甜也很好的。”

姚文秋风风火火地杀回娘家，姚夫人还以为她跟恭王吵架了，小心翼翼不敢多话，由着姚文秋把她拉到房里。姚文秋开门见山直接问：“阿娘，阿爹那个王家妹妹是怎么回事？”

姚夫人试图装傻：“什么妹妹？他没有妹妹，咱们家哪来姓王的亲戚！”

“阿娘！就是送了他牡丹花的那个——不许装，你都说过了，他有个去选秀的王家妹妹，那个妹妹是不是选上了？她是不是青州人？她现在可还在宫里？”

“选不上你娘就不会嫁过来了，”姚夫人答得不情不愿，“你知道那么多做什么嘛。陈芝麻烂谷子的事啦……哪有女孩子非要问亲爹的旧情事嘛……好啦，我跟你讲就是了。

“起初是你祖母跟我说的。我们以前老是吵架嘛，我就直接问你祖母是怎么回事，你爹心里是不是有人，我说既然要做一家人，有些事就得说明白了，遮遮掩掩要生误会，说不得就变成怨恨了。你祖母就跟我说了。噫，无非就是那么个事。后来你爹跟我不吵架了，我们也谈过，反正早就都说开了……世间有缘无分的事多了，所以要珍惜缘分，秋秋，比如说你跟王爷……”

“阿娘你别扯远了！”姚文秋急得要跺脚了。

“你这脾气怎么这么急，我想一下怎么讲……就是，在青州时，你阿爹跟王姑娘是邻居，只隔一道墙的那种。他在墙这边念书，王姑娘在墙那边种花，他背书背错了，王姑娘就在墙那边提醒他，人家病了，你阿爹还翻墙去探望过……是不是没想到你爹这么个胖老头以前会翻墙啊？

“后来先皇把你祖父调到长安，王姑娘送了两盆牡丹花给你祖母。但你祖父说花虽好人虽好，王家门风不好，父兄只知钻营贪财要利，跟这种人家做亲家早晚被连累。你阿爹就病了，还不吃饭……拖了一年，你祖父才松口，托了青州那边的旧交去王家探口风，说得好好的，就在媒人上门的那天，王家老爷翻脸了，把人打了一顿赶出来，说什么别污了他家姑娘的名声。亏得青州离得远，此事没传到这里，不然姚家全家都为人耻笑。”

姚文秋把脑袋埋到姚夫人怀里：“这王姑娘，就是被她家里人送去选秀了吗？”

"对啊，所以说，投错胎跟错了爹娘，这辈子天生就比别人难啊，"姚夫人把姚文秋搂到怀里揉，"先皇仁德，选秀论自愿，适龄女子又不是非得去参选。我当年也到了年纪啊，你外祖父跟我说，他还想看我成亲当了娘，脾气会不会好一点，进宫这辈子就见不着了。你看，这才是当爹的嘛。"

姚文秋埋在姚夫人怀里不肯起来，整个人都蔫蔫的："阿娘，那这个王姑娘选上了，后来过得怎么样你知道吗？"

"哪个作死的没事盯着先皇的后宫打听，"姚夫人点点姚文秋的脑袋，"这种事万万要避嫌的，你祖母从前还担心王姑娘在宫里不小心露出点什么惹出事来呢。不过——

"不过她现在过得怎样我倒是挺知道的，你总是说起她呀。"

姚文秋突然就生出满怀的愧疚，都不知道这种愧疚是对谁的。

"秋秋，这不关你小孩子的事。我一直没跟你说，是怕你见了她不自在。其实你知道了又怎样，王姑娘可能早就放下了，也可能一直记得，但你还能直接问吗？她要跟你说惦记，你怎么办？你是向着她还是向着我？没意思，不如你当作什么都不知道，多带孩子们去陪她就好了。"

那，那，我阿爹还惦记王娘娘吗？姚文秋想着，没有问出口，想一想他要是惦记就觉得很伤心，可他要是不惦记了，好像还是很伤心。她脑子乱七八糟的，趴在姚夫人的膝盖上："阿娘，你都没有把牡丹花拔掉，你人真好啊。"

姚夫人把女儿搂在怀里揉："拔了多可惜啊。拔牡丹花有什么用，还能把人从他心里拔出来啊……你阿爹跟人家比邻而居近十年，难道还能吃个药把往事都忘掉吗？没办法的事嘛。他这三十几年跟我过得好好的，家宅清净……情爱这种东西说不清楚，好好过日子最要紧，对不对？"

夜里姚文秋把这段旧事讲给恭王听，他听完长长地叹气：“我就知道。”

“你怎么知道的？”姚文秋很惊奇，恭王揽着姚文秋叹气：“五弟猜的，他非说他觉得王母妃有个心上人。我觉得他胡说八道，还打了他一顿。后来你说，岳父有个姓王的心上人进宫了，前儿他听小白鹿讲故事时，又说了那样的话，我心里就隐约有这个想头。”

“我都不知道是为阿娘难受一点，还是为阿爹难受一点，还是为王母妃难受一点，”姚文秋趴在恭王胸口上长吁短叹，“要是你是我阿爹，你怎么办啊？”

恭王不答话，揉着姚文秋的头发答非所问：“我在想，要是当初父皇指给我的王妃不是你，我可怎么办。”

姚文秋也想问这个问题：“你怎么办？”

“也是相敬如宾，举案齐眉吧，”这个人连哄都不哄她一下的，“不过，可能偶尔也会想象一下，我的小牡丹仙子长什么样，在哪里，嫁的夫君对她好不好。”

姚文秋一下子就掉了眼泪，这种事是想都不能想一下的：“你不能娶别人，你只能娶我，反正——父皇英明！”

他温柔地亲着她的额头：“对，父皇英明。不要胡思乱想，从前的事我们管不了。岳父说得对，世上是没有神仙的，一生也没有百年千年，我们平日多去看看王母妃吧。”

小白鹿不知大人的事，整日活活泼泼的，有一日姚文秋在婉婉那里多待了一会儿，再到慈安宫时就看见小白鹿捏着嗓子在模仿姚尚书：“外公生气是这样的，喀，世上是没有神仙的，一生也没有百年千年。”

她的一只手还假装在捋胡子，板着小脸学得怪像的，王太妃把这句话颠来颠去念了好几遍，把小白鹿搂在怀里摇。小白鹿兴致勃勃给王太妃讲舅舅家的大表哥要娶嫂嫂啦，祖母说是很漂亮的嫂嫂呢！

王太妃听到姚家有喜事总是很高兴的，看着姚文秋的眼睛说：“真好，明年你们家就四世同堂了，这是大福气啊。”

王太妃病得很重时，牡丹花开得格外好，姚文秋守在她身边轻轻问：“娘娘，您可有什么话，要托我问吗？”顺王哭得说话声都听不见了，阿菱帮着问：“阿娘，你可有未了的事，要托嫂嫂带个话吗？”

王太妃摇摇头，安慰似的拍拍姚文秋的小臂，抿着唇很轻很轻地吐出两个字：

没有。

王太妃走后，顺王带着阿菱到恭王府来，话说过来绕过去的，最后空手向姚文秋讨了四盆牡丹花。也不知怎么回事，三姐姐、康乐、福王，连皇上都带着婉婉上门来讨花，长忆还特意写了封信来，让姚文秋千万帮她留两盆。这品相一般、花色普通的牡丹花，就种遍了他们兄弟姐妹每一家。

数年后又是春风暖，牡丹开满院。姚尚书过寿时，一家人高高兴兴的，说起姚尚书当年十九岁就中了探花，那可是三朝以来最年轻的探花郎啊！

姚尚书明明笑得合不拢嘴，还摇着头：“没什么大不了的，没什么大不了的，都是你们阿娘的功劳。”他饮了一杯酒，又饮了一杯酒，笑意灼灼地看向姚夫人，“想不到这么多年，你我连重孙子都有了，是不是？”他仰脖子喝了一杯，又给自己和姚夫人各斟了一杯，举起杯来对着姚夫人笑，“夫人多年操劳，我敬夫人！得遇夫人，是我之幸！”

姚夫人含笑轻轻啐了他一口：“老头子还算有良心！”

老夫妻相视良久，举杯一饮而尽，俱是一笑。

恭王的情绪大约受到了他们的感染，回家牵着姚文秋的手小声问：“我们成婚二十年了。小牡丹仙子，你来生还嫁我，好不好啊？”

难得听他问了这种话，姚文秋看着他傻笑，心想当然好啊，怎么会不好。然而话到嘴边却变成：

“不好。我想看你穿裙子，”姚文秋去揪他的小胡子，“你把胡子全剃掉，换裙子给我看，来生我就还跟你在一起！”

后记

我写《宫墙柳》这个故事，完全是个意外。

我原也算个踌躇满志的文艺青年，从前也是一心想写出绝世好文章的，直到年纪渐长，屡经挫折，才知道，别说绝世文章，就是写一个好一点的句子都是很不容易的事。世上有的是怀才不遇的人，但我不是——我其实并没有什么才情，人要老老实实正视自己。

生活并不容易，差不多在放弃写作的边缘徘徊的时候，开始浏览知乎上“为什么后宫中妃嫔们一定要争宠”这个问题。很多人用极精彩的文笔，描绘了一两千个他们眼中的后宫世界，我看得津津有味。有一天下班的时候，我对自己说：你也写一写吧，就当写个有趣的小故事逗自己开心。

于是我就开始写了，这与平时写作是不一样的，我甚至直接在手机上打字，怎么开心怎么写，怎么好笑怎么无厘头怎么写。写着写着，越写越起劲，越写越上心，我就写成了后来这个样子。

我最初想写很多很多女孩子，不同性格的，不同爱好的，有没有爱情没关系，重要的是她们永远爱这个世界，爱她们自己。爱情永远只是生活的一部分，并不能概括一个人的一生，仅凭有没有爱情去断定一个人是否幸福，是不公正的。

也许《宫墙柳》这个故事，算是一定程度上写出了我的心声吧。

尽管小柳儿和她的朋友们一生都留有遗憾，但世上本就没有十全十美的人生，谁的一生没有遗憾呢？她们的日常生活是很快活的，每个人有自己的爱好，每个人都有自己的生活，活着是为了自己，不是为了别人。即便被生活伤害过，也选择尽量不怨恨、不偏执、不迁怒，好好爱自己。

所以说后宫的妃嫔为什么一定要争宠，我想这也许可以是一个反问句。我没见过真实的后宫是什么样子的，常有人说“女人多的地方是非多”，我觉得这样说很不妥当，应该说，人多的地方是非多才对。友谊不分性别，是非不论男女。后宫的妃嫔，也许有人出于各种原因去争宠，坏事做尽，但也许有人选择放宽心，跟三两好友互相照应，未来如何不去多想，得宠不得宠的都见鬼去吧！

不要用感情生活去衡量一个人的全部，这句话适用于女性，同样适用于男性。对于李修这个人，我知道很多人觉得他是彻头彻尾的“渣男”，难道只是用一个渣男就可以概括的吗？他在感情上的确一言难尽，但身为帝王，本就不能只谈感情的。我一直有一个偏见，我认为要当一个好皇帝有时候是要割舍很多个人情感的，他做判断一定不能只凭他自己的好恶出发。这意味着他的亲人、爱人，有时候会成为他牺牲的对象。遇见一个冲冠一怒为红颜的帝王，对红颜来说自然是很幸运的事，但对天下很多很多人来说，这一怒恐怕是承受不起的。

其实这个故事在我最初的构想里，结局比这个要惨烈一些。在最初的版本里，由于国力暂时不够强大，嘉乐会被送去和亲；五年以后，国力渐增万事俱备，皇帝攻打北狄，嘉乐死在北狄可汗手里，淑妃会在对命运的彻底绝望中死去。我想这样更真实，也更能体现皇帝的特点。对皇帝来说，江山重于一切，你说是为了自己的权力欲也好，是为了尽“天子守国门”的职责也好，皇帝的女儿很多时候是他维系江山永固的工具。

但后来我想还是算了，一个小故事罢了，还是留一点温暖的希望比较好，于是在后来的走向中，虽然小柳儿她们这一辈俱是意难平，毕竟孩子们都有了幸福的生活。

我一直在想《宫墙柳》算不算一个悲剧，但后来我在想，其实生活有很多时候是没有悲喜之分的，有悲有喜，不悲不喜，五味杂陈，这才是生活本来的样子。这个故事的女孩子们囿于时代困于后宫，无论自己多么出色，都没有办法独立掌握自己的命运，这是她们最根本的遗憾和最深切的悲哀。

我无数次感谢自己生在这个时代，别的就不多说了——宋宝林的话本只能姐妹们看着乐呵，而这个故事，却有很多读者可以看到。

我知道有一些读者一直想看一个关于来世的故事，希望姑娘们最终能收获一个圆满。我其实想了很久，最终没有写的原因是——来世原就是不存在的，这样的圆满原也是虚幻的，那又有什么意义呢？就算真的有来世，我希望姑娘们忘记前尘往事，去经历一个新的人生，认识新的人，经历新的欢乐和悲哀，走完一个新的，或许圆满或许不圆满的旅程，人生不应该受到所谓“前世”的羁绊。人生的意义也许就是我们所有的经历，无论好的坏的，都是属于我们自己的，没有必要用一个“来世”去弥补。

这个故事我写了很多人，但我最喜欢的是我的小柳儿。我对她其实很好，她几乎没有受过任何磨难，一生荣华富贵，平安和乐——付出的代价是她乖乖巧巧，接受被当作替身的可笑命运，她接受了，这是她跟瑶瑶最不一样的地方：在感情出现裂痕的时候，瑶瑶坚决拒绝放弃自我，于是她早早故去了。而小柳儿选择放弃一部分自我，以此来换得最大的利益——不只是为了她自己，也为了深宫里其他的女孩子。这两种选择哪种是正确的呢？我想不同人的想法是不一样的。我只是挺心疼小柳儿的，为她写了两句难登大雅之堂的、不知道到底算不算词的东西：

秋风凉，倚栏杆，秋雁飞过一行行
相思相望，枉与人作笑谈，且温残酒醉斜阳

指间明月光，说往事也费思量
鬓边一痕霜，老来健忘似悲似叹似凄凉
豆蔻梢头春意阑，笑伴君旁
提笔书半首长干，长乐未央，怎及得寻常陌巷
纵此意绵绵此情地久天长，折不过后来坎坷形状

芳踪灭，百花残，早知这好景不常
不若故作愚顽，风月与我无关
学得她几分模样，换得我一世安然
人荒唐，事荒唐，人荒唐事也荒唐

空负了韶光，宫墙柳色青又黄
也误了红妆，南面称孤徒留相思摧心肝
雨雪纷纷人老矣，错诉衷肠
再奏一曲凤求凰，凤兮凤兮，天地阔无处寻凰
嗳君心昭昭君有志在四方，取舍间可知余生永憾

寻不见，酒千觞，谁及她蛾眉淡妆
自古美人江山，安曾见两相完

且看你自作自受，又叹你自欺自瞒
笑我痴，笑你狂，笑我痴笑你癫狂
秋夜长，绿纱窗，秋月高高照宫墙
铜壶漏断，梦卿难别亦难，大梦初觉空惆怅

《宫墙柳》本质上只是一个睡前小故事，它是我第一篇拥有这么多读者的故事。它当然是不成熟的、有缺陷的，离优秀还差着好大一截呢，但我很感谢《宫墙柳》，感谢每一个读过这个故事的读者。每一句关于这个故事的评论对我来说都弥足珍贵，感谢这个无心插柳的小故事，在我疲惫之时给了我坚持写作的动力。我知道我依旧才华有限，只能尽自己最大的努力，努力来讲好每一个我想讲的故事。

感谢每一位读过《宫墙柳》的朋友，我讲的故事有人看，我很幸福。

图书在版编目（CIP）数据

宫墙柳 / 梦娃著 . — 南京 : 江苏凤凰文艺出版社，2020.5（2026.5 重印）
ISBN 978-7-5594-4698-5

Ⅰ . ①宫… Ⅱ . ①梦… Ⅲ . ①长篇小说 – 中国 – 当代 Ⅳ . ① I247.5

中国版本图书馆 CIP 数据核字 (2020) 第 048375 号

宫墙柳

梦娃 著

责任编辑　王　青　张　倩

特约编辑　李　彤　张梦璇

装帧设计　蜀　黍

出版发行　江苏凤凰文艺出版社

南京市中央路 165 号，邮编：210009

印　　刷　三河市嘉科万达彩色印刷有限公司

开　　本　880mm × 1230mm　1/32

印　　张　10.125

字　　数　240 千字

版　　次　2020 年 5 月第 1 版

印　　次　2026 年 5 月第 30 次印刷

书　　号　ISBN 978-7-5594-4698-5

定　　价　52.80 元